Michaela Muschitz

Endstation Schlachthof

Kriminalroman

Michaela Muschitz
1971 in Wien geboren. Arbeitete nach ihrem Studium als Produktionsassistentin im ORF und als Bildredakteurin in einem Zeitschriftenverlag. Nach mehreren Jahren als PR-Assistentin und Marketingleiterin ist Michaela Muschitz seit 2005 als Trainerin und Texterin selbständig.
Bisher erschienen: Gerüchteküche (Verlag federfrei, 2013)

Michaela Muschitz

Endstation Schlachthof

Kriminalroman

federfrei
www.federfrei.at

Marchtrenk, 2014
1. Auflage
www.federfrei.at

Umschlaggestaltung: Verlag Federfrei
Umschlagabbildung: © rasica - Fotolia.com
Lektorat: S. Bähr
Satz und Layout: Verlag Federfrei
Druck und Bindung: Finidr s.r.o.

ISBN 978-3-902784-44-5

Für Mama, die zu früh gegangen ist,
um auf mein zweites Buch stolz sein zu können.

Kapitel 1

Der Geruch von verwesendem Fleisch, der Tom entgegenschlug, ließ ihn den Atem anhalten. Nachdem er auf dem Firmengelände herumgeirrt war, hatte er endlich das richtige Gebäude gefunden, weil ein Streifenwagen davor parkte. Tom betrat die große Halle mit den blitzenden Chrombehältern, die bis zur Decke reichten. LKWs mit silbernen Containern standen neben den Silos. Trotz der großen geöffneten Tore stand die Hitze unter dem Blechdach. Eine schlanke Frau in engem schwarzen Rock und weißer Bluse stöckelte auf Tom zu. Ihr blondes langes Haar fiel in Locken über die Schulter, und das Make-up war so tadellos, als ob sie gerade aus dem Bad gekommen wäre. Mit ausgestreckter Hand kam sie die letzten Schritte auf Tom zu.

»Sie müssen Inspektor Meixner sein. Herzlich willkommen bei Varia. Ich bin Sonja Köhler, die Pressesprecherin des Unternehmens. Sie wurden mir bereits angekündigt.«

Von einer Pressesprecherin war er an einem Tatort noch nie empfangen worden. So eine herausgeputzte Tussi hätte man eher in einer Boutique oder einer Werbeagentur erwartet, aber nicht in einer Tierkörperverwertung.

»Wo ist der Tatort?«, fragte Tom knapp. Er musste sich auf seinen Job konzentrieren und durfte sich nicht von der Barbiepuppe ablenken lassen. Er hatte nach seiner Scheidung vor einem Jahr sein Singleleben in vollen Zügen genossen – mit einigen One-Night-Stands und unverbindlichen Flirtereien. Doch er hatte dabei einige Frauen kennengelernt, die ihn nach dem ersten Date am liebsten vor den Traualtar schleppen wollten. Eine stand mitten in der Nacht in Dessous vor seiner Tür, nachdem er sich nicht mehr bei ihr gemeldet hatte. Das war ihm dann alles zu viel geworden, und er hatte beschlossen, es etwas langsamer anzugehen. Er hatte sich ausgetobt, und langsam wurde er ruhiger – er genoss es, Zeit für sich zu haben, Sport zu treiben, wie es ihm gefiel. Seine Sachen in der Wohnung rumliegen zu lassen, ohne dass jemand nörgelte. Nach der Scheidung hatte seine Mutter sich eine Zeit lang um seine Wäsche gekümmert und bei ihm geputzt und ihm Tupperware mit Essen im Kühlschrank gestapelt. Als sie dann jedoch an einem Sonntagvormittag ohne Ankündigung in seinem Schlafzimmer stand, gerade als er mit der Rothaarigen aus der Disco zu Gange war, da hatte es ihm gereicht. Er hatte ihr den Schlüssel abgenommen und sich eine Putzfrau organisiert, die wöchentlich seine Wohnung auf Vordermann brachte. Die wurde dafür bezahlt, den Mund zu halten, seine Hemden zu bügeln und den Müll rauszubringen. Somit hatte er eine Sorge weniger!

Das Klappern der Absätze und die nervöse Stimme der PR-Lady holten Tom aus seinen Gedanken.

»Wir sind ganz erschüttert über die Vorkommnisse«, meinte Frau Köhler, die ihm durch die große Halle vorausging und ihm den Weg zwischen den großen Silos zeigte.

Tom sah Männer in Overalls, die an Bedienfeldern der Silos herumtippten. Andere standen in einigen Metern Höhe mit Helmen und sahen in die Silos.

»Sie lassen weiterarbeiten?«, fragte Tom.

»Ja. Wenn die Silos einmal mit Rohmaterial gefüllt sind, müssen wir mit der Produktion beginnen, sonst widerspricht das unseren Hygienevorschriften.«

Tom fiel auf, wie aufgeräumt die Halle war, fast zu ordentlich für eine Produktionshalle. Was genau wurde hier überhaupt produziert? »Ist erstaunlich sauber hier«, meinte Tom.

Frau Köhler sah ihn strahlend an. »Unser Geschäftsführer legt großen Wert darauf, dass unsere Hallen blitzblank sind«, freute sich Frau Köhler, dass Tom die Sauberkeit bemerkte. »Es ist aber auch notwendig. Da wir mit tierischen Rohstoffen arbeiten, die leicht verderben, ist Sauberkeit ganz wichtig. Unsere Kunden erwarten zu Recht einwandfreie Qualität, und die bekommen wir nur, wenn wir auf hygienische Produktion achten. Glauben Sie mir, der Gestank wäre unerträglich, wenn wir nicht sofort nach jeder Lieferung sauber machen würden«, erklärte Frau Köhler.

Der Gestank war jetzt schon schlimm. Tom drehte es beinahe den Magen um. Er wollte nicht wissen, wie schlimm es noch riechen konnte.

Sie hatten den Silo erreicht, neben dem ein LKW stand. Vor einem der Vorderreifen saß ein junger Mann, die Arme auf die Knie gestützt, die Hände in den eigenen Haaren vergraben. Als sie näher kamen, hob er den Kopf, und Tom sah in ein kreidebleiches Gesicht. Der Junge versuchte aufzustehen, schaffte es aber nicht.

»Bleiben Sie sitzen, Sie sind ja noch bleicher als vorher!«, rief Frau Köhler beim Näherkommen. »Das ist Milan Kreci, der Fahrer, der die Leiche entdeckt hat. Er wollte nicht, dass ich den Krankenwagen hole. Aber ich denke, er steht unter Schock, und daher werde ich jetzt die Rettung rufen.«

Tom hockte sich neben den Mann und hielt ihm zur Begrüßung die Hand entgegen. »Hallo. Ich bin Tom Meixner von der Mordkommission. Ich würde mich gerne kurz mit Ihnen unterhalten, bevor die Rettung kommt und sich um Sie kümmert. Schaffen Sie das?«, fragte Tom. Der junge Mann nickte. »Okay, na dann erzählen Sie mal, was passiert ist.«

Milan holte tief Luft und räusperte sich. »Ich habe um 5 Uhr wie jeden Tag den Truck und meine Tourenliste aus dem Büro geholt. Dann bin ich der Reihe nach die Schlachthöfe angefahren, wie es auf meiner Liste steht. Gegen 11 Uhr bin ich wieder hier gewesen und wollte mit dem Verladen beginnen. Doch irgendwas hat geklemmt, und da bin ich raufgeklettert, um nachzusehen. Als ich das Teil, das sich verklemmt hatte, rausziehe, fällt mir eine Tasche entgegen. Zuerst habe ich mich noch gewundert, wer eine Tasche zwischen die Teile wirft, und dann sehe ich auf einmal die Hand. Ich musste zweimal hinsehen, um mir sicher zu sein. Und dann habe ich nicht nur die Hand gesehen, sondern auch ein Gesicht mit weit aufgerissenen Augen.« Der junge Mann schüttelte den Kopf, so als ob er versuchen wollte, das Bild abzuschütteln.

»Okay, ich habe es zwar noch nicht gesehen, aber das klingt nach einem schlimmen Anblick.«

Milan blickte sich um, und als er Frau Köhler einige Schritte entfernt stehend telefonieren sah, meinte er leise: »Wissen Sie, in dem Job braucht man einen guten Magen, und ich hab mich an die toten Tierkörper mittlerweile gewöhnt. Aber wenn dich auf einmal eine toto Frau anstarrt, wird einem angst und bang.«

»Das glaube ich Ihnen gerne. Mir fällt auf, Sie haben bis jetzt nur von Teilen gesprochen und jetzt auf einmal von toten Tieren. Warum?«, fragte Tom.

»Anweisung von oben. Wir dürfen nur von Rohstoffen und Teilen sprechen. Niemals, dass es sich dabei um tote Tiere handelt. Was die damit bezwecken, ist mir zwar schleierhaft, aber das wurde mir von Anfang an eingebläut«, erklärte Milan. Langsam bekam er wieder Farbe im Gesicht.

»Wie lange arbeiten Sie schon hier?«, fragte Tom.

»Seit zwei Jahren. Wenn man wie ich gerade mal den Hauptschulabschluss geschafft hat, gibt es nicht so viele Jobs. Mein Vater hat mir nach der Schule einen Job beim Bau verschafft, aber ich bin handwerklich nicht sehr geschickt. Aber ich kann Auto fahren. Und so habe ich mir das Geld für den LKW-Schein zusammengespart und bin Truckfahrer geworden. Der Job hier ist ein Glücksfall – wenn man sich mal an den Gestank gewöhnt hat, ist es besser als bei jeder Spedition. Denn hier habe ich fixe Arbeitszeiten und nur jede zweite Woche Nachtdienst. Das ist schon fein«, erzählte der Junge.

»Das glaube ich Ihnen. Danke fürs Erste. Mein Kollege notiert sich noch Ihren Namen und Ihre Telefonnummer, damit wir Sie erreichen können, falls noch Fragen auftauchen.« Tom stand auf und wollte schon in Richtung Truck gehen, drehte sich aber nochmals um. »Eine Frage noch, nur um sicherzugehen, dass ich richtig verstanden habe: Sie sind heute Vormittag mehrere Schlachthöfe angefahren und haben alles in den einen Container verladen. Stimmt das?« Der Mann nickte. »Wie viele Höfe sind Sie angefahren?«

»Das weiß ich jetzt gar nicht so genau«, antwortete Milan.

»Sie können die Liste von mir haben«, unterbrach Frau Köhler, während sie näher kam. »Ich gebe Ihnen die Liste gerne nachher in meinem Büro.«

»Sie liegt aber ohnehin auf meinem Beifahrersitz«, warf Milan ein.

Frau Köhler sah ihn strafend an. »Ich sagte, ich gebe sie dem Herrn Inspektor nachher im Büro«, zischte sie Milan an. Der sah sie erstaunt an und brachte kein weiteres Wort mehr heraus. Sofort wurde ihre Stimme wieder samtweich: »Der Krankenwagen sollte jeden Augenblick da sein. Lassen Sie sich doch mit einem der Autos nach vorne zum Portier bringen, damit die Herrschaften nicht am ganzen Firmengelände nach Ihnen suchen müssen.« Sie winkte einem dunkel gekleideten Mann, der etwas entfernt stand. »Martin fährt Sie!«

Milan rappelte sich hoch und murmelte etwas von »Das wäre nicht notwendig gewesen!«.

»Doch, doch, wir wollen doch nicht, dass Ihnen im Schock etwas zustößt. Lassen Sie sich durchchecken, bleiben Sie morgen zu Hause, und ruhen Sie sich aus, damit Sie übermorgen wieder frisch und munter Ihre Schicht antreten können.«

Frau Köhler schob Milan sanft in Richtung Ausgang und gab leise ein paar Anweisungen an den näher gekommenen dunkel gekleideten Mann. Der nickte kurz und trieb Milan vor sich her in Richtung Ausgang.

Tom sah sich um und suchte einen Aufgang zum Silo. Der Truck stand nahe neben dem Silo, offensichtlich damit der Container vom LKW leicht in den Silo gekippt werden konnte. Er war nach Milans Schilderungen zwar nicht erpicht darauf, in den Container zu schauen, aber er musste sich einen Überblick verschaffen, bevor seine Kollegen von der Spurensicherung eintrafen. Tom fand auf der Seite des Trucks eine kleine Metallleiter und kletterte hinauf. Der Container war oben offen, und jetzt, da er über den Container gebeugt stand, verschlug es ihm den Atem. Am liebsten wäre er bei dem Gestank sofort wieder heruntergeklettert, aber er musste sich das ansehen. Er war am hinteren Ende des Containers. Knapp vor ihm sah er die von Milan erwähnte Tasche liegen, eingeklemmt zwischen Fleisch, Knochen und Hufen. Die blau-grüne Stofftasche ragte zum Teil aus den Fleischbergen heraus, und es sah nach einer selbst genähten Tasche aus. Dahinter konnte Tom eine Hand und ein schmales Handgelenk erkennen. Er ließ seinen Blick weiter über die Fleischberge schweifen, bis er eine Gesichtshälfte sah. Es waren nur ein weit aufgerissenes Auge, der Nasenansatz und ein roter Haarschopf zu erkennen, umgeben von Knochen und Fleischresten. Soweit er das von hier erkennen konnte, tippte er auf eine junge Frau, nicht älter als Mitte zwanzig. Eigentlich hatte er genug, aber Tom ließ seinen Blick weiterschweifen. Denn er hatte eine grausige Befürchtung. Was, wenn sie nicht als Ganzes in den Container geworfen, sondern zerstückelt worden war? Es war schon grausam genug, eine junge Frau zu ermorden. Aber sie dann auch noch zu zerstückeln? Er musste auf die Spurensicherung warten, denn im Moment konnte er nicht mehr erkennen.

Gerade als Tom wieder vom LKW kletterte, hörte er die Kollegen von der Spurensicherung ankommen. Er ging um den Truck herum und sah Frau Köhler, die mit ihrem Charme die Jungs bezauberte. Die standen in ihren weißen Overalls vor ihr und grinsten breit.

»Hallo, Herr Kollege. Gut, dass ihr da seid. Das wird eine echte Herausforderung für euch«, begrüßte Tom die Herren von der Spurensicherung. Er ging auf Müller, den Chef der Truppe, zu und schüttelte ihm die Hand, während er den anderen zunickte. Tom deutete ihm, ein paar Schritte zur Seite zu kommen, er wollte allein mit ihm reden.

»Wir haben hier eine Leiche in einem Container voll Fleischteilen, Knochen, Hufen und wer weiß sonst noch was. Ich hab mir das gerade angesehen, und soweit ich das erkennen kann, handelt es sich um eine junge Frau«, begann Tom seine Erklärung. Sein Kollege nickte. »Ich sehe ein Problem: Ich weiß nicht, ob die Leiche im Ganzen ist oder nicht. Die Hand und der Kopf sind so weit voneinander entfernt, dass ich fast befürchte, sie wurde zerstückelt«, sprach Tom leise weiter. Müller schaute ihn wenig begeistert an. »Das nächste Problem ist – ich weiß nicht, wie ihr arbeiten wollt. Soweit ich das jetzt gesehen habe, gibt es nur eine kleine Leiter hinten auf den Container rauf.«

Der Kollege von der Spurensicherung stöhnte kurz auf. Tom führte ihn um den Truck herum und zeigte ihm die Leiter.

»Ich schlage vor, Sie machen sich selbst einmal ein Bild und überlegen sich dann, wie Sie vorgehen wollen. Ich kann euch da keine Vorschriften machen, das müsst ihr schon selbst entscheiden«, erklärte Tom weiter.

Müller nickte und meinte nur knapp: »Na, dann schauen wir mal«, und kletterte die Metallleiter hinauf und sah sich um. In der Zwischenzeit kam Frau Köhler um den Truck herumgestöckelt. »Bitte lassen Sie mich wissen, wie ich Ihnen helfen kann.«

Sie schenkte Tom ein zuckersüßes Lächeln. Dafür, dass nur knapp zwei Meter über uns eine Leiche liegt, ist die Tante ganz schön tapfer. Oder herzlos. »Der Kollege von der Spurensicherung schaut sich gerade den Tatort an. Dann werden wir sehen, was wir brauchen. Gibt es außer der Treppe noch einen anderen Weg, um in den Container zu kommen?«, fragte Tom.

Das erste Mal, dass Frau Köhler kurz ratlos aussah. »Ich gestehe, ich weiß es selbst nicht genau. Ich gehe und frage einen unserer Mitarbeiter aus der Produktion. Vielleicht kann er weiterhelfen.«

Kaum hatte sie diesen Satz ausgesprochen, drehte sie sich um und marschierte quer durch die Halle zu den Arbeitern, an denen sie vorher vorbeigegangen waren. Tom sah zu Müller hinauf, der mittlerweile am oberen Ende der Leiter stand.

»Und?«, rief Tom. Als Antwort hörte er nur ein Schnauben. Es dauerte noch einige Zeit, bis Müller wieder die Leiter heruntergeklettert kam, und Tom ratlos ansah.

»Puh, das wird echt schwierig. Ich konnte eine Gesichtshälfte erkennen und eine Hand. Mehr konnte ich auch nicht ausmachen. Ich teile Ihre Befürchtung, dass die Leiche zerstückelt ist – also zumindest die Hand, die wir gesehen haben, ist abgetrennt – der

Abstand ist zu groß. Wir müssen daher auf alle Fälle den ganzen Container durchsuchen. Im Moment fehlt mir aber eine Idee, wie wir das machen – vor allem, wie wir die Knochen und was da sonst noch rumliegt aus dem Container bringen – wenn wir Teil für Teil über die kleine Leiter nach unten tragen, brauchen wir drei Tage. Wir können ja auch nicht einfach auf dem ganzen Zeug herumtrampeln.« Müller hielt inne und überlegte. »Wir müssen den Fundort von allen Seiten fotografieren für die Beweissicherung. Aber wenn wir nur von einer Seite hinkönnen, geht das schon mal nicht«, seufzte er. Er sah sich in der Halle um auf der Suche nach einer zündenden Idee, wie er das Problem lösen konnte. »Wir könnten natürlich ein Arbeitsgerüst rund um den Container aufbauen, damit wir von allen Seiten dazu können. Aber bis wir so was hier haben und aufgebaut haben, kann das Stunden dauern. Die Zeit werden Sie mir wohl kaum geben?« Er sah Tom fragend an.

»Wenn wir keine andere Lösung finden, wird mir wohl nichts anderes übrig bleiben«, antwortete Tom wenig begeistert.

Schweigend standen die beiden und überlegten, wie sie vorgehen sollten. In dem Augenblick tauchte Frau Köhler mit einem Arbeiter im Schlepptau auf. Der schlurfende Gang des Mannes neben den trippelnden Schritten von Frau Köhler hatte etwas ungewollt Komisches.

»Unser Herr …«, begann Frau Köhler, als ihr auffiel, dass sie den Namen des Mannes nicht kannte. Sie sah ihn mit einem leicht verlegenen Lächeln an, doch er reagierte nicht sofort. Es dauerte eine schiere Ewigkeit, bis der Mann »Konrad« raunte. »Genau. Der Herr Konrad kann Ihnen helfen, wie Sie außer über die kleine Leiter in den Container kommen«, sagte Frau Köhler mit einer übertriebenen Freundlichkeit.

Herr Konrad sah sie erstaunt an. Er schien von seinem Glück noch nichts zu wissen. Tom schilderte dem Mann in kurzen Worten ihr Problem: »Die Kollegen von der Spurensicherung müssen möglichst von allen Seiten in den Container können. Fällt Ihnen eine Möglichkeit ein, wie wir das machen können?«

Konrad überlegte kurz und meinte dann: »An den Silo ranfahren. Dann können Sie auf die Plattform vom Silo steigen.« Konrad war offensichtlich nicht ein Mann der großen Worte.

»Wo meinen Sie genau?«, fragte Müller nach.

Konrad ging um den LKW herum und deutete in die Höhe. »Da oben.« Jetzt sahen Tom und Müller die Plattform, die einige Schritte weiter auf der Außenseite des Silos sichtbar wurde. Sie war über eine schmale Leiter erreichbar. »Brauchen nur den LKW ein Stück weiter vorzufahren«, meinte Konrad knapp.

Müller nickte. »Das müsste gehen. Dann haben wir eine Fläche, auf der wir stehen können, um zumindest die ganze Länge des Containers von einer Seite zu fotografieren«, meinte er zu Tom.

»Ja, okay. Dann machen wir das so. Können Sie uns den LKW so hinstellen, dass wir möglichst nah an der Plattform stehen? Wir werden dann ohnehin auch hineinklettern müssen und die Teile einzeln herausreichen müssen«, sprach Müller weiter.

Konrad murrte. »Truck fahren ist nicht mein Job.«

Sofort war Frau Köhler wieder zur Stelle. »Aber, aber, Herr Konrad. Wir wollen die Herren von der Polizei doch mit allen Mitteln unterstützen. Sie haben doch den entsprechenden Führerschein, oder?«, fragte sie mit ihrem zuckersüßen Lächeln.

Konrad wand sich noch. »Ja schon, aber …«

Frau Köhler tätschelte ihm die Schulter und begann, ihn sanft in Richtung Führerkabine des Trucks zu schieben. »Na, sehen Sie. Wenn wir alle zusammen helfen, lösen wir jedes Problem, nicht?«

Konrad ließ sich von Frau Köhler in Richtung des LKWs bugsieren, kletterte auf den Fahrersitz und startete den Truck. Er schob zurück, und wenige Augenblicke später stand der Truck genau unter der Plattform, sodass die Herren von der Spurensicherung mit ihrer Arbeit beginnen konnten.

»Frau Köhler, wir brauchen große saubere Planen. Mit denen, die wir mithaben, werden wir wahrscheinlich nicht auskommen. Können Sie uns noch welche besorgen?«, wandte Müller sich an die fleißige Helferin.

Sie nickte eifrig und fragte: »Wie groß? Und in welcher Farbe?«
Typisch Frau, dachte Tom bei sich – als ob die Farbe entscheidend wäre. Auch Müller schien sich über die Frage zu amüsieren.
»Je größer, desto besser. Farbe ist eigentlich egal, Weiß wäre fein«, gab Müller zurück.
»Wird erledigt. Brauchen Sie sonst noch etwas?«, fragte sie.
»Im Moment nicht«, antwortete Müller schon am Weg zu seinen Kollegen, um ihnen Anweisungen zu geben, wo sie aufbauen sollten.
Frau Köhler wandte sich noch an Tom. »Ich weiß, das ist jetzt vielleicht etwas unpassend, aber was passiert mit dem Inhalt des Containers jetzt?«
»Was meinen Sie?«, fragte Tom.
»Na ja, verstehen Sie mich bitte nicht falsch. Aber wird es möglich sein, die Rohware noch zu verwenden?«, fragte sie vorsichtig.
Tom konnte es nicht fassen. Da drinnen lag die Leiche einer Frau, und ihr war nur wichtig, ob sie den Containerinhalt noch verwerten konnten? Gerade als Tom zu einer entsprechenden Antwort ansetzen wollte, setzte Frau Köhler einen unschuldigen Blick auf und meinte: »Bitte halten Sie mich nicht für unmenschlich. Aber wenn Sie das Material nicht für Ihre Ermittlungen brauchen und in den nächsten Stunden fertig sind, wäre es doch schade, wenn wir das ganze Material einfach wegwerfen.«
Tom überlegte eine passende Antwort. »Ich kann nicht abschätzen, wie lange die Kollegen von der Spurensicherung brauchen, aber es wird sicher einige Zeit dauern. Ich denke, wir müssen abwarten, wie lange die Jungs brauchen und können erst dann entscheiden, ob Sie den Inhalt des Containers noch verwenden können oder nicht«, antwortete Tom schließlich diplomatisch.
Frau Köhler nickte. »Kann ich verstehen. Wir vertagen die Entscheidung«, sagte sie. Sie sah sich um, als ob sie etwas suchen würde. »So, wie es aussieht, können Sie mich hier im Moment ohnehin nicht brauchen. Wenn es nichts ausmacht, gehe ich in mein Büro. Dort liegt eine Menge Arbeit, und ich muss unserem Chef

genau Bericht erstatten. Wir werden uns eine Presseaussendung überlegen müssen, damit wir vorbereitet sind, sobald das Ganze publik wird. Das wird Herrn Lombardi gar nicht gefallen.«

»Herrn Lombardi?«, fragte Tom.

»Unser Geschäftsführer Franco Lombardi. Er ist gerade auf Geschäftsreise in Hannover in unserer Zentrale. Er war vorher in einem Meeting, daher konnte ich ihn nur kurz informieren. Er meinte, ich solle ihn nachher genauer ins Bild setzen, und er wird dann entscheiden, ob er einen früheren Rückflug nimmt. Daher würde ich jetzt gerne in mein Büro gehen, wenn Sie mich hier im Moment entbehren können.«

Na, und ob wir dich hier entbehren können, dachte Tom. »Ja klar, kein Problem. Gehen Sie nur an die Arbeit. Ich melde mich, wenn wir etwas brauchen«, antwortete Tom.

Frau Köhler holte eine Visitenkarte aus ihrer Jackentasche. »Ich gebe Ihnen meine Telefonnummer, das ist das Einfachste. Wenn Sie etwas brauchen, rufen Sie mich einfach an, dann bin ich sofort wieder zur Stelle«, säuselte sie und reichte Tom die Karte.

»Danke, mache ich!«, gab Tom noch zurück, doch da stöckelte sie schon davon.

Tom ging hinüber zu den Kollegen von der Spurensicherung, die angefangen hatten, zwei Tische neben dem LKW aufzubauen. Dort lagen schon die Kameras und Probenbehälter und sonstiges Material. Tom stellte sich neben Müller, der seinen Kollegen Anweisungen zurief.

»Wie ist euer Plan?«, fragte Tom ihn.

»Wir fangen jetzt an, den Container zu fotografieren. Sobald wir die Planen haben, werden wir Stück für Stück heruntertragen, feststellen, ob es menschliches oder tierisches Gewebe ist, und es auf den Planen sortieren. Ob wir dabei überhaupt Spuren sichern können, kann ich jetzt noch nicht sagen.«

»Klar, ist verständlich. Ich weiß, ihr werdet dort, wo es möglich ist, die Spuren sichern«, antwortete er. Er hatte mittlerweile gelernt, dass sein Leben einfacher war, wenn er versuchte, so gut wie möglich mit den Kollegen von der Spurensicherung zusammenzuarbeiten. Alles andere brachte nur unnötigen Stress. Müller sah Tom erstaunt an, schließlich hatten sie sich beim letzten Tatort noch ziemlich in die Wolle bekommen. »Den Gerichtsmediziner habe ich übrigens noch nicht informiert. Ich denke, solange wir nur eine Hand haben, brauchen wir ihn nicht zu rufen. Er hat ohnehin genug zu tun«, erklärte Tom weiter.

Müller nickte. »Gute Entscheidung. Wir machen uns jetzt mal an die Arbeit. Wenn wir noch weitere Körperteile finden, müssen wir ihm die ohnehin übergeben, damit er feststellt, ob es alle Teile sind. Und dann hoffen wir, dass es sich dabei um nur eine Leiche handelt.«

»Wissen Sie schon, ob männlich oder weiblich?«, fragte Tom.

»Schwer zu sagen auf die Entfernung, aus der ich die Hand gesehen habe. Ich tippe auf weiblich, so zart wie das Handgelenk und die Finger aussehen, aber Genaueres muss ohnehin der Gerichtsmediziner feststellen«, antwortete Müller.

Das Klappern der Absätze kündigte Tom an, dass Frau Köhler sich ihnen näherte. Ein Blick in Müllers Gesicht bestätigte seine Annahme. Seine Augen wurden immer größer, als sich die attraktive Blondine ihnen näherte. Frau Köhler stand nun unmittelbar neben ihnen und hielt zwei flache Pakete, eingewickelt in Plastikfolie, in ihren Händen.

»Ich befürchte, ich habe mich vorher nicht vorgestellt«, strahlte sie Müller an und streckte ihm ihre Hand entgegen. »Sonja Köhler, Pressesprecherin.« Müller reichte ihr die Hand und stammelte: »Christoph Müller, Spurensicherung. Freut mich, Sie kennenzulernen.«

»Ich habe hier zwei Planen von unserem Lagerleiter, ich hoffe, die passen. Sie sind nicht besonders groß, aber ich hoffe, sie reichen für Ihre Zwecke«, erklärte sie.

Müller nahm die zwei Pakete entgegen. »Vielen Dank, das hilft uns schon sehr.« Er ließ den Blick zwischen Tom und Frau Köhler wandern und meinte dann: »Na dann, machen wir uns mal an die Arbeit.« Er ging rüber zu den aufgebauten Tischen, und sie begannen, die Planen aufzulegen.

Frau Köhler schaute ihm zufrieden nach und meinte dann: »So, jetzt gehe ich aber wirklich in mein Büro. Wenn Sie etwas brauchen …« Sie hob ihre Hand, in der sie ihr Handy hielt, und deutete darauf. Sie schenkte Tom ein strahlendes Lächeln und begann, auf ihrem Handy zu tippen, während sie davonstöckelte.

Tom konnte gerade noch hören, wie sie ein paar Anweisungen gab. Offensichtlich war sie es gewohnt, Leute herumzukommandieren. Tom blieb ratlos stehen. Die Kollegen von der Spurensicherung kletterten gerade auf dem Container herum, um die ersten Fotos zu machen. Doch er konnte nichts tun. Solange er nicht wusste, wer die Leiche war, konnte er nichts tun. Dabei waren jede Menge Fragen offen: Wer war das Opfer? Warum musste sie sterben? Warum wurde sie in dem Container entsorgt? Das alles konnte er erst beantworten, wenn die Jungs mit ihrem Job fertig waren. Für ihn hieß es also warten.

Er ging vor die Halle, um, um aus dem stechenden Geruch rauszukommen. Die Nachmittagshitze hatte ihren Höhepunkt erreicht und ließ den Beton vor der Halle flimmern. Tom kramte sein Handy heraus, um mal wieder seine Mutter anzurufen. Seit seiner Scheidung hatte sich ihr Kontakt nicht wirklich entspannt. Sie war zwar sehr erfreut gewesen, dass er sich endlich von Tina getrennt hatte. Sie hatte gehofft, ihn jetzt öfter zu sehen, doch er verbrachte natürlich nicht wirklich mehr Zeit bei seiner Mutter. Außer hin und wieder zum Essen, wenn ihm das Fertigfutter aus dem Supermarkt auf die Nerven ging.

Doch gerade als er die Kurzwahltaste drücken wollte, überlegte er es sich anders. Er hatte jetzt nicht die Geduld, mit seiner Mutter zu telefonieren. Unschlüssig stand Tom an der Türschwelle zur Halle und sah zu, wie die Kollegen der Spurensicherung begannen, sich durch die Fleischberge zu arbeiten. Sie hatten die Planen ausgebreitet, und ein Techniker kletterte gerade auf die Plattform, um die Fotos zu machen. Die Jungs würden sicher noch Stunden brauchen, bis sie ihm erste Fragen beantworten konnten. Er beschloss, sich nützlich zu machen und den Kollegen etwas zu trinken zu besorgen. Bei der Hitze und dem Gestank war Flüssigkeit bitter notwendig. Ob es auf dem Gelände so etwas wie eine Kantine gab? Tom beschloss, sich ein wenig umzusehen, statt einfach Frau Köhler anzurufen. Schließlich wollte er mehr über den Fundort der Leiche wissen.

Tom ging um das Gebäude herum, um die Kantine zu suchen. Er kam an einer weiteren Halle vorbei, dahinter standen einige Silos und Paletten mit weißen Säcken. Hier schien das Firmengelände bereits aus zu sein, denn Tom sah eine hohe Mauer, die mit Gestrüpp überwuchert war. Das Gelände sah aufgeräumt und sauber aus. Tom fragte sich, ob das wohl immer so war. In den Hallen konnte er vereinzelte Arbeiter in Overalls sehen, aber wirklich viele Menschen schienen hier nicht zu arbeiten. Tom marschierte in Richtung Eingang und entdeckte hinter einer weiteren Halle ein niedriges Bürogebäude. Darin wird ja hoffentlich auch eine Kantine sein, dachte er bei sich.

Hinter der schweren gläsernen Drehtür, die eher zu einem Luxushotel als zu einem Bürogebäude passen würde, entdeckte Tom einen großen Empfangstresen, hinter dem ein dunkler Haarschopf zu sehen war. In den hellen Marmorfliesen spiegelte sich der prunkvolle Kristallluster der Decke wider. Tom erinnerte der Eingangsbereich tatsächlich an ein Hotel und nicht an ein Bürogebäude. Der runde Raum, in dem Tom stand, ging rechts und links in einen breiten Gang mit mehreren Türen über. Neben der Eingangstür wuchsen große Palmen, rechts neben dem raumhohen Fenster befanden sich zwei große gemütliche Sofas und ein kleiner Glastisch mit Magazinen. Als Tom seinen Blick weiter durch das Foyer schweifen ließ, blieb sein Blick an der dunkelhaarigen Schönheit hängen, die hinter dem Empfangstisch aufgestanden war. Sie flötete gerade ins Telefon, während sie Tom mit haselnussbraunen Augen anklimperte.

»Einen Augenblick, ich verbinde Sie«, sang sie förmlich ins Telefon. Mit ihren langen künstlichen Fingernägeln drückte sie zwei Tasten auf dem großen Pult vor sich und legte den Hörer zur Seite. »Herzlich willkommen bei Varia. Wie kann ich Ihnen helfen?«, fragte sie mit samtener Stimme und strahlte Tom an.

Hier scheinen ja nur Sahneschnitten zu arbeiten, dachte Tom bei sich. »Tom Meixner, Mordkommission St. Pölten. Ich suche gerade eine Kantine, wo ich für die Kollegen von der Spurensicherung etwas zu trinken organisieren kann. Gibt es so etwas hier am Gelände?«, erklärte Tom sein Anliegen.

Die junge Frau sah Tom erschrocken an. »Mordkommission? Wieso? Ist etwas passiert?«, fragte sie.

»Wissen Sie nicht, dass in einem der Container eine Leiche gefunden wurde?«, fragte Tom erstaunt.

Nun war sie richtig geschockt. »Was? Nein! Das kann doch nicht sein!«, rief sie mit auf einmal schriller Stimme.

Tom fragte sich, wie es sein konnte, dass die Frau bis jetzt nichts von dem Fund erfahren hatte. Tom versuchte, die Frau zu beruhigen, als er das Klappern von Absätzen hörte. Frau Köhler kam den Gang rechts von ihm entlang, und als sie ihn sah, verfinsterte sich kurz ihr Gesicht, bevor sie wieder ihr gekünsteltes Lächeln aufsetzte.

»Herr Meixner, haben Sie sich verlaufen? Oder suchen Sie mich?« Sie stand vor ihm und klimperte ihn an. Noch bevor Tom antworten konnte, meinte die Dunkelhaarige hinter dem Empfang aufgeregt: »Frau Köhler, haben Sie schon gehört? Es wurde eine Leiche gefunden! Hier bei uns!« Die Stimme der Frau überschlug sich.

Frau Köhler funkelte sie an: »Ja, Frau Bogner, ich weiß. Natürlich weiß ich davon. Jetzt beruhigen Sie sich. Bitte, es gibt keinen Grund zur Panik! Weil Sie sich immer gleich so aufregen, habe ich Sie noch nicht informiert. Sie müssen sich beruhigen!«, sagte sie scharf.

In dem Augenblick war ein leises Summen zu hören, und eines der Lämpchen am Pult vor Frau Bogner leuchtete auf.

»Beruhigen Sie sich. Atmen Sie tief durch, und heben Sie ab. Lassen Sie sich auf keinen Fall etwas anmerken. Ich muss wohl nicht extra erwähnen, dass nichts davon nach außen dringen darf. Haben Sie verstanden?«, fragte sie.

Frau Bogner schluckte und nickte langsam. Dann hob sie den Hörer hoch, drückte den kleinen Knopf neben dem leuchtenden

Lämpchen und meldete sich mit leicht zitternder Stimme: »Varia GmbH, guten Tag. Wie kann ich Ihnen helfen?«

Frau Köhler sah Frau Bogner mit eindringlichem Blick an, bevor sie sich wieder Tom zuwandte. »Herr Meixner, was kann ich für Sie tun?«

Tom war von ihrem kühlen Auftreten erneut erstaunt. »Ich war auf der Suche nach einer Kantine, um den Kollegen von der Spurensicherung etwas zu trinken zu organisieren. Die werden wohl noch länger brauchen, bevor sie alle Beweise gesichert haben. Dabei will ich sie nicht verdursten lassen«, antwortete Tom.

»Oh, wie dumm von mir, natürlich. Ich werde das sofort veranlassen, dass Ihnen und Ihren Kollegen etwas zu trinken gebracht wird.« Sie sah auf die zarte Uhr an ihrem Handgelenk. »Haben Sie schon zu Mittag gegessen?«, fragte sie.

»Ich nicht, und bei den Kollegen weiß ich es nicht.«

»Dann veranlasse ich, dass auch Sandwiches vorbereitet werden, wenn das okay ist?«, bot sie an.

»Vielen Dank, sehr freundlich von Ihnen.«

Sie sah Tom an und meinte dann: »Aber dafür hätten Sie mich auch anrufen können und nicht alleine hier herumirren müssen.« Hatte sie ein Problem damit, dass er allein am Firmengelände unterwegs war? »Kann ich sonst noch etwas für Sie tun?«, fragte Frau Köhler.

Tom überlegte kurz. Da er nicht wusste, ob es zwischen der Leiche und der Firma einen Zusammenhang gab oder ob sie nur zufällig hier gefunden worden war, brauchte er noch nicht mit dem Chef zu sprechen. Außerdem war der ohnehin nicht da, wie Frau Köhler vorher erwähnt hatte.

»Nein, im Moment nicht«, antwortete Tom daher.

»Gut, dann begleite ich Sie zurück. Wir wollen ja nicht, dass Sie sich am Firmengelände verirren. Geben Sie mir bitte nur eine Minute«, meinte sie mit süßlichem Unterton.

Tom wollte schon protestieren, es wurde immer offensichtlicher, dass sie nicht wollte, dass er sich allein am Gelände bewegte. Da er aber ohnehin nicht wusste, wonach er suchen sollte, verkniff er sich seinen Protest. Frau Köhler murmelte irgendwelche Anweisungen zu Frau Bogner und stand dann wenig später wieder neben ihm.

»Wollen wir?«, fragte sie und deutete in Richtung Ausgang. Beim Hinausgehen fragte sie: »Ist Ihr Job nicht sehr anstrengend? Täglich mit Leichen konfrontiert zu sein, stelle ich mir schrecklich vor.«

»Na ja, ganz so schlimm ist es bei uns ja nicht, dass wir täglich einen Mord haben. So gesehen, leben wir schon auf einer Insel der Seligen«, antwortete Tom und dachte sich, du bist selbst von Leichen umgeben.

»Das beruhigt mich. Ich denke, Sie haben ja auch sicher jemanden, mit dem Sie darüber reden können, oder?«, meinte sie und blinzelte Tom an.

Tom dachte kurz nach, was sie meinte. Sie hatten am Revier keinen Psychologen, mit dem sie über einen Leichenfund reden konnten. Selbst wenn es den gäbe, würde keiner hingehen, denn der würde als Schwächling abgestempelt werden.

»Na ja, nicht wirklich. Von einem Kommissar erwartet man, dass er mit dem Anblick einer Leiche umgehen kann«, antwortete Tom.

»Nein, so meinte ich das nicht«, gab Frau Köhler schnell zurück. »Ich dachte eher an eine Ehefrau oder Freundin, mit der Sie darüber reden können«, meinte sie etwas verlegen.

Tom war erstaunt – wie kam sie auf die Idee? »Nein, ich bin geschieden, und mit meiner Exfrau habe ich nicht über die Fälle gesprochen.«

Frau Köhler sah ihn erstaunt an, und ihr Blick wurde weicher. »Sie wollen mir jetzt aber nicht allen Ernstes einreden, dass ein gut aussehender Mann wie Sie Single ist?«

Tom blieb kurz stehen. Was sollte das jetzt? Brät mich die Tussi jetzt an?, fragte Tom sich. »Ja klar, warum nicht?«, antwortete Tom.

»Es fällt mir schwer zu glauben. Bitte verstehen Sie mich nicht falsch, aber: Wo ist der Haken an Ihnen?«, fragte sie.

»Der Haken?«, wiederholte Tom.

Sie sah sich um, als ob sie sicher sein wollte, dass niemand ihnen zuhörte. »Wie soll ich das formulieren, ohne Ihnen zu nahe zu treten?« Sie holte tief Luft und fasste Mut: »Sie sehen wirklich verdammt gut aus, sind im richtigen Alter, in dem frau davon ausgehen kann, dass Sie die größten Dummheiten hinter sich haben. Sie haben einen Job, verdienen Ihr eigenes Geld. Damit erfüllen Sie die wichtigsten Kriterien jeder Singlefrau Anfang dreißig bis Ende fünfzig. Darum frage ich mich, welchen Tick Sie haben, dass noch keine sich Sie gekrallt hat«, meinte sie.

Tom war über ihre Offenheit erstaunt – auf einmal war die kühle Professionalität wie weggeblasen, und eine hübsche verletzliche Frau stand vor ihm mit verzweifeltem Blick.

»Danke für das Kompliment. So habe ich das noch nicht gesehen«, antwortete er. »Ich denke, es ist mein Beruf, der viele abschreckt.« Sie sah ihn an, sagte aber nichts. »Und, ehrlich gesagt, wollte ich mich nach meiner Scheidung auch von niemandem krallen lassen, wie Sie es ausdrücken«, sprach er weiter.

Sie neigte den Kopf ein wenig und fragte leise: »War die Trennung schmerzlich für Sie?«

Darüber hatte er nicht nachgedacht. Er hatte es zur Seite geschoben, wollte sich nicht damit beschäftigen.

»Gute Frage«, antwortete er. »Ehrlich gesagt, kann ich es nicht sagen. Ich habe mir darüber keine Gedanken gemacht.« Tom wurde das Gespräch langsam unangenehm. »Ich schaue lieber mal, wie die Kollegen vorankommen«, sagte er daher und marschierte in Richtung der Halle, ohne sich weiter umzusehen oder darauf zu achten, ob Frau Köhler ihm folgte.

Kapitel 2

Einige Stunden später stand er mit Müller vor den beiden Planen mit den grausigen Fundstücken. Er nahm einen Schluck aus der Colaflasche, drehte den Stoppel wieder auf die Flasche, während er den Blick über die beiden Planen schweifen ließ.

Auf der linken Plane lagen Fleischstücke, Hufe und einige Innereien auf einem beachtlichen Berg. Auf der zweiten Plane lagen die menschlichen Fundstücke. Eine Umhängetasche aus blaugrünem Stoff, zwei Ledersandalen, ein gelber langer zerrissener Rock. Neben der Plane stand eine Bahre mit dem Körper einer jungen Frau, nur mit einem Trägershirt und einem Slip bekleidet. Der rechte Arm war abgetrennt und lag neben dem Körper. Der Gerichtsmediziner stand über die Bahre gebeugt und betrachtete die Stelle unterhalb der Schulter, an der der Arm abgetrennt worden war. Tom wartete darauf, dass Doktor Brandtl endlich etwas über die Leiche sagte. Müller schien Toms wachsende Ungeduld zu bemerken.

»Wir fotografieren die Kleidung und Tasche der Frau nochmals ab und fahren damit ins Labor.« Er sah auf seine Armbanduhr, es war bereits nach 19 Uhr. »Heute werden wir nicht mehr viel herausbekommen, aber ich mache mich morgen früh gleich daran, die Sachen zu untersuchen. Obwohl alles mit Blut verschmiert ist, haben wir vielleicht Glück und können irgendwelche verwertbaren Fingerabdrücke oder DNS-Spuren sicherstellen«, erklärte er.

»Ja gut, rufen Sie mich an, sobald Sie was haben?«, fragte er und fügte hinzu: »Damit ich euch im Labor nicht wieder im Weg stehe, während ihr arbeitet«, fügte er mit einem Grinsen hinzu.

Müller klopfte ihm auf die Schulter. »Mache ich. Schönen Abend noch«, und damit verabschiedete er sich.

Er packte seinen Koffer und marschierte in Richtung Hallenausgang, während sein Team die Fundstücke fotografierte und in große Plastiktüten verpackte und vorsichtig in eine Kiste legte. Innerhalb weniger Minuten hatten sie ihr ganzes Equipment in den VW-Bus gepackt und machten sich aus dem Staub. Doktor Brandtl hob endlich den Blick.

»Sehr interessant, wirklich«, murmelte er versonnen.

Tom kam näher und stellte sich neben den Gerichtsmediziner und sah die Leiche erstmals von der Nähe. Das Gesicht der Frau war blutverschmiert, und auch in ihren roten Haaren klebte Blut.

»Was ist interessant?«, fragte Tom.

Der Mediziner deutete auf die Schnittfläche des abgetrennten Armes.

»Die Schnitte sind sauber geführt. Womit der Arm abgetrennt wurde, kann ich Ihnen jedoch erst sagen, wenn ich die Leiche genauer untersucht habe. Die Art und Weise, wie der Arm abgetrennt wurde, lässt vermuten, dass der Täter einige anatomische Grundkenntnisse hatte. Der Oberarm wurde so aus dem Schultergelenk gelöst, dass die Gelenke nicht verletzt wurden. Der Täter scheint hier nicht herumgerissen zu haben, um den Arm abzutrennen. Das heißt, er hat sich anscheinend die Zeit genommen für die Amputation«, erklärte der Mediziner.

»Aber wenn er anscheinend Zeit hatte, warum hat er nur den einen Arm amputiert?«, fragte Tom.

Doktor Brandtl sah ihn an. »Gute Frage, das kann ich Ihnen nicht beantworten.«

Tom betrachtete den Körper der jungen Frau. Sie trug ein lila Trägershirt, das ebenfalls mit Blutflecken übersät war, und eine pinkfarbene Baumwoll-Unterhose. Sie war sehr schlank, die Schulterknochen und Beckenknochen ragten heraus. Die langen Haare waren zu zwei Zöpfen geflochten. Ihre bleiches Gesicht, ihr Dekolleté und ihr Arm waren mit Sommersprossen übersät. Ihre Augenbrauen und Wimpern waren vom selben Kupferrot wie ihre Haare. Anscheinend eine echte Rothaarige. Was Tom auffiel, war, dass sie anscheinend kein Make-up verwendete. Ihre Nägel an Händen und Füßen waren kurz geschnitten, aber nicht lackiert.

»Können Sie schon etwas über die Todesursache sagen?«, fragte Tom.

Doktor Brandtl deutete auf ihren Hals. »Es gibt Anzeichen, dass sie gewürgt wurde, aber das kann ich Ihnen erst genau sagen, wenn ich sie bei mir in der Gerichtsmedizin und das Blut abgewaschen habe, das überall auf ihr klebt.«

Tom nickte. Er sah sich die Frau nochmals genau an, um sich alles einzuprägen. Er verließ sich ungern nur auf die Fotos, die von der Leiche bereits gemacht worden waren. Dabei übersah man manchmal etwas. Tom trat einen Schritt zurück.

»Gut, dann nehmen Sie sie mit.«

Doktor Brandtl deutete seinen Kollegen, die etwas abseits standen und darauf warteten, die Leiche abzutransportieren. Sie hoben den Körper in einen schwarzen Sack, der auf einer zweiten Bahre lag, zogen den Zipp zu und schoben beide Bahren zum Transporter, der vor der Tür stand. Tom trat neben Doktor Brandtl.

»Was schätzen Sie, wie alt ist die Frau?«, fragte Tom.

Der Mediziner überlegte kurz und meinte dann: »Schwer zu sagen bei der heutigen Jugend, die heute so viel früher erwachsen wird als wir. Aber ich schätze sie auf Mitte zwanzig.« Sie hatten den Transporter erreicht, und Tom sah zu, wie die Männer die Bahre mit der Leiche in den Wagen schoben. Der Mediziner reichte Tom die Hand: »Ich melde mich morgen Vormittag bei Ihnen, sobald ich erste Ergebnisse habe.«

Tom bedankte sich und verabschiedete sich von den Kollegen. Als auch sie abgefahren waren, stand er allein vor der Halle und atmete die milde Abendluft ein. Da sie keinen Ausweis in der Tasche der Frau gefunden hatten und nichts, das irgendwie auf ihre Identität Rückschlüsse zuließ, konnte er heute nichts mehr tun. Da sah er Frau Köhler langsam vom Bürogebäude auf ihn zukommen. Sie sah verlegen zu Boden, als sie vor ihm stand.

»Ich muss mich bei Ihnen entschuldigen«, sagte sie leise.

»Wieso?«, fragte er.

»Ich bin vorhin zu weit gegangen. Ich wollte Sie nicht ausfragen wegen Ihrer Scheidung. Das war vollkommen unpassend. Aber manchmal kann ich meine Neugier einfach nicht in Zaum halten«, erklärte sie.

»Schon gut. Kein Problem, schon vergessen«, antwortete Tom versöhnlich.

Sie strahlte ihn an und schaute an ihm vorbei in die Halle. »Sind Sie fertig?«, fragte sie.

Tom wandte sich zur Halle hin. »Ja, wir sind fertig. Der Gerichtsmediziner ist gerade mit der Leiche losgefahren, und die Kollegen von der Spurensicherung sind auch weg«, antwortete er.

»Dürfen Sie mir sagen, was Sie jetzt tatsächlich gefunden haben?«, fragte sie vorsichtig.

Da war sie also wieder, die Neugier. Tom überlegte, was er ihr sagen konnte. Schließlich musste er auch Frau Köhler im Moment zu den Verdächtigen zählen, auch wenn ihm das sehr unwahrscheinlich vorkam. »Wir haben eine junge Frau Mitte zwanzig gefunden.«

»War sie tatsächlich zerstückelt?«, fragte sie. Woher wusste sie das? Noch bevor Tom etwas sagen konnte, meinte Frau Köhler: »Bevor ich die Polizei alarmiert habe, bin ich auf den Container geklettert, um mich zu vergewissern, dass Milan keinen Blödsinn redet. Und dabei habe ich Hand und Kopf in so viel Entfernung voneinander gesehen, dass es nur logisch war, dass die Hand abgetrennt sein muss.« Tom sah sie erstaunt an. War sie wirklich so tough, wie sie tat? Sie schien Toms Gedanken zu erraten. »Wenn man in einer Firma wie dieser arbeitet, gewöhnt man sich irgendwann an den Anblick von Fleisch beziehungsweise Fleischteilen. Halten Sie mich bitte nicht für herzlos, aber ich habe schon Schlimmeres gesehen – zwar von Tieren, aber ich denke, tot ist tot, oder?«

Tom war irritiert. Konnte man tatsächlich mit der Zeit so abstumpfen? Tom schüttelte kurz den Kopf, um den Gedanken loszuwerden.

»Ein Arm war abgetrennt, Gott sei Dank nicht mehr.«

Frau Köhler nickte. »Arme Frau. Wissen Sie schon, wer sie war?«, fragte sie.

»Nein, wir haben noch keine Ahnung. Das werden wir hoffentlich morgen wissen«, antwortete Tom. Frau Köhler trat von einem Fuß auf den anderen. »Ich werde mich dann auf den Weg machen. Wir hinterlassen Ihnen da ein ziemliches Chaos. Die Fleischteile auf der Plane brauchen wir nicht mehr. Keine Ahnung, was Sie damit machen«, sagte Tom.

Frau Köhler nickte erneut. »Für die Produktion können wir die nicht mehr verwenden. Die werden wir entsorgen müssen. Ich gebe den Herrn von der Spätschicht Bescheid, dass sie hier aufräumen. Dann können wir die Halle ab morgen wenigstens wieder voll verwenden. Das wird Herrn Lombardi freuen zu hören.«

Tom suchte seinen Autoschlüssel in der Hosentasche. Als er ihn endlich in den Händen hielt, verabschiedete er sich von Frau Köhler. »Ich werde mich sicher in den nächsten Tagen melden, sobald wir wissen, wer das Opfer war.«

»Aha, ist es üblich, dass Sie diese Informationen weitergeben?«, fragte Frau Köhler.

»Na ja, schließlich ist das der Fundort der Leiche. Wir müssen feststellen, ob die Tote zufällig hier gefunden wurde oder ob es einen Zusammenhang zwischen dem Opfer und dieser Firma hier gibt«, erklärte Tom.

Frau Köhler sah ihn erstaunt an. »Zusammenhang? Wie meinen Sie das?«

»Haben Sie die Frau genau gesehen?«

»Nein, natürlich nicht«, antwortete Frau Köhler.

»Dann können Sie also nicht sagen, ob die Frau vielleicht eine Mitarbeiterin ist?«, fragte Tom.

Frau Köhler sah ihn mit großen Augen an. »Nein, kann ich nicht«, und nach einer kurzen Pause meinte sie: »Doch, kann ich. Denn alle weiblichen Mitarbeiterinnen sind da. Ich meine, da gewesen, sie sind schon heimgegangen«, korrigierte sie sich.

»Haben Sie so einen guten Überblick über die Belegschaft?«, fragte Tom.

»Nein, nicht über die gesamte Belegschaft, aber wir haben nur vier weibliche Mitarbeiterinnen. Frau Bogner, unsere Empfangsdame, Frau Leitner aus der Buchhaltung, Frau Lili, unsere Putzfrau, und ich. Mehr Frauen arbeiten hier nicht«, antwortete Frau Köhler.

Tom nickte. Das konnte er also schon einmal abhaken. »Okay, das ist ja schon einmal was. Aber trotzdem werden wir überprüfen, ob es zwischen dem Opfer und Ihrer Firma irgendeinen Zusammenhang gibt. Ob es eine frühere Mitarbeiterin war, zum Beispiel. Hat Ihr Unternehmen eigentlich Feinde?«, fragte Tom.

Frau Köhler verzog kurz das Gesicht. »Feinde ist übertrieben. Wir haben immer wieder einmal Beschwerden von den Anrainern. Obwohl wir außerhalb des Ortsgebietes sind und gleich neben der Autobahn, gibt es immer wieder aus der nächsten Ortschaft Beschwerden wegen des Gestanks. Wenn der Wind günstig steht, weht es die Abgase der Produktion halt in die Ortschaft. Darüber regt sich ein Mann besonders auf. Aber wir haben alle möglichen Maßnahmen ergriffen, um die Geruchsbelästigung so gering wie möglich zu halten. Den Wind können wir leider nicht beeinflussen. Und hin und wieder bekommen wir Mails von aufgebrachten Tierschützern. Aber ich denke, jedes große Unternehmen hat heutzutage mit kritischen Kunden zu kämpfen. Ich kann mir aber nicht vorstellen, dass einer so weit gehen würde, einen Mord zu begehen und die Leiche hier bei uns am Gelände zu deponieren. Vor allem, da sie ja in der Lieferung war und eigentlich zufällig entdeckt wurde.«

Frau Köhlers Erklärung schien einleuchtend. »Dann sagen wir es so: Ich melde mich bei Ihnen, wenn wir einen Hinweis erhalten, dass es einen Zusammenhang gibt«, sagte Tom.

»Oh nein, bitte, so habe ich das nicht gemeint. Ich freue mich sehr, wenn Sie sich melden«, sagte sie rasch. Und fügte dann noch hinzu: »Ich wäre sogar enttäuscht, wenn ich Sie nicht mehr sehe. Sehr enttäuscht.«

Sie sah Tom an, und wieder wurde er das Gefühl nicht los, dass sie ihn anbaggern wollte. »Na ja, mal sehen.« Er griff in seine Hosentasche und zog ihre Visitkarte heraus. »Ich habe ja Ihre Nummer.«

Tom verabschiedete sich endlich, bevor er noch etwas sagte, was er dann vielleicht bereute. Frau Köhler gefiel ihm, aber solange er sich nicht sicher sein konnte, dass sie nichts mit dem Fall zu tun hatte, war sie tabu. Wenn der Fall abgeschlossen war, konnte er noch immer darüber nachdenken. Tom stieg in sein Auto und fuhr los. Er beschloss kurzerhand, zu seiner Mutter zu fahren. Nach dem Tag in der Hitze und dem Gestank brauchte er endlich etwas Gescheites zu essen.

Kapitel 3

Am nächsten Morgen saß Tom im Kaffeehaus in der Nähe seiner Wohnung und rührte in seinem Kaffee. Er hatte die neu eröffnete Bäckerei mit angeschlossenem Café vor ein paar Wochen entdeckt, als er morgens mal wieder festgestellt hatte, dass er vergessen hatte, Kaffee zu kaufen. In der neuen Siedlung, die hier auf der grünen Wiese entstanden war, hatte man im Erdgeschoss einige Geschäftslokale eröffnet. Neben einer Apotheke und einer Drogeriekette war auch diese Bäckerei entstanden. Zwei Lokale standen noch leer.

Morgens war hier einiges los. Mütter auf dem Weg zum Kindergarten oder zur Schule kauften für ihre Kleinen hier eine Jause. Es war eine Siedlung, wie sie in den letzten Jahren an den Rändern der Orte immer öfter entstanden – moderne Bauten mit bunten Fassaden, aneinandergereiht wie Schuhschachteln. Mit winzigen Gärten bei den Wohnungen im Erdgeschoss, Terrassen in den beiden Stöcken darüber, zwischen den Häusern Grünanlagen mit noch jungen Bäumen und Sträuchern. Auch in der Bäckerei mit den hellen Lederbänken und Sesseln zu den dunklen kleinen Tischen wirkte alles neu und zeigte noch keine Spuren von Gebrauch. Hier schienen vor allem junge Familien mit Kindern zu wohnen, wenn er so in die vorbeifahrenden Autos sah, oder die Mütter und Väter, die auf Rädern mit den Kindern im Schlepptau unterwegs waren. Tom saß als Einziger neben dem großen Fenster mit Blick auf die Straße und schaute dem geschäftigen Treiben zu und nippte an seinem Kaffee. Er sah die Mütter voller Stolz, manchmal entnervt vom Alltagsstress, und dachte an seine Exfrau. Ob Tina mittlerweile ihren Traummann gefunden hatte und nun auch bald Mutter war? Norbert, sein Kollege vom Fußballverein, hatte ihm gegenüber seit der Scheidung kein Wort mehr über Tina verloren. Tom wusste daher nicht, ob die zwei nun ein Paar waren oder sie vielleicht keinen Kontakt mehr hatten. Tina hatte er das letzte Mal bei der Scheidung gesehen – die Gott sei Dank ohne großes Tamtam über die Bühne gegangen war. Einige Wochen nachdem sie ausgezogen war, hatte sie ihre Sachen geholt – hatte nur wenige Möbel mitgenommen, einen Großteil ihres Geschirrs und den ganzen Dekokram. Zeug, auf das Tom gut verzichten konnte. Da er ohnehin nicht kochte und sich wenn, dann nur etwas in der Mikrowelle wärmte, konnte er auf das ganze Geschirr ohnehin verzichten. Er hatte sich von seiner Mutter einige Kaffeehäferln mitgenommen, mehr brauchte er nicht. Tina hatte ihn verlassen, weil er keine Kinder wollte.

Eine rothaarige junge Frau kam in die Bäckerei und schob einen Kinderwagen vor sich her. Schlagartig musste Tom an das gestrige Opfer denken. Diese junge Frau würde auch nie Kinder bekommen. Ob sie sich so wie Tina Kinder gewünscht hatte? Oder vielleicht war sie sogar Mutter gewesen? Wobei sie schon sehr jung aussah, aber es könnte natürlich sein. Das war für ihn das wirklich Grausame am Mord – nicht nur das Leben der jungen Frau war vorbei. Sondern all die Träume, Hoffnungen und Möglichkeiten, die vor ihr lagen, blieben ungenützt.

Tom sah auf die Uhr – drei viertel 8, er sollte sich auf den Weg ins Revier machen. Heute stand der Teil seines Jobs an, der am schwierigsten war – die Familie des Opfers informieren. Mit all dem Schmerz, der Verzweiflung, der Trauer konfrontiert werden. Vorausgesetzt, sie wussten schon, wer das Opfer war. Die rothaarige Frau steckte ihren Einkauf in die Tasche am Kinderwagen und schob den Kinderwagen mit einem zufriedenen Lächeln auf den Lippen hinaus und spazierte die Straße entlang. Tom trank seinen letzten Schluck Kaffee und machte sich auf den Weg ins Revier. Er beschloss, gleich zu seinem Onkel und damit seinem Chef zu gehen, um ihn über den gestrigen Mord zu informieren, auch wenn er bisher so gut wie nichts wusste.

Kapitel 4

Toms Besuch bei seinem Chef war kurz, doch notwendig, um das Verhältnis zwischen ihm und seinem Onkel nicht zu belasten. Sein Onkel versuchte, ihn zu behandeln wie jeden anderen im Revier, um zu verhindern, dass sich andere benachteiligt fühlten. Tom war das nur recht, er hatte hart dafür gearbeitet, den Verdacht loszuwerden, er hätte nur wegen seiner Verwandtschaft zum Chef die Beförderung bekommen.

Tom ging in sein Büro, um sich über die Firma Varia schlauzumachen, bei der das Opfer gestern gefunden worden war. Er hatte wenig Hoffnung, schon Ergebnisse von der Spurensicherung oder dem Gerichtsmediziner auf dem Tisch zu haben.

Tom tippte gerade den Namen Varia in die Suchmaske von Google, als die Tür aufging und sein Kollege Waldmüller zur Tür hereinkam. Er murmelte nur ein kurzes »Morgen« und setzte sich schwerfällig an seinen Schreibtisch, der Tom gegenüberstand.

»Was gibt es Neues?«, fragte er Tom.

Der Alte gab keine Ruhe, er wollte informiert werden. Auch wenn Waldmüller mittlerweile nicht mehr sein »Mentor« war – eine Aufgabe, die er nie wirklich wahrgenommen hatte – versuchte er noch immer, seine langjährige Erfahrung an Tom weiterzugeben – ob der es wollte oder nicht.

»Junge Frau mit abgetrenntem Arm wurde gestern in einem Container mit Schlachtabfällen bei Varia gefunden«, antwortete Tom knapp.

»Wissen Sie schon, wer sie ist?«, fragte Waldmüller.

»Nein, in der Tasche, die wir bei ihr gefunden haben, waren keine Papiere«, gab Tom zurück.

»Hmmm«, grunzte Waldmüller. »Haben Sie schon in der Vermisstendatei nachgesehen?«

Mist. Daran hätte Tom selbst denken können. »Nein, noch nicht. Mache ich gleich«, antwortete er und versuchte, sich den Ärger nicht anmerken zu lassen. Waldmüller hatte damals, als Tom befördert wurde, keine Gelegenheit ausgelassen, ihn dumm dastehen zu lassen. Nachdem Tom nun aber einige Fälle erfolgreich allein ermittelt hatte, hatte der übergewichtige Alte in seinen Flanellhosen und karierten Hemden aufgehört, Tom Steine in den Weg zu legen. Er hatte wohl kapituliert und saß seine Zeit bis zur bevorstehenden Pensionierung Mitte nächsten Jahres ab.

Tom klickte sich durch die Homepage von Varia. Viel Blabla, wenig Aussage. Er konnte nicht wirklich herausfinden, was die Firma tatsächlich produzierte. Einige Fotos von blitzblank polierten Silos, mehr aber nicht. Das brachte ihn nicht weiter. Also öffnete Tom die Datei mit den aktuellen Vermisstenanzeigen im internen Netzwerk der Polizei. Dort waren alle Anzeigen aus ganz Österreich gesammelt und somit stets aktuell. Für jede vermisste Person gab es eine Art Karteikarte mit Foto, Name und Beschreibung der Person, welche Kleidung sie zuletzt getragen hatte, wo sie das letzte Mal gesehen worden war. An den Wochenenden war die Datei meist voll von Jugendlichen, die nach einer Party nicht nach Hause gekommen waren. Hin und wieder ältere Menschen, die von einem Pflegeheim abgängig waren. Doch die wurden meist nach einigen Stunden mithilfe von Suchmannschaften aus Rettungshunden und freiwilliger Feuerwehr wiedergefunden. Die Fotos der Vermissten wurden von den Angehörigen zur Verfügung gestellt und zeigten Menschen in den unterschiedlichsten Lebenssituationen – am Strand im Urlaub, bei einer Party, bei Familienfeiern. Selten bekam man ein Passfoto für die Datei.

Tom schaute die aktuellen Vermisstenmeldungen durch, auf der Suche nach einer jungen Frau mit roten Haaren. Nach nur wenigen Klicks wurde Tom fündig. Die Vermisstenanzeige war heute früh auf der Polizeistation in Tulln aufgegeben worden. Tom griff sofort zum Telefonhörer und tippte die Telefonnummer, die am Monitor als Kontakt der zuständigen Dienststelle angegeben war.

Vielleicht hatte er Glück, und der Angehörige war noch vor Ort. Es läutete einige Male, bevor sich eine Frauenstimme meldete »Polizei-Dienststelle Tulln, guten Morgen.«

»Tom Meixner, Mordkommission St. Pölten hier, guten Morgen. Sie haben heute früh eine Vermisstenmeldung einer jungen Frau ins System gestellt. Ist der Angehörige, der sie vermisst gemeldet hat, noch da?«, fragte Tom.

»Eine junge vermisste Frau? Augenblick, ich muss den Kollegen fragen, der vorne Dienst hat.« Er hörte, wie sie den Hörer zuhielt, sich dann aber gleich wieder meldete: »Wie heißt die Frau?«, fragte sie.

Tom sah auf den Monitor. »Lisa Schüller«, antwortete er.

»Augenblick«, hörte er noch, bevor der Hörer wieder zugehalten wurde. Er hörte gedämpfte Stimmen, bevor sich seine Kollegin aus Tulln wieder meldete. »Nein, tut mir leid, der Mann ist schon seit einer guten Stunde weg«, sagte sie.

Tom überlegte kurz. Wenn es sich bei der Leiche in der Autopsie tatsächlich um Frau Schüller handelte, war es wohl besser, sicher zu sein, bevor sie die Angehörigen damit konfrontierten.

»Wir haben gestern eine Leiche gefunden, und die Beschreibung passt zur Vermissten«, sagte Tom.

»Schrecklich, normalerweise tauchen die ja immer wieder auf«, sagte die Polizistin betroffen.

»Na ja, wir haben eine junge rothaarige Frau gefunden. Das Alter würde auch mit der Vermissten übereinstimmen. Also, schauen wir mal, ob es Zufall ist oder tatsächlich die vermisste Person«, erklärte Tom.

»Verstehe ich. Na, dann wünsche ich Ihnen viel Erfolg bei Ihrem Fall«, verabschiedete sich die Polizistin.

»Vielen Dank. Wiederhören.« Tom legte auf und las die Personenbeschreibung genauer durch. Frau Schüller war seit vorgestern Abend abgängig, ihr Freund, Martin Hutter, hatte sie als vermisst gemeldet. Angeblich hatte er mehrfach versucht, sie am Handy zu erreichen, aber sie hatte nicht abgehoben. Das Foto zeigte die Frau im Schneidersitz am Boden, jede Menge Unterlagen um sie herum, einen Laptop am Schoß. Das Foto schien ein Schnappschuss zu sein. Sie blickte in die Kamera, ohne zu lächeln, so als ob man sie gerade angesprochen und aus der Konzentration gerissen hatte. Die roten Haare waren zu einem Knoten gedreht und mit einem Bleistift fixiert worden. Sie trug Jeans und ein weißes T-Shirt mit einem Stoppschild darauf.

Tom klickte auf das Foto, um es zu vergrößern. Er wollte wissen, was unter dem Stoppschild stand. Als er das Foto vergrößerte, konnte er »Eating Animals« lesen. Es war schwer zu sagen, ob die Frau auf dem Foto ident war mit der Leiche, die unten in der Gerichtsmedizin lag. Tom schloss das Foto und las sich die Personenbeschreibung durch. Frau Schüller war 25 Jahre alt, als Beruf war Studentin angegeben. Als sie das letzte Mal gesehen wurde, trug sie wahrscheinlich einen langen Rock und ein T-Shirt. Der Kollege hatte dazu notiert, dass sich der Mann wegen der Farben der Kleidung nicht sicher war. Tom konnte sich erinnern, dass die Leiche mit einem langen Rock bekleidet war, doch an die Farbe konnte er sich nicht erinnern. Er hätte auf einen helle Ton getippt. Er erinnerte sich an eine Diskussion mit Tina, als sie mit ihm beim Einkaufen über die Farbe eines Hemdes gestritten hatte. Er meinte, das Hemd sei blau, sie meinte, es sei aquamarin oder wie auch immer das hieß. Er hatte sich von ihr einen Vortrag anhören können, dass Männer die Unterschiede von Farben nicht wahrnehmen können und dass er ja keine Ahnung von Farbnuancen hatte. Seither hatte er dieses Thema gemieden, es war ihm zu blöd, sich darüber zu streiten, ob das Kirschrot oder Burgunder oder sonst noch was war. Er konnte den Mann also nur zu gut verstehen, dass er die Farbe der Kleidung nicht benennen konnte. Es war so was von unwichtig. Wobei es jetzt der entscheidende Hinweis sein konnte, ob es sich bei der Toten um die Vermisste handelte.

Waldmüller riss Tom aus seinen Gedanken. »Und ist die vermisst gemeldete Person Ihre Leiche?«, fragte er.

»Einige Anhaltspunkte wie Alter, Haarfarbe und Kleidung stimmen überein. Aufgrund des Fotos kann ich aber nicht sicher sagen, ob es sich um die Frau handelt«, gab Tom zurück.

»Na ja, drei Übereinstimmungen sind ohnehin schon eine Menge. Geben Sie Doktor Brandtl einfach Bescheid, er kann sicher aufgrund der Physiognomie besser feststellen, ob es sich um die vermisste Frau handelt.«

Waldmüller hatte recht. Der Gerichtsmediziner sah viel mehr Details in der Gesichtsform, Augen etc. und konnte sagen, ob es sich um die Person handelte. Tom wählte die Nummer der Gerichtsmedizin. Es dauerte einige Zeit, bis der Mediziner sich meldete: »Brandtl.«

»Guten Morgen, Meixner hier. Wir haben eine vermisste Frau, die Übereinstimmungen mit unserer Leiche hat. Kann ich Ihnen den Namen geben, damit Sie sich das Foto ansehen und mir sagen, ob wir einen Treffer haben?«, fragte Tom.

»Ja, warten Sie, ich muss erst die Datei öffnen«, antwortete Brandtl. Tom hörte den Doktor einen Sessel verschieben und dann ein Schnaufen. »So, geht schon. Wie ist der Name?«, fragte er.

»Lisa Schüller«, antwortete Tom.

Es dauerte wieder einige Zeit, bis der Mediziner sich meldete. »Gesichtsform, Stellung der Augen und die Nase … Ja, die junge Frau bei mir am Tisch scheint die Vermisste zu sein.«

»Scheint?«, fragte Tom.

»Na ja, hundertprozentig sicher bin ich nicht, dafür bräuchte ich einen Zahnabdruck oder eine DNA. Rein aufgrund der äußeren Erscheinung kann ich im Moment nur sagen, sie scheint die Vermisste zu sein«, antwortete der Mediziner. »Sie muss ohnehin von einem Angehörigen identifiziert werden«, sprach Doktor Brandtl weiter. »Wobei … wenn ich eine DNA-Vergleichsprobe machen kann, könnten wir den Angehörigen den Anblick ersparen.«

»Ich besorge Ihnen eine Haarbürste oder Ähnliches für den DNA-Abgleich, okay?«, fragte Tom.

»Wunderbar«, meinte Doktor Brandtl.

»Wird gemacht, ich komme so schnell wie möglich damit zu Ihnen.«

Tom legte auf, und Waldmüller sah ihn fragend an. »Ja, es scheint die vermisste Frau zu sein.«

»Na bitte. Dann wissen Sie ja jetzt, wo Sie weitermachen«, sagte Waldmüller selbstzufrieden und holte eine Zeitung aus seiner Aktentasche, um sich seiner Morgenlektüre zu widmen.

Tom stand nun der Teil seiner Arbeit bevor, der ihm schwerfiel: den Angehörigen die traurige Nachricht überbringen.

Kapitel 5

Tom parkte sein Auto in einer kleinen Gasse in Tulln gegenüber dem Haus, das als Lisa Schüllers Wohnadresse in der Vermisstenanzeige angegeben war. Es war ein Altbau mit nur zwei Stockwerken, die hellblaue Fassade bröckelte ab, und auch die Haustür hatte schon bessere Zeiten gesehen. Tom suchte im Hauseingang nach einer Gegensprechanlage, doch es schien keine zu geben. Also drückte er die große eiserne Türschnalle und schob die Holztür auf. In dem halbdunklen Gang konnte er rechts einen Stiegenaufgang erkennen. Tom sah auf seinen Notizzettel – Türnummer 7. Dass alte Stiegenhäuser anscheinend alle diesen modrigen Geruch haben, dachte Tom, als er in den zweiten Stock ging und dort die gesuchte Türnummer fand. Ein Plakat mit einem Stoppschild und dem Spruch »Stop Eating Animals« prangte auf der Tür und überdeckte den abgesplitterten weißen Lack. Gerade als Tom den Klingelknopf drücken wollte, ging die Tür auf, und eine junge Frau im bunten Sommerkleid stand vor ihm.

»Guten Tag. Wohnt Herr Hutter hier?«, fragte er.

»Martin? Ja klar. Der sitzt in der Küche – einfach durchgehen, letzter Raum rechts«, sagte sie fröhlich, schob sich an Tom vorbei und lief die Stiegen hinunter.

Tom betrat den langen Flur. Rechts neben der Eingangstür hingen einige Jacken an Haken, darunter ein Berg von Männer- und Frauenschuhen. Als Tom den Gang weiterging, waren rechts und links je zwei Türen. Die erste Tür rechts stand offen, und Tom konnte ein Bad erkennen. An der gegenüberliegenden Tür war ein liebevoll gemalter Zettel mit Tixo angebracht, auf dem »Du betrittst das Reich von Mona« stand. Die anderen beiden Türen waren geschlossen. Am Ende des Ganges erreichte Tom die Küche, die mit einem Regal vom Wohnzimmer getrennt war. Ein junger Mann hantierte gerade mit einer Espressokanne, während er telefonierte.

»Danke, Mike, und bitte melde dich bei mir, wenn sie dich anruft oder bei dir auftaucht. Tschüss, Alter!« Der Mann legte das Telefon auf die Arbeitsfläche der Küche, schraubte die Espressomaschine zu und stellte sie auf den Gasherd.

Tom räusperte sich und sagte dann: »Guten Morgen!«

Der junge Mann fuhr herum. »Mein Gott, haben Sie mich erschreckt!«, rief er. »Wie sind Sie hereingekommen?«, fragte er erstaunt.

»Eine junge Frau ist gerade gegangen und hat mich hereingelassen und gemeint, ich finde Sie in der Küche«, sagte Tom.

»Wen suchen Sie?«, fragte er.

»Wenn Sie Martin Hutter sind, dann suche ich Sie«, antwortete Tom.

»Ja, der bin ich. Und wer sind Sie?«, fragte er.

»Bevor ich Ihnen das sage, nehmen Sie vielleicht besser Platz«, gab Tom zurück.

Martin Hutter sah Tom erschrocken an, ging dann aber zu dem großen Esstisch, der neben der Tür an der der Wand tand, setzte sich auf den nächsten Sessel und sah Tom erwartungsvoll an.

»Ich bin Tom Meixner«, sagte er ruhig und machte eine kurze Pause, bevor er weitersprach, »von der Mordkommission St. Pölten.«

Herr Hutter sah Tom erschrocken an. »Von der Mordkommission?«, stammelte er.

Tom zog einen der Sessel vom Tisch weg und setzte sich etwas entfernt von Martin Hutter hin. »Herr Hutter, Sie haben heute früh Frau Lisa Schüller vermisst gemeldet«, sprach Tom weiter. Herr Hutter nickte. »Wir haben gestern Nachmittag eine junge Frau gefunden, die in einigen Punkten der Beschreibung von Frau Schüller entspricht.«

Herr Hutter sprang auf. »Sie haben Sie gefunden!«, rief er. »Geht es ihr gut? Wo ist sie?«, rief er aufgeregt.

»Herr Hutter, bitte nehmen Sie wieder Platz«, versuchte Tom zu beruhigen. Es fiel ihm schwer, es auszusprechen, und daher versuchte er, es dem Mann möglichst schonend beizubringen. »Wir haben die Leiche einer jungen Frau gefunden, sind uns aber nicht sicher, ob es sich um Frau Schüller handelt.« Na ja, schonend war das nicht gerade, dachte Tom bei sich.

Hutter ließ sich auf den Sessel plumpsen. »Lisa ist tot?«, fragte er leise.

»Der Gerichtsmediziner ist sich nicht hundertprozentig sicher. Um die Leiche zu identifizieren, brauchen wir einen Zahnabdruck oder eine DNA, mit der wir vergleichen können«, erklärte er.

»Ich kann sie identifizieren«, bot er schnell an.

Tom seufzte. Wie sollte er dem Mann beibringen, dass er das zwar prinzipiell tun könnte, er das in dem Fall aber für keine gute Idee hielt. »Ja, normalerweise ist das eine Möglichkeit, aber das können nur die nächsten Angehörigen machen.«

Hutter meinte barsch: »Ich bin ihr Freund, also bin ich ein naher Angehöriger!«

»Herr Hutter, ich verstehe Sie ja, aber laut Gesetz sind Sie kein Angehöriger. Sie müssten verheiratet sein«, erklärte Tom. »Abgesehen davon würde ich Ihnen den Anblick gerne ersparen«, sprach Tom weiter.

»Ist es so schlimm?«, fragte Hutter.

Tom überlegte kurz – sollte er dem Mann tatsächlich sagen, dass die Frau zumindest teilweise zerstückelt worden war? »Es ist tatsächlich kein schöner Anblick. Es wurde ein Arm abgetrennt«, erklärte Tom.

Hutter schlug sich beide Hände vor den Mund, um einen Schreckensschrei zu unterdrücken. Eine Reaktion, die Tom von Frauen kannte, bei Männern aber noch nicht gesehen hatte. »Welches Schwein tut so etwas?«, brach es aus Hutter heraus.

»Das kann ich Ihnen nicht sagen. Noch nicht. Aber bevor Sie sich jetzt das Schlimmste ausmalen, möchte ich sichergehen, ob die Tote in unserer Gerichtsmedizin tatsächlich Ihre Freundin ist«, sagte Tom. Hutter nickte, er wirkte abwesend. »Haben Sie eine

Haarbürste von Frau Schüller, die Sie mir geben können?«, fragte Tom.

»Was?«, fragte Hutter. Er schien mit seinen Gedanken weit weg.

»Eine Haarbürste. Damit wir die DNA vergleichen können«, erklärte Tom.

Hutter nickte, stand schwerfällig wie ein alter Mann auf und fragte dann: »Wo wurde sie gefunden?«

Tom überlegte, ob er diese Information weitergeben sollte. Immerhin musste er Herrn Hutter auch als potenziellen Verdächtigen ansehen. Er glaubte zwar nicht, dass der junge Mann, so erschüttert wie er wirkte, zu so einer Tat fähig war, aber man konnte nicht wissen. Daher sagte er nur: »In einem Container.«

»In welchem Container?«, fragte Hutter. Sollte Tom die grauslichen Details verraten? Hutter schien sein Zögern zu merken. »Überlegen Sie, ob Sie mir verraten sollen, wo sie wirklich gefunden wurde?«, fragte er trotzig. Tom war über den Tonfall erstaunt und nickte. »Hören Sie, Lisa hat sich in den letzten Monaten eine Menge Feinde gemacht. Es läuft gerade eine Klage von Mega Food gegen sie wegen übler Nachrede und was weiß ich noch was«, meinte Hutter. »Ich habe ihr gesagt, sie soll sich nicht mit den Konzernen anlegen, und anscheinend hat sie das jetzt mit dem Leben bezahlt«, erklärte er weiter.

Tom wurde hellhörig. »Warum wurde sie geklagt?«, fragte er.

»Wegen ihres Blogs. Sie prangerte dort regelmäßig die Praktiken der Lebensmittelkonzerne an. Denen passte das natürlich nicht«, sagte Hutter.

Tom holte sein Notizbuch heraus. »Geben Sie mir die Adresse des Blogs, bitte.« Tom notierte sich die Adresse. »Mega Food, sagten Sie?«, fragte er nochmals nach.

»Ja, Mega Food. Aber ich bin mir nicht sicher, ob das alle Klagen sind. Wir hatten deshalb ziemlichen Krach, und ich weiß nicht, ob sie mir dann von weiteren Klagen nichts mehr erzählt hat.« Er raufte sich sein struppiges dunkelblondes Haar und wirkte fix und fertig.

»Herr Hutter, solange wir nicht sicher wissen, ob es sich tatsächlich um Frau Schüller handelt, bitte ich Sie, sich nicht den Kopf zu zerbrechen«, versuchte Tom, den Mann zu beruhigen.

»Sie werden genügend Hinweise haben, dass es Lisa ist, sonst wären Sie nicht hier, oder?«, meinte dieser resigniert. Tom nickte. »Also, warum soll ich mir dann noch Hoffnungen machen, dass jede Minute die Tür aufgeht und sie hereinkommt?«, fragte er, und seine Stimme brach. Langsam wurde dem Mann bewusst, dass seine Freundin mit großer Wahrscheinlichkeit tot war, und er kämpfte mit den Tränen.

»Herr Hutter, bitte geben Sie mir die Haarbürste, damit ich sie ins Labor bringen kann und wir schnell Gewissheit haben«, erinnerte Tom den Mann nochmals. Der nickte und verließ schwerfällig die Küche. Als er mit der Bürste in der Hand zurückkam, fragte Tom: »Haben Sie einen Tiefkühlbeutel, in dem ich die Bürste transportieren kann?« Tom hatte vergessen, eine Beweismitteltüte aus dem Auto mitzunehmen.

Hutter schüttelte den Kopf. »Wir vermeiden Plastik wegen der darin enthaltenen Weichmacher. Ich kann Ihnen nur ein Papiersackerl anbieten«, antwortete er.

»Ja, wunderbar, das wird reichen, damit ich die Bürste nicht verunreinige«, sagte Tom. Hutter kramte in einer Schublade der Küchenzeile und zog eine zerknitterte Papiertüte von einer Bäckerei heraus, strich sie glatt und warf die Bürste hinein und übergab sie Tom. »Herr Hutter, eine letzte Frage noch: Wenn es sich tatsächlich um Frau Schüller handelt, müssen wir die Familie verständigen. Können Sie mir den Namen und die Adresse der Eltern geben?«

»Die Eltern haben bei Waidhofen ein Landgasthaus, ›Die Alte Schenke‹. Dort wohnen sie auch. Finden Sie im Internet.«

»Heißen die Eltern auch Schüller?«, fragte Tom vorsichtshalber.

Hutter nickte. Er starrte auf den Boden vor sich und fragte dann leise: »Wie geht es jetzt weiter?«

»Ich bringe die Bürste in die Gerichtsmedizin, damit wir die DNA vergleichen können. Sobald feststeht, ob die Tote Frau

Schüller ist, verständigen wir die Eltern«, erklärte Tom. »Wissen die Eltern, dass Sie Frau Schüller vermisst gemeldet haben? Ich nehme an, Sie haben vorher bei den Eltern angerufen, ob sie vielleicht dort ist, oder?«

Hutter schüttelte langsam den Kopf. »Nein, ich habe nicht mit ihren Eltern gesprochen, die sind nicht so gut auf mich zu sprechen. Ich meine, es ist nicht so, dass wir uns gestritten hätten, aber sie hätten sich für ihre Tochter etwas Besseres gewünscht. Sie haben das zwar nie ausgesprochen, aber die Art, wie sie mich ansehen oder mit mir reden, zeigt mir das«, erklärte Hutter.

»Inwieweit etwas Besseres?«, fragte Tom nach.

»Na ja, ich weiß auch nicht, einen Arzt oder Juristen vielleicht. Keinen Agrarbiologen wie mich«, antwortete Hutter.

»Darf ich fragen, wie lange Sie mit Frau Schüller schon zusammen sind?«, fragte Tom.

»Seit drei Jahren. Wir haben uns bei einer Vorlesung kennengelernt, und es hat einfach gepasst«, antwortete Hutter.

»Was studieren Sie?«

»Wir studieren beide Agrarbiologie an der BOKU und schreiben gerade unsere Masterthesen. Im Herbst wollten wir fertig sein und zur Prüfung antreten«, erklärte Hutter.

»Aber wenn Frau Schüller auch Agrarbiologie studiert hat, warum wollten ihre Eltern was Besseres?«, fragte Tom.

»Sie hat ursprünglich Lebensmitteltechnologie studiert, ist dann aber meinetwegen zur Agrarwissenschaft gewechselt. Das war ihnen schon mal nicht recht. Aber ich hab sie dazu nicht überredet – sie meinte, sie findet es spannender, daran zu arbeiten, wie die Lebensmittel produziert werden, anstatt sich mit Technologie auseinanderzusetzen«, erklärte Hutter.

Tom nickte. Es schwirrten ihm noch viele Fragen im Kopf, doch solange er nicht sicher wusste, ob die Tote Frau Schüller war, war es sinnlos, sie zu stellen. »Danke vorerst. Wenn ich noch Fragen habe, melde ich mich«, sagte Tom.

»Rufen Sie mich an, wenn Sie wissen, ob es Lisa ist?«, fragte Hutter.

»Rein rechtlich gesehen, darf ich das nicht, weil Sie nicht als Angehöriger zählen«, antwortete Tom. »Aber geben Sie mir Ihre Telefonnummer, und ich rufe Sie an.« Tom zog nochmals sein Notizbuch heraus und notierte sich die Telefonnummer, bevor er sich verabschiedete.

»Eigentlich wäre es mir am liebsten, nichts mehr von Ihnen zu hören, denn das würde bedeuten, dass Lisa noch lebt«, sagte Hutter niedergeschlagen zu Tom. Tom nickte und verließ ohne eine Antwort die Wohnung und machte sich auf den Weg nach St. Pölten.

Während er auf das Ergebnis der DNA-Analyse wartete, schaute er sich Frau Schüllers Blog an. Bereits nach einigen Minuten konnte er verstehen, dass die Lebensmittelfirmen nicht gut auf die junge Frau zu sprechen waren. Sie nahm sich kein Blatt vor den Mund und hielt einer Firma irreführende Werbung und Missstände in der Produktion vor. Einer Lebensmittelkette warf sie vor, dass in einem Joghurt Äpfel aus der EU und Nüsse aus Afrika enthalten waren. Die Aufmachung des Produktes suggerierte den Konsumenten aber, das Joghurt sei aus regionalen österreichischen Produkten hergestellt. In einem weiteren Artikel prangerte sie die Machenschaften eines Saatgutherstellers an, der Bauern zwang, mit dem Saatgut auch gleichzeitig Unkrautvernichter zu kaufen. Im nächsten Artikel ging sie auf den aktuellen Lebensmittelskandal ein. In Lasagne und anderen Fleischprodukten eines Lebensmitteldiskonters war Pferdefleisch gefunden worden, obwohl es auf der Packung nicht angeführt war. Frau Schüller stellte in dem Artikel die provokante Frage, was wohl noch alles in unseren Lebensmitteln enthalten ist, von dem wir nichts wissen, weil es auf den Packungen nicht deklariert ist. Tom hatte die Artikel zu dem Lebensmittelskandal immer nur überflogen und sich über die Aufregung gewundert. Was war schon dabei, wenn in der Lasagne Pferdefleisch statt Rindfleisch war? Doch unter dem Aspekt, den Frau Schüller beschrieb, hatte er es noch nicht gesehen. Anscheinend nahmen es die Lebensmittelhersteller nicht so genau mit dem, was sie auf die Packungen schrieben.

Tom klickte auf einen Link in dem Blog und kam zu einer Homepage einer europäischen Organisation mit einer Liste an Lebensmitteln, die aus irgendwelchen Gründen vom Handel zurückgerufen worden waren. Teilweise wurde vor dem Verzehr gewarnt, weil gesundheitliche Bedenken bestanden. Auf einer anderen Website fand Tom einen Bericht über einen Mann, der, nachdem er einen Käse gegessen hatte, ins Koma gefallen war. Der Käse war mit irgendwelchen Bakterien verseucht gewesen. Der Mann konnte zwar gerettet werden, war aber nun an den Rollstuhl gefesselt und konnte seinen Job nicht mehr ausüben. Schlimm, dachte Tom bei sich. Da isst du ein Käsebrot und danach bist du gelähmt.

Tom hatte sich noch nie Gedanken gemacht über das, was er aß. Er hatte sich maximal überlegt, ob er zunehmen würde oder nicht, aber ob das Essen gefährlich war, hatte ihn bisher nicht interessiert. Lisa Schüller hatte es sich aber offensichtlich zur Aufgabe gemacht, genau hinzusehen und den Lebensmittelherstellern auf die Finger zu schauen. Tom surfte noch ein wenig und war erstaunt, wie viele Seiten es gab, die sich mit irreführender Werbung bei Lebensmitteln oder Gesundheitsrisiken durch Ernährung beschäftigten. Das war an ihm bisher vollkommen vorbeigegangen.

Es war mittlerweile Mittag, und Toms Magen begann zu knurren. Die ganzen Texte über Lebensmittel hatten ihm nicht den Appetit verdorben. Wobei er in Zukunft vielleicht doch genauer schauen würde, was er da so in sich hineinschob. Er überlegte, ob er ins nahe liegende ›Schnitzelhaus‹ fahren sollte, um sich etwas zu essen zu holen. Er hätte auch zu seiner Mutter zum Essen fahren können, aber da war er gestern erst gewesen – er wollte ihr nicht das Gefühl geben, wieder mehr Kontakt zuzulassen. Nachdem er ihr den Schlüssel zu seiner Wohnung abgenommen hatte, war sie eingeschnappt.

Tom fischte sich seinen Autoschlüssel, um zum ›Schnitzelhaus‹ zu fahren. Als er das Büro verließ, kam Waldmüller ihm entgegen.

»Und, schon was Neues?«, fragte er.

»Ich warte gerade auf die Bestätigung der Gerichtsmedizin, ob die Leiche die als vermisst gemeldete Frau ist. Ich fahre schnell was essen, bis dahin habe ich hoffentlich Antwort«, erklärte er knapp.

Waldmüller nickte. »Na dann, Mahlzeit!«, brummte er, während Tom sich schon auf den Weg zum Auto machte.

Kapitel 6

Nachdem Tom sich ein viel zu großes Schnitzel mit Pommes gegönnt hatte, wollte er endlich wissen, ob es sich bei der zerstückelten Frau um Lisa Schüller handelte. Daher ging er gleich nach seiner Mittagspause in die Gerichtsmedizin und hoffte, dort eine Antwort zu bekommen. Doktor Brandtl saß an seinem Schreibtisch und holte gerade einige Blätter aus dem Drucker. Als er Tom sah, lächelte er zufrieden.

»Wusste ich es doch, dass Sie gleich nach der Mittagspause hier auftauchen. Geduld zählt wahrlich nicht zu Ihren Stärken«, meinte der Mediziner im väterlichen Ton.

»Ja, ich weiß, aber ich kann mit meinen Ermittlungen nicht beginnen, solange wir nicht wissen, wer das Opfer ist«, erwiderte Tom.

»Die Kollegen von der Spurensicherung haben die Proben abgeglichen. Ich habe gerade die Ergebnisse ausgedruckt.« Doktor Brandtl deutete auf die Papiere in seiner Hand.

»Und?«, fragte Tom.

»Bei der Toten handelt es sich um Frau Schüller. Die Vergleichs-DNA hat das bestätigt, was ich aufgrund der Physiognomie schon vermutet habe«, erklärte der Mediziner.

Tom seufzte. Jetzt war es also Gewissheit, und es gab viele Dutzend Fragen zu klären. Er wusste ja schon einiges vom Opfer, aber nun musste er noch mehr erfahren und vor allem herausfinden, wem die junge Frau so gefährlich worden war, dass sie dafür sterben musste.

»Wissen Sie schon die Todesursache?«, fragte Tom.

Der Mediziner erhob sich schwerfällig von seinem Sessel und ging mit Tom zu dem Metalltisch, auf dem der Körper der jungen

Frau zugedeckt lag. Er deckte sie ab und erklärte Tom, was er herausgefunden hatte.

»Nachdem wir sie von Blut gereinigt hatten, konnten wir keinerlei Stich- oder Schusswunden feststellen. Todesursache ist diese Kopfverletzung.« Doktor Brandtl drehte den Leichnam, um Tom eine klaffende Wunde am Hinterkopf zu zeigen. Tom überwand seinen Ekel, um sich die Wunde genau anzusehen.

»Schon eine Idee, womit die Wunde zugefügt wurde?«, fragte er.

»Ein Metallrohr vielleicht?«

»Schwer zu sagen«, antwortete der Mediziner. »Es ist auf alle Fälle ein harter länglicher Gegenstand gewesen.«

Nachdem Doktor Brandtl den Körper wieder hingelegt hatte, entdeckte Tom auf dem Arm weitere Wunden. »Was sind das für Flecken?«, fragte er.

»Wir haben einerseits auf beiden Armen Kampfspuren in Form von Abschürfungen und auch Druckspuren. Hier sehen Sie zum Beispiel einen Daumenabdruck und daneben drei weitere Abdrücke. Das sind typische Anzeichen, dass sie am Oberarm genommen und festgehalten wurde«, erklärte der Mediziner.

»Sie hat sich also gewehrt«, schlussfolgerte Tom.

Der Gerichtsmediziner nickte. »Die Würgemale am Hals haben sich bestätigt, aber sie wurde nicht erwürgt. Noch etwas Auffälliges – wir haben am T-Shirt an zwei Stellen kleine Brandlöcher und auf der Haut darunter Verbrennungen«, erklärte der Mediziner weiter. Tom sah ihn stirnrunzelnd an. »Hier, schauen Sie.« Er zeigte Tom links auf Taillenhöhe zwei rote kreisrunde Flecken, die in wenigen Zentimetern Abstand nebeneinander waren. Die Haut hatte kleine Blasen gebildet und war rundherum stark gerötet. »Die zweite Verbrennung ist am Rücken«, sprach der Mediziner weiter.

»Was kann diese Verbrennung verursacht haben?«, fragte er.

»Das habe ich mich auch schon gefragt. Da die Abstände bei beiden Wunden ident sind, muss es dieselbe Ursache haben. Die Wunden sehen nicht so aus, wie sie zum Beispiel durch Zigarettenglut entstehen. Das sieht anders aus. Ich habe eine Vermutung, das muss ich aber erst überprüfen«, erzählte der Mediziner.

»Welche Vermutung?«, fragte Tom.

»Wie war das mit der Ungeduld?«, schmunzelte Doktor Brandtl. Tom grinste. »Die Wunde erinnert mich an Verletzungen, die ich schon von einem Stromschocker gesehen habe. Genaueres kann ich Ihnen aber erst sagen, wenn ich die Wunde verglichen habe mit Fotos aus meiner Datenbank«, erklärte der Mediziner ruhig.

Tom nickte. Er schätzte die gründliche Vorgehensweise des Gerichtsmediziners. »Was ist mit dem abgetrennten Arm? Können Sie mir dazu schon etwas sagen?«

»Ja. Wie schon erwähnt, wurde der Arm erstaunlich fachmännisch abgetrennt. Die Schnitte lassen nicht darauf schließen, dass mit einem Skalpell gearbeitet wurde, sondern mit einem sehr großen scharfen Messer«, erklärte der Mediziner.

Tom nickte. Er konnte sich die klaffende Wunde nicht ansehen. Er hatte sich zwar mittlerweile an den Anblick von Leichen gewöhnt, aber wenn wie in diesem Fall Knochen und die Muskeln und Sehnen rundherum sichtbar waren, war das zu viel für ihn. Er konnte nicht verstehen, wie der Mediziner es Tag für Tag schaffte, in Eingeweiden herumzustochern. Doktor Brandtl lächelte Tom an.

»Ich nehme an, Sie wollen sich die durchaus kunstvolle Arbeit des Täters nicht genau ansehen?«, fragte er.

»Vollkommen richtig geraten«, antwortete Tom mit einem schiefen Lächeln. Er war froh, dass der Mediziner nicht darauf bestand, ihm die Details zu zeigen. Tom holte tief Luft. »Okay, bei der Toten handelt es sich um Lisa Schüller. Anscheinend hat es einen Kampf gegeben, bei dem vielleicht auch ein Taser eingesetzt worden ist und bei dem sie mit einem langen harten Gegenstand erschlagen wurde«, fasste er zusammen.

»Stimmt bis auf den Taser – es war sicher keine Stromschlagpistole, sondern ein Stromschocker«, korrigierte der Gerichtsmediziner. Tom runzelte die Stirn. »Ein Taser arbeitet mit Projektilen, die mit Nadeln versehen sind. Es sind dünne Kabeln, die aus einer

Waffe abgeschossen werden. An den Nadeln sind Widerhaken, die am Körper hängen bleiben und so den Strom leiten. Wir haben hier aber nicht die typischen Wunden, die diese Widerhaken verursachen. Daher gehe ich von einem Stromschlaggerät aus, das hinterlässt keine Einstiche, sondern nur Brandwunden. Aber, wie gesagt, das muss ich erst überprüfen«, erklärte der Mediziner.

»Okay, danke Herr Doktor. Das hilft mir schon weiter«, antwortete Tom.

»Sie werden meinen endgültigen Bericht erst morgen auf Ihrem Schreibtisch finden. Aber ich denke, Sie haben einen ersten Ansatz, um mit Ihren Ermittlungen beginnen zu können.« Tom nickte.

»Allerdings. Ich werde jetzt mal die Angehörigen verständigen und mir ansehen, woran die Frau gearbeitet hat. Irgendwem scheint sie im Weg gestanden zu haben«, gab Tom zurück und verließ die Gerichtsmedizin, um sich auf den Weg zur Familie von Frau Schüller zu machen.

Kapitel 7

Tom fuhr die schmale Straße zwischen Maisfeldern und Sonnenblumen den Hügel hinauf. Etwas außerhalb von Waidhofen, auf einem der für diese Gegend typischen Hügel, fand er »Die Alte Schenke«. Das einstöckige gelbe Haus strahlte in der Sonne, die Blumenkisten vor den weiß gerahmten Fenstern unterstrichen den idyllischen Eindruck.

Tom parkte sein Auto auf dem großen Schotterparkplatz unterhalb des Hauses und näherte sich der offenen Tür, über der in schnörkeliger Schrift »Alte Schenke« stand. Neben der Eingangstür stand eine schwarze Tafel mit »Tagesempfehlungen«. Darunter standen zwei Gerichte mit weißer Kreide geschrieben, dazwischen waren weiße Schlieren zu sehen – offensichtlich waren schon Gerichte von der Karte gestrichen worden. Da es früher Nachmittag war, war nicht viel los. Der Gastraum mit seinen weiß gedeckten Tischen war leer. Tom durchquerte den Raum, ging an der alten Theke, die links stand, vorbei und steuerte die offene Tür an, die offensichtlich in den Garten führte. Gerade als er die Tür erreichte, kam ihm eine große schlanke Frau im Dirndl entgegen.

»Grüß Sie! Kommen Sie nur, im Garten sind noch Tische frei.« Sie gab Tom den Weg nach draußen frei.

»Ich bin auf der Suche nach Herrn und Frau Schüller. Sind die da?«, fragte Tom.

Die Frau mit ihren rotblonden Haaren meinte freundlich: »Ich bin Frau Schüller. Wie kann ich Ihnen helfen?«

Tom überlegte, ob er sich gleich vorstellen oder lieber noch warten sollte. »Sehr gut, wunderbar. Ist Ihr Mann auch da?«, fragte er.

»Ja, der ist in der Küche. Wieso denn?«, fragte sie.

»Ich würde gerne mit Ihnen beiden sprechen«

»Wenn es um eine Reservierung für eine Feier geht, können Sie das gerne mit mir alleine besprechen«, meinte sie fröhlich.

»Nein, darum geht es leider nicht. Ich würde wirklich gerne mit Ihnen beiden gemeinsam sprechen, möglichst ungestört, wenn das geht«, antwortete Tom.

Die Frau zögerte kurz, sagte dann aber: »Warten Sie einen Augenblick, ich hole meinen Mann«, und ließ Tom stehen.

Kurze Zeit später kam sie wieder mit einem großen schlanken Mann in der typischen weißen Kochjacke und schwarzer Hose. Er trocknete sich noch im Gehen die Hände an einem Geschirrtuch ab, das er dann auf die Theke legte, bevor er Tom begrüßte.

»Guten Tag. Robert Schüller. Was kann ich für Sie tun?«, fragte er freundlich, doch in seiner Stimme schwang ein skeptischer Unterton mit.

Tom ergriff die entgegengestreckte Hand, stellte sich jedoch nicht vor, sondern meinte: »Wo können wir ungestört reden?«

Frau Schüller sah ihren Mann irritiert an. Der deutete in Richtung Gastraum und ging voran. Sie setzten sich an einen der gedeckten Tische, und beide sahen Tom erwartungsvoll an.

»Ich muss gestehen, ich bin irritiert, weil Sie sich bis jetzt nicht vorgestellt haben«, sprach die Frau aus, was Tom ihr schon angesehen hatte.

»Das kann ich gut verstehen, und ich möchte mich dafür auch entschuldigen. Ich weiß nur leider aus Erfahrung, wenn ich sage, wer ich bin, löst das meist Bestürzung aus«, erklärte Tom.

»Na, diese Erklärung macht es nicht gerade besser. Ich habe das Gefühl, wir bekommen gleich schlechte Nachrichten überbracht«, sagte Frau Schüller.

Tom seufzte und meinte dann: »Damit haben Sie leider recht. Mein Name ist Tom Meixner von der Mordkommission St. Pölten.« Die beiden sahen sich erschrocken an. Tom sprach weiter: »Es geht um Ihre Tochter Lisa. Ich muss Ihnen leider mitteilen, dass Ihre Tochter gestern Vormittag tot aufgefunden wurde.«

Frau Schüller flüsterte ein »Nein«, während ihr Mann Tom nur anstarrte, bevor er fragte: »Wo wurde sie gefunden?« Noch bevor Tom antworten konnte, fragte Frau Schüller: »Sind Sie sich ganz sicher, dass es unsere Tochter ist?«

»Ja, sind wir. Ich komme gerade aus dem Labor. Wir haben einen DNA-Test gemacht, um ganz sicher zu sein«, beantwortete Tom ihre Frage zuerst.

»Woher haben Sie die DNA meiner Tochter?«, fragte Herr Schüller.

»Ich habe heute Vormittag Herrn Hutter in Tulln besucht und eine Haarbürste Ihrer Tochter mitgenommen«, erklärte Tom.

»Wieso waren Sie zuerst bei Martin und nicht bei uns?«, fragte Herr Schüller aufgebracht.

»Weil er Ihre Tochter heute früh als vermisst gemeldet hat«, antwortete Tom ruhig.

»Wieso vermisst? Ich verstehe das nicht?«, fragte Frau Schüller nun.

»Frau Schüller, ich kann Ihnen leider noch nicht genau sagen, was passiert ist, da wir den exakten Tathergang noch nicht kennen. Was wir wissen, ist, dass Ihre Tochter gestern Abend nicht nach Hause gekommen ist. Sie hat auf die Anrufe von Herrn Hutter nicht reagiert, und ich denke, daher hat er sie heute früh als vermisst gemeldet«, erklärte Tom.

»Warum sagt uns dieser Mistkerl nicht Bescheid?«, rief Herr Schüller aus.

»Das kann ich Ihnen leider nicht beantworten. Ich denke, er wollte Sie wahrscheinlich nicht beunruhigen«, sprach Tom weiter.

»Wo war sie?«, fragte Frau Schüller.

»Das wissen wir leider noch nicht«, antwortete Tom.

»Sie wissen nicht, wo sie gefunden wurde?«, fragte Herr Schüller erbost.

»Entschuldigen Sie, natürlich wissen wir, wo sie gefunden wurde. Aber es ist ziemlich sicher, dass sie dort nicht getötet wurde«, antwortete Tom.

»Wo also wurde sie gefunden?«, fragte Herr Schüller nochmals.

Tom holte tief Luft, bevor er antwortete: »In einem Container mit Schlachtabfällen.«

Frau Schüller schlug sich die Hände vor den Mund, um den Schrei abzudämpfen. Ihre Augen füllten sich mit Tränen, die langsam über ihr Gesicht rollten.

»Oh mein Gott«, brach es aus Herrn Schüller heraus.

Er stand abrupt auf, fuhr sich mit beiden Händen durch die Haare und ging ein paar Schritte im Raum auf und ab. Dann setzte er sich wieder neben seine Frau und nahm sie in die Arme und tröstete sie. Tom ließ den beiden Zeit, die schreckliche Nachricht zu verkraften.

Mit tränenerstickter Stimme hörte er Frau Schüller sagen: »Ich habe ihr gesagt, sie soll aufpassen. Sie soll es nicht zu weit treiben.« Herr Schüller legte seine Hände rechts und links auf das Gesicht seiner Frau und sah sie an.

»Du weißt doch, wie unser kleiner Dickschädel war«, sagte er leise mit gebrochener Stimme. Auch ihm rannen mittlerweile die Tränen übers Gesicht. »Wenn sie sich etwas in den Kopf gesetzt hatte, ließ sie nicht mehr locker.« Er küsste seine Frau auf die Stirn und zog ihren Kopf an seine Brust.

Tom konnte dieses Bild des Trauerns nur ganz schwer aushalten. Er sah, wie viel Liebe zwischen den beiden herrschte und wie sie sich aneinander festklammerten. Er fand es immer wieder erstaunlich, wie manche Paare es schafften, auch nach vielen Jahren noch so viel füreinander zu empfinden und so liebevoll miteinander umzugehen.

Herr Schüller sah Tom an und fragte: »Können wir sie sehen?«

Tom überlegte kurz, wie er ihnen den nächsten Teil der schlechten Nachricht sagen sollte. »Nachdem wir eine eindeutige Identifizierung haben, ist es eigentlich nicht notwendig«, sagte Tom.

»Ich will sie sehen. Ich muss sie sehen«, sagte Herr Schüller mit noch immer zittriger Stimme.

Tom zögerte. »Ich würde Ihnen diesen Anblick gerne ersparen.«

Frau Schüller hob rasch den Kopf und sah Tom mit aufgerissenen Augen an. »Wieso? Sieht sie so schlimm aus? Was haben die mit ihr gemacht?«, schrie sie.

»Der Täter hat Ihrer Tochter einen Arm abgetrennt«, sagte Tom leise. Frau Schüller schüttelte fassungslos den Kopf. Tom sprach weiter. »Offensichtlich hat der Täter versucht, den Leichnam zu zerstückeln. Wir wissen im Moment noch nicht, was ihn davon abgehalten hat weiterzumachen.«

Herr Schüller brüllte los: »Welches Schwein macht so etwas?«

»Das wissen wir leider noch nicht. Wir haben leider noch keine Spur zum Täter«, antwortete Tom. Frau Schüller sank schluchzend in die Arme ihres Mannes, der versuchte, sie zu trösten. »Herr Schüller, ich weiß, das ist jetzt eine furchtbare Situation für Sie. Aber ich brauche noch ein paar Informationen von Ihnen über Ihre Tochter.«

Schüller sah Tom an und schüttelte den Kopf. »Bitte nicht jetzt«, stammelte er.

Tom verstand. Sie mussten diese Nachricht erst verkraften. Tom griff in seine Jacken-Innentasche, zog seine Visitenkarte heraus und legte sie auf den Tisch. »Ich lasse Ihnen meine Karte hier. Bitte melden Sie sich morgen früh bei mir. Vielleicht können Sie mir meine Fragen dann am Telefon beantworten«, meinte Tom. Herr Schüller nickte benommen. Tom stand auf und sagte leise: »Es tut mir aufrichtig leid. Auf Wiedersehen.«

Tom war sich nicht sicher, ob die beiden ihn gehört hatten. Er verließ den Gastraum, um sich auf den Weg zurück ins Kommissariat zu machen.

Kapitel 8

Tom hatte die Fahrt zurück ins Büro genutzt, um sich zu überlegen, wie er nun weiter vorgehen sollte. Als Erstes würde er Herrn Hutter anrufen, um ihm zu bestätigen, dass es sich bei der Toten tatsächlich um seine Freundin handelte. Er brauchte mehr Informationen über das Opfer, um einen Anhaltspunkt zu bekommen, wo er mit seinen Ermittlungen beginnen sollte. Zurück im Büro fand Tom den Bericht der Spurensicherung auf seinem Tisch. Auf der Tasche konnten keine verwendbaren Fingerabdrücke festgestellt werden. Doch fand man einen kleinen Hautfetzen auf der Innenseite der Tasche. Man hatte also die DNA des Täters, konnte jedoch keine Vergleichsproben in der Datenbank finden.

Tom legte den Bericht zur Seite und wählte die Nummer von Herrn Hutter. Nach nur ein Mal Läuten hatte er eine krächzende Stimme am Apparat.

»Hallo, Herr Hutter, hier ist Tom Meixner von der Mordkommission«, meldete sich Tom.

»Hallo, Herr Meixner. Haben Sie schon ein Ergebnis?«, fragte der Mann vorsichtig.

»Ja, haben wir. Es tut mir sehr leid, aber bei der Toten handelt es sich tatsächlich um Frau Schüller«, erklärte Tom.

Es dauerte einige Zeit, bis eine Antwort kam. »Das habe ich befürchtet. Es ist nicht ihre Art, sich nicht zu melden.« Wieder entstand eine Pause, doch Tom ließ dem Mann Zeit. Immerhin hatte er eben die Bestätigung bekommen, dass seine Freundin tot war. »Wissen ihre Eltern schon Bescheid?«, fragte Hutter.

»Ja, ich komme gerade aus deren Gasthaus zurück«, antwortete Tom.

»Wie haben sie es aufgenommen?«, fragte Hutter.

»Es war natürlich ein Schock für sie. Ich denke, sie werden etwas Zeit brauchen, um das zu verkraften«, gab Tom zurück.

»Haben Sie etwas über mich gesagt?«, fragte Hutter.

»Nein, sie wollten nur wissen, warum ich zuerst bei Ihnen war. Ich habe ihnen erklärt, dass Sie die Vermisstenanzeige aufgegeben haben. Herr Schüller war allerdings wenig erfreut darüber, dass Sie ihn nicht informiert haben, dass seine Tochter vermisst wird«, erklärte Tom.

»Ich wollte ihn nicht unnötig beunruhigen«, antwortete Hutter leise.

»Herr Hutter, ich habe jede Menge Fragen zu Frau Schüller, die Sie mir wahrscheinlich am besten beantworten können«, nutzte Tom die entstandene Pause.

»Was müssen Sie über Lisa wissen?«, fragte Hutter.

»Ich muss möglichst viel über ihre Arbeit und die laufenden Anklagen erfahren. Alles kann ein Anhaltspunkt sein, der mich zum Täter führt«, erklärte Tom.

»Zum Täter?«, fragte Hutter. »Gehen Sie tatsächlich von Mord aus?«

Tom war erstaunt über die Frage. »Ja, natürlich. Ich habe Ihnen doch gesagt, sie wurde mit abgetrenntem Arm gefunden«, erinnerte er den Mann an das Gespräch am Vormittag.

»Ja. Stimmt. Aber es hätte ja auch ein Unfall sein können, oder?«, fragte der Mann ungläubig. Offensichtlich konnte der Mann nicht glauben, dass seine Freundin Opfer eines Mordes geworden ist.

»Es spricht mittlerweile alles dafür, dass es Mord war«, antwortete Tom.

»Ich pack das alles nicht!«, rief der Mann auf einmal aus. Langsam wurde dem Mann das ganze Ausmaß der Tragödie erst bewusst.

Tom sah auf seine Uhr. Es war jetzt kurz vor sechs. Heute würde er ohnehin nicht mehr viel ausrichten können. »Herr Hutter, ich möchte Sie jetzt nicht mit meinen Fragen überfahren. Verarbeiten Sie das erst mal. Kann ich morgen früh gegen 8 zu Ihnen kommen, und Sie beantworten mir meine Fragen?«, schlug Tom vor.

Es dauerte, bis Tom ein »Ja, ist okay« hörte.
»Okay, dann nochmals aufrichtiges Beileid, Herr Hutter. Wir sehen uns morgen früh. Auf Wiederhören«, sagte Tom.
Dem Mann jetzt einen schönen Abend zu wünschen, wäre pietätlos gewesen. Tom kramte sein Notizbuch heraus und schrieb sich seine Fragen für morgen früh zusammen. Er beschloss nachzusehen, ob sein Onkel noch im Dienst war, um ihn über die neuesten Entwicklungen zu informieren. Als er zu dessen Büro kam, schloss dieser gerade die Tür ab.
»Hallo, machst du dich auf den Heimweg?«, fragte Tom.
»Ja, bei dem schönen Wetter will ich auch mal was von meinem Garten haben. Und sei es nur zum Rasenmähen«, lachte dieser. »Was macht dein Fall? Weißt du schon, wer das Opfer ist?«
Während sie gemeinsam die Stiegen hinuntergingen, erzählte Tom, was er bisher von der Frau wusste.
»Wo wirst du ansetzen?«, fragte sein Onkel.
»Ich werde mir auf alle Fälle genauer ansehen, wer die Frau verklagt hat. Wobei ich mir im Moment nicht vorstellen kann, dass sich von einem Großkonzern jemand die Hände so schmutzig machen würde und einen Mord begeht. Ich fahre morgen früh zum Lebensgefährten des Opfers, um so viel wie möglich über sie zu erfahren. Woran sie gearbeitet hat und wer ein Interesse daran hat, dass sie stirbt«, erklärte Tom.
Sein Onkel klopfte ihm auf die Schulter und meinte: »Klingt nach einem guten Plan. Was machst du jetzt mit dem lauen Sommerabend?«, fragte er Tom.
»Gute Frage, ich habe mir darüber noch nicht den Kopf zerbrochen«, antwortete Tom ehrlich. »Ich denke, ich fahre heim, setze mich auf mein Rad und drehe noch eine Runde«, überlegte er.
»Ja, ja, immer schön fit halten. Als Junggeselle muss man den Damen heutzutage ja was bieten, was ich so gehört habe«, lachte sein Onkel und verabschiedete sich.
Tom hatte sich seit seiner Scheidung nicht mehr oder weniger Gedanken über sein Aussehen gemacht als früher. Oder vielleicht doch? Egal. Er schob den Gedanken zur Seite und beschloss, sich

tatsächlich auf sein Rennrad zu setzen und eine Runde zu fahren – das hatte er schon seit Ewigkeiten nicht mehr gemacht. Und der Abend war zu schön, um sich vor den Fernseher zu setzen. Und sich allein zu einem Heurigen oder in sonst ein Lokal zu setzen, darauf hatte er jetzt keine Lust. Dann lieber Sport.

Kapitel 9

Am nächsten Morgen parkte Tom sein Auto vor dem Haus in Tulln, das er schon kannte, und ging in den zweiten Stock. Er läutete, und die junge Frau, die ihm am Vortag an der Tür begegnet war, öffnete. Heute war keine Fröhlichkeit in ihrem Gesicht zu sehen, die Augen waren verquollen und rot. Sie wirkte erschöpft.

»Guten Morgen. Mein Name ist Tom Meixner von der Mordkommission St. Pölten. Ich wollte mit Herrn Hutter sprechen.«

Sie trat zur Seite und deutete in Richtung Küche. »Sie kennen den Weg ja schon«, sagte sie müde.

Tom nickte und ging den Gang entlang zur Küche. Dort saß Hutter mit noch zerzausterem Haar als am Vortag über sein Kaffeehäferl gebeugt. Als er Tom sah, wollte er aufstehen, doch Tom deutete ihm, sitzen zu bleiben. Die Frau tauchte neben Tom auf und dahinter noch ein junger Mann.

»Herr Meixner, guten Morgen. Nehmen Sie Platz. Wollen Sie auch einen Kaffee?«, fragte er leise.

Tom setzte sich ihm gegenüber. »Ja, gerne, ein zweiter Kaffee wäre fein«, antwortete Tom.

»Mona, bist du so lieb und machst noch einen Kaffee?«, bat Hutter die junge Frau.

»Machst für mich auch einen, Schatz?«, bat der junge Mann mit Vollbart und setzte sich ebenfalls an den Tisch.

Tom wollte eigentlich mit Hutter allein reden und kein Gruppenmeeting abhalten. Schließlich waren im Moment alle verdächtig, solange er keinen konkreten Anhaltspunkt hatte. Doch noch bevor Tom das ansprechen konnte, sagte Hutter: »Herr Meixner, ich hoffe, es stört sie nicht, wenn Mona und Lukas dabei sind. Die beiden kannten Lisa auch sehr gut, schließlich wohnen wir hier alle zusammen. Und vielleicht können Ihnen die beiden auch weiterhelfen, damit wir die Dreckskerle, die Lisa das angetan haben, schnappen.«

Tom sah den vollbärtigen Mann ihm gegenüber an und fragte sich, ob er ihm zutrauen würde, einen so kaltblütigen Mord zu verüben und dann einen Arm abzutrennen. Toms Bauchgefühl meldete sich mit einem entschiedenen Nein! Der dürre Junge hätte wahrscheinlich nicht einmal die Kraft, das Opfer in den Container zu heben. Also konnte er ihn getrost als Verdächtigen ausschließen, genauso wie die junge Frau. Das war zwar nicht die professionelle Herangehensweise, Verdächtige auszuschließen, aber da verließ er sich auf das, was er von seinem Vater gelernt hatte – genau hinzusehen. Verdächtige verrieten sich im Gespräch mit einem Polizisten – früher oder später merkte man selbst dem geübtesten Lügner an, wenn er nicht die Wahrheit sagte. Denn die Körpersprache verriet sie alle – dafür brauchte man kein Profiler sein, um das zu erkennen.

»Nein, ist okay, je mehr ich über Frau Schüller erfahre, desto besser. Schließlich brauche ich Anhaltspunkte für meine Ermittlungen«, antwortete Tom schließlich.

Mona zog den Sessel neben Tom vom Tisch weg und nahm neben ihm Platz. Tom hatte seinen Notizblock bereits vor sich liegen und begann, seine Fragen zu stellen.

»Hatte Frau Schüller Feinde?«

»Sie meinen, abgesehen von Mega Food und den anderen Konzernen, die in ihrem Blog von ihr bloßgestellt wurden?«, fragte Hutter. Tom nickte. Herr Hutter schien zu überlegen und wirkte ratlos.

»Feinde klingt so hart«, meldete sich Mona zu Wort.

»Das ist mir schon klar, aber mir geht es darum herauszufinden, wen Frau Schüller so verärgert hat oder wem sie so sehr in die Quere gekommen ist, dass sie dafür sterben musste«, erklärte Tom.

»Lisa ist, ich meine, war, ein echter Kumpel. Man konnte alles von ihr haben. Sie war ein herzensguter Mensch mit einem ausgeprägten Gerechtigkeitssinn. Ungerechtigkeit konnte sie nicht aushalten, da mischte sie sich sofort ein. Das vertrugen halt nicht alle«, begann Lukas zu erzählen.

»Wie kann ich mir das vorstellen? Können Sie mir ein Beispiel nennen?«, fragte Tom.

Lukas überlegte kurz und meinte dann: »Wir haben letztes Semester gemeinsam ein Proseminar bei Professor Hasko besucht. Eine Kollegin hielt ein Referat, und Professor Hasko hat das in der Luft zerfetzt. Meinte, wie schlecht vorbereitet das war und was sie sich einbildete, mit so einer unprofessionellen Leistung in seinem Seminar aufzutauchen. Dabei war das Referat gar nicht schlecht – die Kollegin hatte sich echt Mühe gegeben, und, unter uns gesagt, ich hab selbst schon schlechtere Arbeiten abgeliefert. Auf jeden Fall hat er die Kollegin vor allen zur Schnecke gemacht, rumgebrüllt, er ist es leid, sich mit uns Dilettanten abzumühen und so Zeug halt. Da ist Lisa aufgestanden und meinte, er hätte kein Recht, sich so aufzuführen und dass das Referat nicht so schlecht war, wie er das hinstellte. Und wenn er schlechte Laune hätte, sollte er das nicht an uns auslassen, und wenn er sich nicht mit Studenten abgeben will, sollte er vielleicht besser seinen Job überdenken. Die zwei haben sich ein richtiges Schreikonzert geliefert. Geendet hat das Ganze damit, dass der Professor meinte, sie solle aufpassen, wie sie mit ihm rede, denn schließlich hätte er es in der Hand, wie gut oder schlecht sie ihr Studium beende.«

»Was meinte er damit?«, fragte Tom.

»Lisa hat bei ihm ihr Diplomarbeitsthema eingereicht gehabt. Sie war ja auch schon recht weit und hatte einen ersten Entwurf zur Begutachtung bei ihm liegen«, erklärte Lukas. »Als sie dann drei Wochen später einen Termin bei Professor Hasko hatte, um ein Feedback zu ihrem Konzept zu bekommen, hat er gemeint, die Arbeit kann sie so nicht schreiben. Sie könne nicht nur die negativen Aspekte bringen, müsse objektiver an die Sache herangehen und der wissenschaftliche Aspekt fehle ihm komplett«, erzählte Mona weiter. »Sie war fuchsteufelswild, als sie damals von der Uni heimgekommen ist. Sie meinte damals, der Typ hat sie ja nicht mehr alle und nach dem Feedback wird sie die Arbeit auf keinen Fall bei ihm schreiben«, ergänzte Martin Hutter.

»Worüber hat Frau Schüller geschrieben?«, fragte Tom.

»Über die genetischen Veränderungen bei Nutztieren und die damit einhergehenden Haltungsbedingungen«, meinte Martin.

»Wie bitte? Was studieren Sie überhaupt?«, fragte Tom.

»Wir studieren alle an der BOKU. Lisa und ich haben Agrar- und Ernährungswissenschaften studiert«, antwortete Mona.

»Ich studiere Nutzpflanzenwissenschaften und Lukas Lebensmittelwissenschaften«, ergänzte Martin.

Was es nicht alles gibt, dachte Tom bei sich. Er traute sich fast nicht zu fragen, aber er hatte es nicht so mit dem Unisystem, daher musste er nachfragen. »BOKU steht für …?«

»Bodenkultur«, antwortete Lukas.

Tom nickte. »Wie ging die Geschichte zwischen Frau Schüller und diesem Professor, wie war der Name nochmal, aus?«

»Professor Hasko«, sagte Mona nochmals langsam. »Sie hat es geschafft, den Betreuer zu wechseln. So was schafft nur Lisa«, erzählte sie, und man konnte Stolz in ihrer Stimme hören.

»Wieso schafft nur sie so was? Ist es so schwer, den Betreuer zu wechseln?«, fragte Tom.

Sie drei sahen sich an, und Lukas meinte dann: »Sie haben nicht viel mit Unis zu tun, oder?«

Tom schüttelte den Kopf. »Ist das so offensichtlich?«, meinte er.

Ein leichtes Lächeln huschte über Lukas Gesicht. »Ja. Überhaupt einen Betreuer für eine Masterthesis zu bekommen, ist schon schwierig. Aber dann mit einem Thema auch noch mitten in der Arbeit zu wechseln, ist eigentlich ein Ding der Unmöglichkeit. Aber Lisa hatte es geschafft. Sie hat Professor Niessl davon überzeugt, ihre Arbeit zu übernehmen, obwohl er ohnehin schon so viele Diplomanden hat. Er ist halt sehr beliebt und ein echt guter Prof. Schade nur, dass ich nicht bei ihm meine Arbeit schreiben kann«, erzählte Lukas.

Tom war erstaunt, er dachte immer, Studenten führten ein lockeres Leben und es brauchte nur ein wenig Sitzfleisch und Disziplin, um sein Studium zu beenden. Aber anscheinend war das doch schwieriger.

»Okay, also Frau Schüller hatte einen ausgeprägten Gerechtigkeitssinn und machte sich damit keine Freunde. Ist sie auf der Uni jemandem so sehr ins Gehege gekommen, dass er sie deshalb töten würde?«, fragte Tom.

Die drei sahen sich betroffen an und meinten dann aber rasch: »Nein, ich kann mir nicht vorstellen, dass irgendwer bei uns auf der Uni zu einem Mord fähig wäre«, meinte Mona. Die anderen nickten.

»Okay, ich werde mich trotzdem auch auf der Uni umhören«, erklärte Tom. »Wie gut kannten die beiden Professoren Frau Schüller?«

»Schwer zu sagen. Wir sind keine so große Uni wie andere, und die Institute sind auch nicht riesig. Trotzdem kommen auf jeden Professor an die vierzig Diplomanden. Ob sich die jeden im Detail merken, wage ich zu bezweifeln. Man sieht sich halt immer wieder bei Vorlesungen und Proseminaren, hat mal einen Einzeltermin beim Prof. Aber ich würde bei meinem Prof nicht darauf wetten, dass er meinen Namen weiß, wenn ich ihm am Gang begegne«, erklärte Martin.

»Können Sie mir sagen, woran genau Frau Schüller arbeitete?«, fragte Tom.

»Sie wollte in ihrer Arbeit aufzeigen, wie unmenschlich die Bedingungen waren, unter denen die Kühe heute leben, und welche Schwierigkeiten auf uns zukommen, wenn die Ansätze der modernen Tierhaltung weiter ausgebaut werden«, antwortete Mona. Tom sah sie fragend an. Sie seufzte und meinte dann: »Wissen Sie, was sich momentan in der Nutztierhaltung abspielt?«, fragte sie.

Tom schüttelte den Kopf. Woher das Fleisch für sein Schnitzel kam, war ihm bislang vollkommen egal gewesen. Und darüber, wie diese Tiere lebten, hatte er bis heute keinen Gedanken verschwendet.

»Okay, lassen Sie es mich kurz erklären. In den letzten Jahren haben wir es mit einer zunehmenden Industrialisierung der

Tierhaltung zu tun. Nutztiere werden nur noch als Rohstofflieferant angesehen, der größtmöglichen Profit bringen soll. Auf die Haltungsbedingungen wird immer weniger geachtet«, erklärte Mona.

»Das glaube ich nicht. Schließlich gibt es doch jetzt Eier aus Bodenhaltung, das hat es doch früher nicht gegeben.«

Mona lachte kurz auf. »Ja klar, gibt es die. Aber was bedeutet Eier aus Bodenhaltung? Nur, dass die Tiere nicht mehr in Käfigen gehalten werden, sondern zu Tausenden in einer großen Halle, wo sie sich gegenseitig die Federn abfressen, weil sie derart unter Stress stehen!«, erklärte sie empört. Tom merkte, wie die junge Frau wütend wurde. »Sie fallen wie die meisten auf die Marketingtricks der großen Konzerne herein. Glauben auch den Bildern von glücklichen Kühen auf der Weide und glauben, das Schwein, das Sie als Schnitzel auf Ihrem Teller liegen haben, ist das Schweinchen namens Babe!«

Tom sah sie verwundert an. Natürlich dachte er, die Tiere laufen frei herum und haben ein schönes Leben am Bauernhof. So sah man es doch immer in der Werbung. Mona redete sich in Rage.

»Die Realität sieht aber leider ganz anders aus. Schweine, die mittels Antibiotika und anderer Mittel dazu gebracht werden, innerhalb weniger Monate ein Vielfaches an Gewicht zuzunehmen, damit sie rasch geschlachtet werden können. Hühner, die zwar einen Freilauf hätten, den allerdings nicht nutzen, weil er vollkommen falsch gestaltet ist, sodass sich die Tiere gar nicht aus den Hallen hinaustrauen. Und Kühe, die aufgrund eines Gendefektes ein übermäßiges Muskelwachstum haben und so schwer werden, dass sie ihr eigenes Gewicht kaum noch tragen können.« Tom sah sie mit großen Augen an. »Darüber hat Lisa geschrieben. Bei Kühen kam es durch Kreuzungen zu einem Gendefekt. Jeder Muskel hört normalerweise ab einer gewissen Größe auf zu wachsen. Bei den Kühen kam es auf einmal zu Tieren, deren Muskelwachstum nicht aufhörte. Es entstanden Tiere mit Hinterläufen, die fast doppelt so groß waren wie bei normalen Kühen. Was bedeutete, doppelt so viel Fleisch, das man verwerten konnte. Ein Traum für jeden, der

Tiere nur als Rohstoff sieht. Genau diese Tiere, bei denen dieser Gendefekt auftrat, verpaarte man gezielt weiter, um in Zukunft möglichst viele derartige Kühe mit endlosem Muskelwachstum zu haben. Das Problem ist natürlich, dass der Knochenbau und die Sehnen auf das Gewicht nicht ausgelegt sind. Das heißt, die Tiere bekommen enorme gesundheitliche Probleme. Doch das interessiert niemanden – die Tiere sollen ja nicht alt werden, und wenn sie Schmerzen haben, kümmert das niemanden«, erzählte Mona. »Lisa hat über die Kühe geschrieben und ich über Hühner«, ergänzte sie.

Tom musste erst mal verdauen, was er da gehört hatte. »Und Frau Schüller wollte auf diese Missstände hinweisen in ihrer Arbeit?«, fragte Tom.

Martin schüttelte den Kopf. »Wir sehen das als Missstand. Viele sehen das als vollkommen normal an und freuen sich über diesen Fortschritt. Außerdem würde der wissenschaftliche Ansatz fehlen. Lisa hat erhoben, wie sich diese Entwicklung auf die Haltungsbedingungen auswirkt und ob eine artgerechte Haltung mit der Forderung nach mehr Ertrag vereinbar ist.« Tom verstand irgendwie nur Bahnhof. Martin schien seine Verwirrung zu bemerken. »Lisa hat mehrere Betriebe in ganz Österreich besucht und dort erhoben, wie die Tiere gehalten werden und wie groß die Produktivität des jeweiligen Betriebes ist«, versuchte Martin zu erklären.

»Okay, ich glaube, langsam verstehe ich. Wissen Sie, wo Frau Schüller vor drei Tagen war, bevor Sie verschwand?«, fragte Tom.

Die drei sahen sich fragend an, doch dann schüttelten sie den Kopf. »Sie war letzte Woche auf einem Hof und hat sich tierisch aufgeregt, wie es dort zuging. Sie meinte, sie müsse dort diese Woche nochmals hin, um sich das genauer anzusehen. Aber leider weiß ich nicht, wo das war«, erzählte Martin.

»Führte Frau Schüller einen Kalender?«, fragte Tom.

»Ja, schon, aber sie hat mit Codierungen gearbeitet«, antwortete Martin. Wieder sah Tom fragend drein. »Sie hat die Namen der Betriebe nicht in ihren Kalender eingetragen, sondern Codes dafür verwendet. Da sie in ihrer Arbeit die Namen der Betriebe nicht nennen durfte, hat sie sich für jeden Betrieb einen Code zurechtgelegt und den auch im Kalender verwendet«, erklärte Martin.

»Sie besuchte die Betriebe also mehrfach?«, fragte Tom.

»Ja, da sie eine statistische Auswertung machte und auch Veränderungen dokumentieren wollte, besuchte sie jeden Betrieb dreimal«, erklärte Martin.

»Das klingt sehr aufwendig«, meinte Tom.

»Ja, das war typisch Lisa. Sie machte es sich nicht einfach, sondern war da sehr genau. Sie hat auch eine recht große Stichprobe für ihre Arbeit ausgewählt«, antwortete Martin.

»Stichprobe?«, fragte Tom.

»Anzahl der Betriebe, die sie befragt und ausgewertet hat«, erklärte Martin. »Sie wollte sich den Vorwurf nicht gefallen lassen, dass ihre Ergebnisse nicht wissenschaftlich fundiert sind wegen einer zu kleinen Stichprobe«, ergänzte Mona.

Tom machte sich ein paar Notizen. Die Zahl der Verdächtigen stieg weiter an. Wenn Frau Schüller bei einem der Betriebe auf etwas Illegales gestoßen war, könnte das ein Motiv für Mord sein. »Ich brauche die Liste der Betriebe. Können Sie mir die geben?«, fragte Tom.

»Könnte schwierig werden. Die hat sie sicher in ihrem Computer stehen, aber der ist passwortgeschützt. Und ich weiß das Passwort nicht«, antwortete Martin.

»Vielleicht hat sie einen Ausdruck bei ihren Unterlagen«, meinte Lukas.

»Das glaube ich fast nicht, aber wir können nachsehen. Ich weiß das Passwort für den Computer«, sagte Mona.

»Wieso weißt du das Passwort?«, fragte Martin erstaunt. Mona schwieg. »Warum hat sie es dir gegeben und mir nicht?«

Man merkte, wie sehr diese Kleinigkeit ihn traf. Mona schien zu überlegen, was sie antworten sollte. »Sie wollte nicht, dass du ihre Korrespondenz mit den Anwälten findest«, sagte sie dann leise.

Martin brauste auf. »Anwälte? Also war da mehr als eine Klage?«, rief er.

Mona nickte. »Ja, letzte Woche kam ein Schreiben vom Anwalt von der Lebensmittelkette, die sie in ihrem letzten Blog angeschwärzt hatte. Die haben auf Rufschädigung und Unterlassung geklagt«, sagte Mona langsam.

»Ich wusste es! Ich wusste, dass sie mir etwas verheimlicht hatte.« Martin war aufgesprungen und tigerte in der Küche auf und ab. »Ich habe ihr gesagt, sie soll sich nicht mit denen anlegen! Die sind einfach größer und stärker! Und, wie man sieht, auch skrupellos!«, rief er.

Tom versuchte, den Mann zu beruhigen. »Herr Hutter, ich glaube nicht, dass ein Anwalt Frau Schüller umgebracht hat.«

»Ach, nein? Wieso glauben Sie das? Woher wollen Sie das wissen? Wahrscheinlich hatte sie mit ihren Behauptungen recht, und die wollten sie mundtot machen, bevor noch mehr an die Öffentlichkeit kommt!« Martin war außer sich.

»Herr Hutter, bitte beruhigen Sie sich. Ich werde dem selbstverständlich nachgehen. Aber dazu muss ich wissen, mit wem ich reden soll. Also, wie heißt der Anwalt?«, fragte Tom.

Mona zuckte mit den Schultern. »Das weiß ich leider nicht. Aber es müsste irgendwo noch der Brief zu finden sein, den sie bekommen hat«, meinte sie.

»Okay, darf ich mich in Frau Schüllers Zimmer umsehen?«, fragte Tom.

»Haben Sie einen Durchsuchungsbefehl?«, fragte Lukas ernst.

Tom seufzte. Immer dieses Halbwissen aus den Krimiserien. »Ich habe keinen Durchsuchungsbefehl, brauche aber auch keinen«, begann Tom. Als Lukas schon ansetzte für eine Antwort, hob Tom die Hand und sprach weiter. »Da ich nicht auf der Suche nach Beweisen bin, um einen von Ihnen zu überführen, sondern die persönlichen Sachen des Opfers durchsehen möchte nach Anhaltspunkten für meine Ermittlungen, brauche ich keinen Durchsuchungsbefehl.«

Martin ließ sich wieder auf seinen Sessel plumpsen und meinte resigniert: »Aber Sie gehen dem nach und überprüfen den Anwalt?«

»Natürlich rede ich auch mit dem Anwalt. Genauso, wie ich versuchen werde, mit allen Betrieben zu reden, die Frau Schüller besucht hat. Und ich werde auch mit den beiden Professoren reden. Wie gesagt, solange ich keine Spur habe, ermittle ich in alle Richtungen«, erklärte Tom.

Martin nickte müde und meinte dann. »Die erste Tür links ist Lisas Zimmer. Sie wollte ihr eigenes behalten, obwohl wir hier seit drei Jahren als WG leben. Aber ihre ganzen Arbeitssachen sind noch drinnen«.

Tom stand auf und ging in den Raum. Angesichts der Stapel an Papieren am Schreibtisch und am Boden rundherum würde es wohl einige Zeit dauern, bis er gefunden hatte, was er suchte.

Kapitel 10

Nachdem Tom die Wohnung in Tulln verlassen hatte, überlegte er, ob er nicht gleich mittagessen sollte, bevor er aufs Revier fuhr. Die Kantine am Sportplatz war mittlerweile auch unter der Woche geöffnet und von Pensionisten, LKW-Fahrern und Außendienstleuten gut besucht. Bevor er sich jetzt hier ein Lokal suchen musste, das er nicht kannte und vor allem dessen Küche er nicht kannte, fuhr er lieber am Sportplatz vorbei. Tina war nie die beste Köchin gewesen, aber er vermisste es schon, regelmäßig was halbwegs vernünftig Gekochtes serviert zu bekommen. Den Sportplatz hatte er eine Zeit lang gemieden, war nur zum Training und den Spielen dort gewesen, um Norbert nicht zu begegnen. Da er noch immer keine Ahnung hatte, ob dieser schleimige Typ tatsächlich nur mit seiner Frau befreundet war oder ob daraus mittlerweile eine Beziehung geworden war. Es war ihm eigentlich auch egal. Oder nicht wirklich.

Wenn Tina ihn schon verlassen hatte, warum sich dann mit so einem Loser einlassen? Er wollte den blöden Kommentaren seiner Spielerkollegen aus dem Weg gehen und war daher nach den Trainings immer gleich wieder nach Hause gefahren oder allein irgendwo essen gegangen. Aber mit dem Versteckspiel war jetzt Schluss. Schließlich war das sein Verein, seine Freunde. Die Mittagszeit war eine gute Gelegenheit, sich von Kathi, der Pächterin der Kantine, den neuesten Tratsch erzählen zu lassen. Vielleicht wusste sie ja auch, ob Norbert mit seiner Exfrau nun liiert war oder nicht. Tom startete den Wagen und fuhr Richtung St. Pölten, um in seiner Heimat die Sportplatz-Kantine aufzusuchen.

Kapitel 11

Mit hängendem Kopf betrat Tom sein Büro. Er hätte nicht gedacht, dass es ihm so viel ausmachte zu erfahren, dass Tina mit Norbert nicht nur liiert, sondern angeblich bereits verlobt war. Und ihr Kinderwunsch schien nun auch bald in Erfüllung zu gehen, sie war schwanger. Sie hatte sich nicht lang Zeit gelassen, die Scheidung war noch nicht einmal ein Jahr her. Es erstaunte ihn, dass seine Spielerkollegen ihm das noch nicht erzählt hatten. Er konnte sich kaum vorstellen, dass sie ihn schonen wollten. Norbert würde ihnen wohl kaum verboten haben, es ihm zu sagen.

Tom ließ den Stapel Papiere, den er aus Frau Schüllers Zimmer mitgebracht hatte, auf seinen Tisch fallen. Es hatte keinen Sinn, sich weiter über das Leben seiner Exfrau Gedanken zu machen – er hatte einen Fall zu lösen. Tom sortierte die Papiere – ein Stapel für die Briefe von Anwälten diverser Lebensmittelfirmen, ein Stapel für alles, was mit der Uni zu tun hatte. Tom beschloss, mit dem Anwalt von Mega Food zu beginnen, und suchte den entsprechenden Brief aus dem Stapel und wählte die Nummer.

Eine junge Frauenstimme meldete sich: »Rechtsabteilung Mega Food, guten Tag. Was kann ich für Sie tun?«

»Guten Tag, hier Tom Meixner von der Mordkommission St. Pölten. Ich möchte den Zuständigen im Fall Lisa Schüller sprechen«, erklärte Tom.

»Worum geht es?«, fragte die Frau höflich. Tom fragte sich, was sie das anging und ob sie ihm zugehört hatte.

»Worum es geht, erkläre ich dem Zuständigen selbst. Bitte verbinden Sie mich«, sagte Tom forsch.

»Aber ich muss wissen, in welcher Angelegenheit«, beharrte die Frau.

Tom seufzte. »Ihre Firma hat Klage gegen Frau Schüller erhoben. Ich möchte mit der zuständigen Person sprechen«, wiederholte Tom und versuchte, seinen Ärger im Zaum zu halten.

»Um welche Klage geht es genau?«, fragte sie nochmals.

Jetzt riss Tom der Geduldsfaden. »Das weiß ich nicht genau, darum möchte ich ja auch mit dem Zuständigen reden. Also bitte, verbinden Sie mich jetzt endlich. Oder wollen Sie meine Ermittlungen behindern?«, zischte er ins Telefon.

Das Schweigen verriet Tom, dass die Frau ihren nächsten Satz wohl überlegte. »Bitte haben Sie einen Augenblick Geduld, ich muss nachsehen, ob Herr Magister Lamer Zeit hat«, sagte sie, und schon dudelte ein Tonband in Toms Ohr.

Es dauerte eine halbe Ewigkeit. Tom wollte gerade auflegen, um nochmals anzurufen, als sich endlich die Frauenstimme wieder meldete. »Ich musste Herrn Magister Lamer aus einer Besprechung holen. Ich verbinde Sie jetzt«, sagte sie, und Tom hörte ein Klicken. Dann meldete sich eine tiefe Männerstimme.

»Lamer.«

»Guten Tag, Herr Magister Lamer, hier spricht Tom Meixner von der Mordkommission St. Pölten. Sie haben die Klage gegen Frau Lisa Schüller eingereicht?«, kam Tom gleich zum Punkt.

»Ja«, kam als knappe Antwort. Sehr gesprächig war der Kerl nicht gerade.

»Können Sie mir sagen, um welche Klage es sich handelt?«

»Darf ich fragen, warum das die Mordkommission interessiert?«, fragte Magister Lamer.

Tom wünschte sich, dass die Leute einfach nur seine Fragen beantworten würden, statt immer wieder Gegenfragen zu stellen. »Frau Schüller wurde vorgestern tot aufgefunden«, antwortete Tom.

Nach einem kurzen Schweigen, in dem der Anwalt offensichtlich seine Reaktion überdachte, kam auch schon die nächste Frage: »Und Sie gehen von Mord aus?«

»Der Fundort und Zustand der Leiche lassen keinen anderen Schluss zu«, antwortete Tom knapp.

»Ich bedauere den Tod von Frau Schüller, muss aber gestehen, dass ich auch erleichtert bin, da dadurch ein Problem für uns gelöst ist«, gab Magister Lamer zurück.

Tom war kurz sprachlos über die Unverfrorenheit des Anwaltes. Er konnte sich nicht vorstellen, was Frau Schüller so Schlimmes getan haben sollte, dass man über ihren Tod erleichtert sein konnte. »Das müssen Sie mir jetzt erklären. Wieso sind Sie erleichtert? Was hat Frau Schüller so Schlimmes getan, das Ihre Reaktion rechtfertigt?«, fragte Tom, und er hatte Mühe, seinen Ärger zu verbergen.

»Herr Inspektor, Sie mögen mich für einen Unmenschen halten, doch Frau Schüller ist bei Weitem nicht das unschuldige Fräulein, für das Sie es halten. Sie hat unserem Unternehmen gehörige Schwierigkeiten bereitet«, antwortete der Anwalt.

»Welche Schwierigkeiten genau? Können Sie bitte endlich konkreter werden?«, gab Tom zurück.

»Sie hat in ihren Blogs und Postings auf Facebook immer wieder falsche Behauptungen über unsere Produkte in die Welt gesetzt. Da sie mittlerweile eine nicht zu verachtende Anzahl an Lesern hatte, mussten wir das ernst nehmen und darauf reagieren«, erklärte der Anwalt.

»Welche Behauptungen?«

»Von Behauptungen, dass die Deklarierungen auf den Verpackungen nicht korrekt waren, bis hin zu, dass wir gentechnisch veränderte Rohstoffe verarbeiten, ohne es anzugeben«, erklärte der Anwalt.

»Und? Sind diese Behauptungen wahr?«, fragte Tom.

Wieder dauerte es einige Zeit, bis der Anwalt antwortete. »Sagen wir so: In einem Fall hat es unserem Unternehmen eine Stange Geld gekostet, einen Fehler zu beheben. In allen anderen Fällen entbehrten ihre Behauptungen jedoch jeglicher Grundlage.«

»Worin liegt dann das Problem? Ich meine, warum haben Sie sie dann geklagt?«, fragte Tom.

»Das Problem ist, dass derartige Behauptungen Konsumenten verunsichern und unserem Ruf schaden. Sie hat die Glaubwürdigkeit unserer Produkte und unseres Unternehmens angegriffen. Das können wir nicht zulassen«, erklärte der Anwalt.

»Aber sie war eine einzelne Person. Haben sie wirklich keine anderen Sorgen?«

Der Anwalt lachte kurz auf. »Glauben Sie mir, die haben wir. Doch im Informationszeitalter und einer steigenden Anzahl kritischer Kunden müssen wir jeden einzelnen Spinner ernst nehmen«, antwortete der Anwalt.

»Spinner?«

Jetzt war es der Anwalt, der wütend wurde. »Ja, Spinner. Sie haben ja keine Ahnung, womit wir hier täglich konfrontiert werden. Umweltaktivisten, Weltretter und dann noch die Riege jener, die uns erpressen wollen, indem sie behaupten, sie hätten Produkte von uns vergiftet, die draußen in den Regalen stehen, und sie gehen an die Medien mit einer Warnung vor unseren Produkten, wenn wir nicht innerhalb von zwei Tagen eine Million auf ihr Konto überweisen«, erzählte der Anwalt aufgebracht.

»Wie schlimm ist das wirklich? Ich meine, von wie vielen Fällen reden wir?«, fragte Tom, denn er hatte das Gefühl, Magister Lamer übertrieb maßlos.

»Wir haben mittlerweile zwei Mitarbeiterinnen in der Marketingabteilung, die nichts anderes tun, als die sozialen Netzwerke nach Postings über unsere Produkte oder unser Unternehmen zu durchsuchen. Sie reagieren auf negative Postings und versuchen, die Behauptungen klarzustellen«, antwortete der Anwalt.

»Sie haben mir keine konkrete Zahl genannt«, gab Tom knapp zurück.

»Weil ich Sie nicht weiß. Aber glauben Sie mir, die zwei Kolleginnen, die das machen, leiden nicht an Unterbeschäftigung, eher im Gegenteil. Ich kann nur sagen, wie viele Fälle wir hier in die Rechtsabteilung bekommen, und das sind sicher jeden Monat zehn neue Fälle«, antwortete der Anwalt.

»Wie geht das vor sich?«, fragte Tom.

»Wenn einzelne Personen sich auf unser Unternehmen einschießen und auf unsere Kontaktaufnahmen und Erklärungsversuche nicht reagieren oder weiter falsche Behauptungen in die Welt setzen, werden wir als Rechtsabteilung eingeschaltet. Die bekommen dann von uns ein freundliches Schreiben, in dem wir sie darauf hinweisen, sie sollen die Blogs oder Postings löschen, da wir uns sonst zu rechtlichen Schritten gezwungen sehen. Wenn sie das nicht machen, klagen wir«, erklärte der Anwalt.

»Wogegen?«, fragte Tom.

»Das ist unterschiedlich, je nach Fall. Meist wegen Rufschädigung oder Verleumdung«, antwortete der Anwalt.

»Und Frau Schüller?«

Der Anwalt seufzte. »Frau Schüller war wirklich ein besonders schwieriger Fall. Sie hat sich weder von unseren Schreiben noch von den Klagen beeindrucken lassen. Im Gegenteil. Die Klagen schienen sie sogar noch anzustacheln weiterzumachen«, erklärte der Anwalt. »Sie hat mir sogar ins Gesicht gesagt, sie wird nicht aufhören mit ihren Blogs und unsere Klagen zeigten ihr nur, dass sie recht hat mit ihren Behauptungen. Sie schrie mich sogar an, dass sie genau wisse, dass wir die Verpackung des Joghurts geändert haben, nachdem sie aufgedeckt hätte, dass wir der Kennzeichnungspflicht nicht nachgekommen seien«, sprach der Anwalt weiter.

»Haben Sie die Verpackung tatsächlich geändert?«, fragte Tom.

»Ja, haben wir. Und das hat uns wirklich eine Menge Geld gekostet, weil wir auf Lager befindliche Verpackungen vernichten und neue drucken lassen mussten. Unser Geschäftsführer war wenig erfreut, als ich ihm diese Empfehlung gab, diesen Schritt zu machen. Frau Schüller empfand es als Triumph, dass wir diesen Fehler eingestehen mussten.«

»Sie sagten, sie schrie Sie an. Sie haben mit ihr also nicht nur schriftlich kommuniziert?«

»Ach, habe ich das gesagt?«, fragte der Anwalt, und Tom konnte hören, dass es sich über sich selbst ärgerte.

»Ja, haben Sie gerade eben«, antwortete Tom.

Wieder schien der Anwalt seine Worte genau zu überlegen. »Ich hatte den Auftrag unseres Geschäftsführers, mit Frau Schüller ein

Gespräch zu führen, um sie davon zu überzeugen, uns in Ruhe zu lassen. Nachdem die Klagen sie nicht beeindruckt hatten und sie dann auch noch in einem Fall recht hatte, hatte unser Geschäftsführer die Idee, wir sollten andere Wege suchen, sie ruhigzustellen.«

»Welche anderen Wege?«, fragte Tom.

»Ich sollte ihr einen Vergleich anbieten«, antwortete der Anwalt.

»Einen Vergleich?«

»Ja, verdammt nochmal, einen Vergleich. Ich sollte diesem verdammten Flittchen einen Batzen Geld anbieten, dafür, dass sie aufhörte, über unsere Produkte zu schreiben«, platzte es aus dem Anwalt heraus.

»Sie waren offensichtlich nicht damit einverstanden, ihr das Geld anzubieten?«, bohrte Tom nach.

»Auf gar keinen Fall. Ich hielt das für eine schwachsinnige Idee, denn ich war mir sicher, sie wird das Geld nicht annehmen und das Angebot auch noch gegen uns verwenden. Ich konnte mir förmlich schon vorstellen, wie sie im süffisanten Ton in ihrem Blog schrieb, dass wir versucht hätten, sie mit Geld mundtot zu machen. Ehrlich gesagt, habe ich jede Minute darauf gewartet, dass ihr Blog erscheint und ich die nächste Kacke am Dampfen habe«, erklärte der Anwalt aufgebracht.

»Wann haben Sie ihr das Angebot gemacht?«, fragte Tom.

Der Anwalt seufzte. »Dienstag«, antwortete er knapp.

»Diesen Dienstag? Also vor drei Tagen?«, fragte Tom.

»Ja«, antwortete der Anwalt zähneknirschend.

Tom rechnete schnell nach. Die Leiche war Mittwoch gefunden worden. »Wann genau war der Termin?«, fragte Tom.

»Um 16:30 Uhr. Es war mein letzter Termin an dem Tag«, antwortete Magister Lamer.

»Wie ist das Gespräch verlaufen?«, fragte Tom.

»Es war keines der üblichen Gespräche. Frau Schüller war im Grunde rotzfrech. Sie verhöhnte mich, und sie hat genau so reagiert, wie ich es mir von ihr erwartet habe. Sie hat über das Angebot nur gelacht und gemeint, nun habe sie das Schuldeingeständnis, auf das sie schon so lange gewartet hatte. Und dass sie unser dreckiges Geld nie und nimmer annehmen würde und sie sich nicht von uns kaufen ließe«, antwortete der Anwalt.

Tom war erstaunt über die plötzliche Offenheit des Anwaltes. Sein Ärger hatte die Oberhand gewonnen, und er schien nicht mehr jedes Wort zu bedenken. »Wann hat Frau Schüller Ihr Büro verlassen?«, fragte Tom.

»Ehrlich gesagt, keine Ahnung, ich habe nicht auf die Uhr gesehen«, antwortete Magister Lamer.

»Kann das vielleicht jemand Ihrer Mitarbeiter sagen?«

Der Anwalt schrie förmlich ins Telefon. »Nein, können sie nicht, da sie bei dem schönen Wetter natürlich alle früher heimgehen wollten. Es war keiner mehr da, daher kann auch keiner sagen, wann Frau Schüller das Büro verlassen und meine Tür zugeknallt hat.«

Tom wartete kurz, in der Hoffnung, der Anwalt würde sich beruhigen, bevor er seine nächste Frage stellte. »Herr Magister Lamer, nur um sicherzugehen, dass ich Sie richtig verstehe. Kann man sagen, das Gespräch mit Frau Schüller endete im Streit?«

»Ja, das kann man so sagen, natürlich. Warum fragen Sie so blöd?«, rief der Anwalt noch immer aufgebracht.

»Nun, so wie mein momentaner Ermittlungsstand ist, sind Sie der letzte Mensch, der Frau Schüller lebend gesehen hat. Und niemand kann bezeugen, dass sie Ihr Büro lebend verlassen hat«, fasste Tom zusammen.

»Oh« war das Einzige, was der Anwalt herausbrachte.

»Sie sind sich klar, dass Sie damit im Moment für mich ein Verdächtiger sind?«, sprach Tom weiter.

»Machen Sie sich nicht lächerlich!«, rief der Anwalt. »Frau Schüller war ein Sargnagel für mich, und ich habe mich unglaublich über diese Frau geärgert, über ihre Respektlosigkeit und ihre Frechheit. Ihr ›Ich rette die Welt vor den bösen Konzernen‹-Getue hat mir den letzten Nerv geraubt. Aber ich würde doch deshalb keinen Mord begehen!«, erklärte der Anwalt.

»Glauben Sie mir, Herr Magister Lamer, Menschen morden aus den unglaublichsten und nichtigsten Gründen«, antwortete Tom knapp. »Wo waren Sie Dienstagabend?«

»Nachdem Frau Schüller mein Büro verlassen hat, habe ich noch einige Schriftsätze durchgearbeitet und bin dann nach Hause gefahren«, erklärte der Anwalt.

»Kann das irgendwer bezeugen?«, hakte Tom nach.

»Nein, meine Mitarbeiter waren, wie gesagt, schon außer Haus, und ob unser Portier mich gesehen hat, als ich das Haus verlassen habe, weiß ich nicht«, antwortete Magister Lamer barsch.

»Kann Ihre Frau bezeugen, dass Sie die ganze Nacht zu Hause waren?«, wollte Tom wissen.

»Nein, kann sie nicht, da sie die ganze Woche mit ihrer besten Freundin in einem Wellnesshotel verbringt, während die Kinder in einem Feriencamp sind«, erklärte der Anwalt. Magister Lamer wartete eine Reaktion von Tom ab. »Was bedeutet das jetzt?«

»Sie wissen, was es bedeutet. Ich hoffe, ich muss bei Ihnen nicht von Fluchtgefahr ausgehen?«, fragte Tom.

»Natürlich nicht, was soll das?«, blaffte der Anwalt.

»Dann halten Sie sich bitte für weitere Fragen bereit, verlassen Sie das Land nicht und sorgen Sie dafür, dass ich das nächste Mal sofort zu Ihnen durchgestellt werde, wenn ich anrufe!«, erklärte Tom.

»Geht in Ordnung«, erwiderte der Anwalt knapp.

»Gut, danke für die Informationen. Sie hören von mir, guten Tag«, beendete Tom das Telefonat.

Tom konnte so aufgeblasene Typen wie diesen Anwalt nicht leiden. Die derartig großkotzig zeigen mussten, wer sie waren und was sie nicht alles hatten. Er traute solchen Typen einfach alles zu – auch Mord.

Doch was könnte das Motiv sein? Wenn er ein jähzorniger Mensch war, konnte er Frau Schüller in einem Wutanfall getötet haben. Doch wie passten die Brandspuren dazu? War er ein Sadist, der sie gequält hatte, bevor er sie getötet hatte? Hatte der Mann medizinische Kenntnisse, um Frau Schüller zerstückeln zu können? Es gab noch eine Menge herauszufinden. Doch zuallererst musste Tom den genauen Todeszeitpunkt wissen.

Da er in der Früh gleich zu Herrn Hutter nach Tulln gefahren war, hatte er nicht nachgesehen, ob er den Obduktionsbericht von der Gerichtsmedizin schon auf seinem Tisch liegen hatte. Und als er vom Mittagessen zurückkam, hatte er ihn auch nicht am Tisch vorgefunden.

Tom hob die ganzen Unterlagen, die er von Frau Schüller mitgenommen hatte, hoch, ob er darunter vielleicht den Bericht übersehen hatte. Doch am ganzen Schreibtisch war kein Bericht zu finden. Also rief er Doktor Brandtl in der Gerichtsmedizin an.

»Hallo, Doktor Brandtl. Ist mein Bericht schon fertig?«, fragte Tom freundlich.

»Wollen Sie mich veralbern? Der liegt seit halb neun auf Ihrem Schreibtisch«, antwortete Doktor Brandtl.

»Okay, dann muss ihn irgendwer weggenommen haben, denn hier ist er nicht. Ich frage mal meinen Kollegen. Vielleicht hat er ihn ja versehentlich genommen«, gab Tom zurück. »Steht noch etwas drinnen, das ich wissen sollte?«, fragte Tom.

»Wozu schreibe ich eigentlich einen Bericht, wenn ich Ihnen das alles erzählen soll?«, fragte der Gerichtsmediziner lachend.

»Da haben Sie auch wieder recht. Ich suche den Bericht und werde ihn lesen, damit Sie sich die Arbeit nicht umsonst gemacht haben«, gab Tom zurück und legte auf. Tom schaute auf dem gegenüberliegenden Schreibtisch seines Kollegen Waldmüller, ob dort der Bericht lag, aber auch dort fand er nichts. Wo war Waldmüller eigentlich? Noch auf Mittagspause? Toms Telefon klingelte.

»Hallo, Tom, ich bin's«, meldete sich sein Onkel.

»Hallo. Was gibt es?«

»Falls du den Obduktionsbefund von Frau Schüller suchst, den habe ich bei mir«, erklärte er.

»Kannst du Gedanken lesen? Den habe ich tatsächlich gerade gesucht. Aber wieso ist der bei dir?«, fragte Tom erstaunt.

»Waldmüller hat mir heute Vormittag einen Bericht gebracht, und dabei hat er ihn wahrscheinlich versehentlich bei mir gelassen«, antwortete sein Onkel.

»Warum hat Waldmüller meinen Obduktionsbericht?«, brauste Tom auf.

»Woher soll ich das wissen? Hast du ihm den nicht gegeben?«, fragte sein Onkel.

»Nein, habe ich nicht! Ich war heute Vormittag beim Lebensgefährten des Opfers und habe mich durch ihre Unterlagen gearbeitet und bin erst vor einer halben Stunde wieder ins Büro gekommen. Doktor Brandtl hat mir den Bericht in der Früh auf den Schreibtisch gelegt, und Waldmüller hat ihn sich einfach genommen!«, rief Tom aufgebracht.

»Warum regst du dich so auf? Er ist noch immer der ältere und erfahrenere Beamte. Auch wenn er nicht mehr offiziell dein Mentor ist, kann er dir trotzdem bei den Ermittlungen helfen«, antwortete Toms Onkel ruhig.

»Bitte sei mir nicht böse. Ich habe bis jetzt immer meinen Mund gehalten und mich kaum über Waldmüller beschwert. Aber er lässt noch immer keine Gelegenheit aus, mich blöd dastehen zu lassen. Und einfach in meinen Ermittlungsunterlagen zu schnüffeln, geht zu weit.« Tom wurde immer wütender.

»So, junger Mann, jetzt beruhigst du dich aber ganz schnell wieder. Auch wenn ich dein Onkel bin, brauchst du mir gegenüber nicht so einen Ton anzuschlagen. Ich bin immer noch dein Vorgesetzter. Waldmüller kann als Dienstälterer jederzeit in deine Ermittlungsunterlagen Einsicht nehmen, wenn er das will. Das sind keine Privatgeheimnisse, sondern dienstliche Unterlagen. Und außerdem hör auf, dir einzureden, er will dich blöd dastehen lassen. Das hat Waldmüller nicht notwendig. Er ist ein erfahrener Ermittler und lässt dich Jungspund werken, ohne sich groß einzumischen. Das ist der Deal, den ich mit ihm ausgehandelt habe. Normalerweise müsstest du mit ihm gemeinsam an den Fällen arbeiten, bis er in Pension geht. Da wir beide schon geahnt haben, dass du Sturschädel alles selbst machen willst, haben wir dich machen lassen und Waldmüller als deinen Mentor eingesetzt. Du hast viel Spielraum, deine Ermittlungen so zu gestalten, wie du es für richtig hältst. Trotzdem hat Waldmüller ein Auge auf die Fälle, damit dir nicht vielleicht etwas entgeht und uns ein Mörder durch die Lappen geht. Also, hör auf, dich aufzuführen wie ein kleines Kind, sonst kannst du dir das Alleine-Ermitteln sofort abschminken. Haben wir uns verstanden?«

Tom war einen Augenblick ruhig wie ein kleiner Junge, der eine Standpauke bekommen hatte. »Ja, Chef«, sagte er dann leise.

»Na, das hoffe ich. Hol dir deine Akte, und schau, dass du mit deinen Ermittlungen weiterkommst«, schloss sein Onkel das Telefonat.

Tom legte auf und musste das gerade Gehörte erst einmal verarbeiten. Waldmüller tat also nur so unbeteiligt. Er hatte eine Vereinbarung mit seinem Onkel, Tom im Auge zu haben, ihn aber allein arbeiten zu lassen? Bis zu Waldmüllers Pensionierung waren es nur noch wenige Monate. Bis dahin würde er es ja hoffentlich schaffen, friedlich mit Waldmüller auszukommen. Tom stand auf und holte sich den Bericht von der Sekretärin seines Onkels. Am Rückweg in sein Büro begann er bereits zu lesen.

Als Todeszeitpunkt war ein Zeitraum zwischen 20 und 22 Uhr angegeben. Todesursache war der Schlag auf den Hinterkopf gewesen. Als Tom in sein Büro kam, läutete wieder das Telefon. Der Kollege vom Revier meldete sich.

»Herr Meixner, die Familie Schüller ist hier und will ihre Tochter identifizieren. Ich habe mit Doktor Brandtl gesprochen, und der meinte, eine Identifizierung ist nicht notwendig und Sie sollen den Leuten das ausreden.«

»Danke, dass Sie mich anrufen. Ich komme sofort runter und hole sie ab«, antwortete Tom. Er klappte den Bericht zu und legte ihn auf den Stapel Unterlagen. Dann lief er die Treppen ins Erdgeschoss und öffnete schwungvoll die Tür zum Revier. Dort standen Herr und Frau Schüller am Tresen, der die Beamten von den Besuchern trennte. »Grüß Gott, Frau Schüller, guten Tag, Herr Schüller«, begrüßte Tom die beiden.

Die Frau war kreidebleich, ihre roten langen Haare waren nachlässig zu einem Zopf zusammengebunden. Die dunklen Augenringe und die eingefallenen Wangen ließen sie um Jahre älter aussehen als gestern. Sie nickte ihm zum Gruß nur kurz zu, sie schien keinen Ton herauszubekommen. Herr Schüller wirkte heute auch älter als gestern. Er sah Tom mit verzweifeltem Blick an.

»Wieso dürfen wir unsere Tochter nicht sehen?«, fragte er Tom.

»Herr Schüller, lassen Sie uns in mein Büro gehen, da können wir alles besprechen«, sagte Tom.

Er wies ihnen den Weg hinauf in den ersten Stock, brachte sie in sein Büro. Er nahm zwei Stühle, die an der Wand des Büros für Besucher bereitstanden und zog sie zu seinem Schreibtisch.

»Bitte nehmen Sie Platz«, bat Tom und setzte sich selbst an seinen Schreibtisch. »Herr Schüller, ich habe Ihnen gestern schon gesagt, es ist nicht notwendig, Ihre Tochter zu identifizieren. Wir haben mittels DNA-Analyse eindeutig festgestellt, dass es sich bei der Toten um Ihre Tochter handelt«, erklärte Tom.

»Ja, stimmt. Das haben Sie gesagt. Ich kann mich nicht mehr an alles erinnern, was Sie gestern gesagt haben. Aber daran kann ich mich erinnern«, antwortete Herr Schüller. »Es ist nur so. Ich muss sie sehen. Ich muss sie sehen, um es verstehen zu können. Um es glauben zu können«

Tom seufzte. »Herr Schüller, ich habe Ihnen gesagt, es ist kein schöner Anblick. Wollen Sie das wirklich?«, fragte Tom. »Wollen Sie Ihre Tochter nicht lieber so in Erinnerung behalten, wie Sie sie gesehen haben?«

Schüller atmete schwer und kämpfte mit den Tränen. »Natürlich will ich meine Tochter in Erinnerung behalten, wie ich sie zuletzt gesehen habe. Und so schmerzhaft der Anblick wahrscheinlich auch sein wird, ich muss es tun. Ich kann nur so begreifen, dass sie wirklich tot ist«, sprach Herr Schüller unter Tränen weiter.

Frau Schüller hatte mittlerweile ein Taschentuch aus ihrer Handtasche geholt und wischte sich damit die Tränen weg. Sie wirkte so zart und zerbrechlich, wie sie da auf dem Stuhl saß. Die ganze Lebensfreude war wie weggewischt.

»Frau Schüller, wollen Sie sich das auch antun?«, fragte Tom vorsichtig. Sie schüttelte sofort heftig den Kopf. »Herr Schüller, wenn Sie das wirklich wollen, kann ich das nicht verhindern. Ich gebe meinem Kollegen in der Gerichtsmedizin Bescheid, dass wir zu ihm kommen. Einen Augenblick, bitte.« Tom wählte die Nummer der Gerichtsmedizin und drehte der Familie Schüller den Rücken zu.

»Brandtl«, meldete er sich mit einem leicht entnervten Unterton.

»Tom Meixner nochmal. Ich wollte …«, meldete sich Tom, doch weiter kam er nicht.

»Herr Kollege, wenn Sie nicht auf Ihre Unterlagen aufpassen können, kann ich auch nichts dafür«, fuhr der Gerichtsmediziner ihn an.

»Nein, darum geht es nicht. Die Familie Schüller ist da, und Herr Schüller möchte seine Tochter sehen«, sprach Tom leise ins Telefon.

»Oh. Ach so. Tut mir leid. Haben Sie ihn gewarnt, dass es kein schöner Anblick ist?«, fragte Doktor Brandtl.

»Ja, habe ich. Aber er will sie trotzdem sehen. Er meint, nur so kann er es verstehen, dass sie tot ist«, flüsterte Tom.

»Okay, ja. Das kann ich irgendwie nachvollziehen. Bitte geben Sie mir einen Augenblick Zeit. Ich habe gerade eine Wasserleiche am Tisch liegen. Die wollte ich gerade aufmachen. Lassen Sie mich die bitte vorher wegräumen, bevor Sie mit ihm runterkommen«, bat der Gerichtsmediziner.

»Ja klar, kein Problem. Zehn Minuten?«, fragte Tom.

»Ja, wunderbar, das sollte sich ausgehen«, antwortete Doktor Brandtl und legte auf.

Tom drehte sich zu Herrn Schüller. »Unser Gerichtsmediziner ist mitten in der Arbeit und hat gebeten, dass wir erst in zehn Minuten zu ihm kommen. Ich hoffe, das ist okay für Sie.« Herr Schüller nickte langsam. »Können wir die Zeit nutzen, dass Sie mir ein bisschen mehr von Ihrer Tochter erzählen?«, bat Tom.

Die beiden sahen sich an, und Herr Schüller meinte dann: »Wenn es sein muss. Was wollen Sie denn wissen?«

»Was war Ihre Tochter für ein Mensch?«, fragte Tom.

»Ich verstehe nicht, wozu Sie das wissen wollen. Sollten Sie nicht so schnell wie möglich den Mörder finden?«, fragte Schüller matt.

»Ja, natürlich will ich den Mörder so schnell wie möglich finden. Aber dazu muss ich wissen, wo ich ansetzen muss. Wer hatte ein Motiv, Ihre Tochter zu töten?«, fragte Tom.

»Niemand!«, rief Frau Schüller mit tränenerstickter Stimme. »Niemand!«, wiederholte sie. »Sie ist ein Sonnenschein. Immer freundlich, immer fröhlich. Sie ist in unserem Gasthaus aufgewachsen, immer mit dabei gewesen. Hat sich immer wieder im Gastraum zu den Gästen gesetzt und mit ihnen geplaudert«, begann Frau Schüller zu erzählen. »Sie war neugierig, wollte alles wissen. Und zwar genau. Sie konnte gut zuhören, ließ die Leute einfach erzählen. Aber sie wollte alles immer genau wissen. Hat alles hinterfragt. Nicht bei den Gästen, aber in der Küche. Sie stand oft stundenlang bei meinem Mann in der Küche und beobachtete ihn beim Kochen. Und hat immer wieder gefragt: ›Warum machst du das so? Wieso nicht anders‹?« Frau Schüller unterbrach und schnäuzte sich leise. »Schon als kleines Mädchen ging sie zu jedem Tisch, fragte die Leute, wie es ihnen schmeckte, was ihnen besonders gut geschmeckt hat. Gäste, die immer wieder kamen, fragte sie, wie es ihnen geht, was es Neues gibt, ob sie wieder ihr Lieblingsgericht haben wollten. Ich meine, welche Sechsjährige merkt sich, wer was das letzte Mal gegessen hat?«, fragte Frau Schüller und sah Tom an.

»Sie hat alles gekostet, war neugierig auf Geschmäcker. Sie war nicht das Kind, das nur Schnitzel und Pommes isst. Im Gegenteil, sie wollte alles kosten. Sie hat früh angefangen, mir in der Küche zu helfen. Schon als Teenager konnte sie Gerichte kochen, von denen andere nicht einmal wussten, wie man sie schreibt. Essen war eine Leidenschaft von ihr«, erzählte Herr Schüller.

»Sie war aber nie dick!«, warf Frau Schüller sofort ein.

»Wir dachten, sie wird das Lokal irgendwann übernehmen, und gingen davon aus, sie macht eine Koch-Kellner-Ausbildung. Doch sie wollte aufs Gymnasium gehen und die Matura machen. Wir haben ihr da nie etwas dreingeredet. Wäre ohnehin sinnlos gewesen. Wenn Lisa sich etwas in den Kopf gesetzt hatte, zog sie das durch. Da konnte man reden, was man wollte. Sie ging in Amstetten ins Gymnasium und hat weiter im Lokal geholfen. Sie hat immer wieder mit verschiedenen Produkten experimentiert. Eines Tages kam sie dann und meinte, warum wir nicht mehr mit regionalen Produkten arbeiten. Warum es Fleisch von argentinischen Rindern sein musste, wenn wir das Fleisch auch vom Vater eines Schulkollegen von ihr kaufen konnten. Sie brachte uns dazu, umzudenken und mehr auf regionale Produkte zu achten. Wir hatten zwar immer einen hohen Qualitätsanspruch, doch sie brachte mich dazu, mich mit Bauern aus unserer Region auseinanderzusetzen und zu schauen, was wir für Gerichte anbieten können. Sie hat mich immer wieder herausgefordert, mit mir gemeinsam die Karte immer wieder diskutiert und neu gestaltet«, erzählte Herr Schüller. »Sie hat unsere Positionierung als gehobenes Landgasthaus erheblich mitgeprägt. Ohne sie hätten wir vor allem nicht so viele vegetarische Gerichte auf der Speisekarte«, sprach Herr Schüller mit einem müden Lächeln weiter.

»Wie ging es nach der Schule weiter?«, fragte Tom.

»Sie hat uns dann im letzten Jahr vor der Matura erklärt, sie wird Lebensmitteltechnologie studieren, später hat sie auf Agrarwissenschaften gewechselt. Da waren wir doch sehr erstaunt, aber andererseits war es auch okay für uns. Sie wollte eben noch genauer wissen, wie Ernährung funktioniert und wie man diese auch in Zukunft sinnvoll gestalten kann«, erzählte nun Frau Schüller. »Im letzten Jahr hat sie sich verändert. Ist ernster und auch irgendwie trauriger geworden.«

»Wieso?«, fragte Tom.

»Lisa hatte schon immer einen ausgeprägten Gerechtigkeitssinn. Ungerechtigkeit hielt sie nicht aus. Ich kann mich erinnern, sie hat mir von einer Vorlesung erzählt, die sie hatten, da ging es um Nutztierhaltung, und sie haben dort ein Video gesehen. Das hat sie erschüttert. Sie meinte, sie kann nicht verstehen, wie grausam Menschen sein können und warum sie Tieren das antun. Das war auch der Zeitpunkt, wo sie komplett aufgehört hat, tierische Produkte zu essen. Sie meinte, nachdem sie gesehen hat, wie Kühe geschrien haben, weil man ihnen die Kälber weggenommen hat und die Kälber geschlachtet hat, kann sie keine Milch mehr trinken und kein Fleisch mehr essen«, erzählte Frau Schüller unter Tränen weiter.

Tom sah sie erstaunt an. »Wieso hat man den Kühen die Kälber weggenommen?«, fragte Tom.

Herr Schüller lächelte zaghaft. »Die wenigsten wissen, wie Milch entsteht. Kühe produzieren nur Milch, wenn sie schwanger waren und ein Junges geboren haben. Das heißt, eine Kuh gibt nicht von sich aus Milch, sondern nur, um damit ihr Kalb großzuziehen. Doch die Kälber sehen meist nur wenig von der Milch, meist werden sie wenige Tage, nachdem sie zur Welt kommen, von der Mutter getrennt, und deren Milch wird gemolken und landet in unseren Supermärkten als Vollmilch, Joghurt und so weiter.« Tom sah ihn erstaunt an. Er hatte sich noch nie Gedanken darüber gemacht, warum Kühe Milch geben. »Kühe geben bis zu sieben Monaten nach der Geburt ihres Kalbes Milch. Damit die Milchproduktion jedoch nicht versiegt, werden sie meist einige Monate nach der Geburt des Kalbes bereits wieder künstlich befruchtet, damit sie wieder schwanger werden und weiter Milch produzieren«, erzählte Herr Schüller weiter.

Tom konnte nicht glauben,was er da hörte. »Was passiert mit den Kälbern?«, fragte er.

»Die weiblichen Kälber werden großgezogen, denn die sorgen für den Nachschub. Die Kühe halten diesen ständigen Kreislauf aus Schwangerwerden – Milchgeben nicht lange durch und werden daher nach drei bis vier Jahren geschlachtet. Die männlichen Kälber werden selten älter als zweiundzwanzig Wochen, danach werden sie geschlachtet und gelangen als Kalbsgulasch auf unsere Teller. Und genau diese Tatsache machte Lisa so fertig. Es war unerträglich für sie, dass wir Tiere nur als Produkt sehen, das wir konsumieren und achtlos wegwerfen«, erzählte Frau Schüller unter Tränen.

Tom konnte den Gedanken der jungen Frau verstehen. Wenn er daran dachte, wie achtlos auch er bisher mit Essen umgegangen war, bekam er ein schlechtes Gewissen.

»Wir hatten damals sogar einen ziemlichen Streit. Das erste und einzige Mal. Lisa wollte damals, dass wir unsere Küche komplett auf Vegan umstellen. Ich sagte ihr, das ginge nicht, das wäre unser Ruin«, sprach nun Herr Schüller weiter.

»Was bedeutet Vegan?«, fragte Tom.

»Es bedeutet, ohne tierische Produkte. Also nicht wie Vegetarier, die nur auf den Verzehr von Fleisch verzichten. Veganer verzichten auf jegliches tierisches Produkt: also keine Milchprodukte, keine Eier, nichts«, erklärte Herr Schüller.

Tom fragte sich unweigerlich: Was blieb dann noch über, wenn man kein Fleisch, keinen Käse, keine Eier mehr aß? Herr Schüller schien seine Gedanken zu erraten.

»Ja, da bleibt nicht mehr viel über – Getreide, Gemüse, Obst. Ich meine, es ist schon möglich, sich vegan zu ernähren, und es gibt auch viele spannende Gerichte – Lisa hat mir einige Dinge mit Tofu und verschiedenen alten Getreidesorten gezeigt. Und wir haben wirklich einige Gerichte in die Karte aufgenommen. Aber verstehen Sie, ich kann kein Landgasthaus mit ausschließlich veganer Küche führen. Die Leute wollen ihren Schweinsbraten und ihr Schnitzel bei ihren Familienfesten. Das wollte Lisa damals nicht einsehen. Darüber haben wir wirklich lange gestritten«, erzählte er.

»Wir haben das Thema dann gelassen und, wie gesagt, unsere Karte um vegane Gerichte erweitert. Aber Lisa hat das Thema nicht mehr losgelassen. Sie hat ja auch das Thema ihrer Diplomarbeit danach gewählt«, sprach nun Frau Schüller. »Sie wollte etwas bewegen. Wollte einerseits den Konsumenten bewusst machen, woher ihr Essen kommt und unter welchen Bedingungen die Tiere leben, die sie verzehren. Sie wollte aber auch den Bauern zeigen, dass ihre Haltungsbedingungen unmenschlich sind und wie sie den Tieren weniger Leid zufügen können, ohne dabei Verluste zu machen.«

»Wie haben die Bauern darauf reagiert?«, fragte Tom.

»Na ja, Sie können sich vorstellen, dass es einige gab, die davon nichts wissen wollten und die entsprechend sauer reagierten. Andere hörten sich das an und dachten sich ihren Teil. Ein Bauer aus unserer Region hat sich von ihr überzeugen lassen und seine Ställe umgebaut«, erzählte Frau Schüller.

»Kann es sein, dass ihre Tochter sich da auch Feinde geschaffen hat?«, fragte Tom, der langsam ein Motiv witterte.

Herr und Frau Schüller sahen sich an, und Herr Schüller meinte dann: »Ja, sie hat sich damit Feinde geschaffen. Wie gesagt, sie war immer ein offener und freundlicher Mensch und hat leicht Kontakt geknüpft. Und mit dieser Art ist sie eine Zeit lang tatsächlich von Hof zu Hof getingelt und hat versucht, die Bauern zu überzeugen, ihre Kühe anders zu halten als bisher. Da gab es einen Bauern bei St. Pölten, der hat sie vom Hof getrieben, nachdem sie mehrfach probiert hat, mit ihm zu reden.«

»Wissen Sie zufällig, wie der Bauer heißt?«, fragte Tom.

»Leider nein, den Namen hat sie nie erwähnt. Ich habe ihr damals gesagt, sie soll es nicht übertreiben. Sie kann die Bauern nicht dazu zwingen, die Haltungsbedingungen zu ändern. Aber sie konnte, wie gesagt, sehr stur sein und wollte nicht verstehen, warum die nicht einsehen wollten, dass die Haltung ihrer Kühe auf einmal schlecht sein sollte. Vor allem haben einige ziemlich viel Geld in den Umbau ihrer Ställe mit teuren Melkanlagen investiert. Da wollten die sich natürlich nicht von einer jungen Studentin sagen lassen, was sie da machen, sei unmenschlich und falsch«, erklärte Herr Schüller.

Tom machte sich rasch eine Notiz – er musste in den Unterlagen von Frau Schüller schauen, ob er zu den einzelnen Höfen Aufzeichnungen fand und ob er den Bauern, der sie vom Hof vertrieben hatte, ausfindig machen konnte.

Herr Schüller sah auf seine Uhr. »Glauben Sie, wir können schon in die Gerichtsmedizin?«, fragte er.

Tom nickte. »Fürs Erste sind meine Fragen beantwortet. Ich frage Sie jetzt nochmal: Sind Sie sich sicher, dass Sie das wollen?«

Herr Schüller nickte entschlossen. »Ja, es muss sein. Vor allem jetzt, wo wir über sie gesprochen haben, kann ich nicht glauben, dass nie mehr die Tür aufgehen soll und sie vor mir stehen soll. Ich muss sie sehen, um zu begreifen, dass sie wirklich tot ist. So schwer das jetzt auch für mich ist, ich brauche diesen Anblick, um es glauben zu können.«

Tom seufzte und stand auf. »Frau Schüller wollen Sie inzwischen hier warten?«, fragte Tom.

Sie stand auf und meinte: »Nein, ich würde gerne draußen am Parkplatz warten, wenn es recht ist. Ich brauche Luft, ich halte es in geschlossenen Räumen nicht lange aus.«

Tom nickte, ging zur Tür und öffnete sie. »Dann gehen wir«, sagte er und deutete den Gang entlang.

Frau Schüller hakte sich bei ihrem Mann unter und ließ sich von ihm stützen, als sie die Stufen ins Erdgeschoss gingen. Sie wirkte so zerbrechlich.

Unten angekommen, meinte Tom: »In die Gerichtsmedizin geht es hier entlang«, und deutete den Gang links entlang.

Frau Schüller starrte in den Gang und sagte dann leise zu ihrem Mann: »Ich warte draußen auf dich«, löste sich von ihm und ging langsam zum Ausgang.

Herr Schüller holte tief Luft und sah Tom an. »Bringen wir es hinter uns.« Tom ging voran und öffnete die Metalltür zum Vorraum der Gerichtsmedizin.

»Warten Sie bitte einen Augenblick hier, ich sehe nach, ob die Kollegen so weit sind«, bat Tom ihn. Tom verschwand hinter der nächsten Tür und schloss diese sorgfältig hinter sich. »Seid ihr so weit?«, fragte er Doktor Brandtl. Dieser nickte und deutete auf die Bahre hinter sich, auf der eine zugedeckte Leiche lag. Tom öffnete die Tür zum Vorraum.

»Herr Schüller, Sie können schon kommen.« Herr Schüller näherte sich langsam dem Metalltisch, neben dem Doktor Brandtl stand.

Als Herr Schüller gegenüber von Doktor Brandtl stand, fragte dieser: »Sind Sie bereit?«

»Sofern man dafür jemals bereit sein kann«, flüsterte Herr Schüller.

Doktor Brandtl hob das Tuch so weit, dass der Kopf von Lisa Schüller sichtbar wurde, und legte das Tuch knapp unter ihrem Hals ab. Sehr rücksichtsvoll von ihm, dachte Tom bei sich. Doktor Brandtl wollte offensichtlich verhindern, dass Herr Schüller den abgetrennten Arm sah. Doktor Brandtl hatte die Leiche gewaschen, die zerzausten Haare, so gut es ging, glatt gestrichen, die Augen geschlossen. Doch von einem friedlichen Gesichtsausdruck konnte man nicht sprechen. Tom konnte es schwer beschreiben, aber das Gesicht wirkte schmerzverzerrt. Er fragte sich, wieso Menschen in Särgen immer so aussahen, als würden sie schlafen. Er nahm an, dass die Bestatter da mit einigen Mitteln nachhalfen. Herr Schüller war vom Anblick seiner toten Tochter offensichtlich geschockt.

Er starrte sie an und murmelte immer wieder: »Nein, nein. Das kann nicht sein.« Er stand wie versteinert neben der Leiche und rührte sich keinen Zentimeter.

Nach einigen Minuten meinte Tom: »Herr Schüller, Sie haben Ihre Tochter jetzt gesehen. Ich denke, wir sollten gehen.«

Herr Schüller nickte, sah Tom an und fragte: »Warum?« Während Tom nach den richtigen Worten suchte, sprach Herr Schüller weiter: »Warum sie? Wem hat sie etwas getan? Sie wollte doch nur, dass Kühe ein schönes Leben haben. Warum musste sie deshalb sterben?«

Es waren genau diese Fragen, vor denen Tom sich fürchtete. Die Fragen, die er nicht beantworten konnte, da es keine vernünftige Antwort gab. Obwohl er bei der Mordkommission arbeitete, konnte er nicht verstehen, was Menschen dazu brachte, andere Menschen zu töten. Wer gab ihnen das Recht, über das Leben eines anderen zu bestimmen?

»Das kann ich Ihnen leider nicht beantworten. Aber ich verspreche Ihnen, ich finde denjenigen, der es getan hat«, sagte Tom.

Er berührte Herrn Schüller an der Schulter und versuchte, ihn sanft in Richtung Ausgang zu schieben. Als sie schon fast beim

Ausgang waren, drehte sich Herr Schüller abrupt um, ging zur Bahre zurück und griff nach dem Tuch, mit dem Doktor Brandtl die Leiche gerade wieder zudecken wollte.

»Ersparen Sie sich das. Es ist auch so schon schlimm genug.« Doktor Brandtl hielt das Tuch fest und sah Herrn Schüller in die Augen. So standen sich die zwei Männer gegenüber, und Tom hatte das Gefühl, es dauerte Minuten, bis Herr Schüller die Hand sinken ließ.

Doktor Brandtl deckte die Leiche zu und sagte mit sanfter Stimme: »Glauben Sie mir, es ist besser so.«

Herr Schüller ließ den Kopf hängen, nickte unmerklich. Tom griff Herrn Schüller sanft an beiden Schultern, drehte ihn von der Bahre weg und brachte ihn hinaus. Beim Hinausgehen warf er einen Blick über seine Schulter, nickte Doktor Brandtl zum Dank zu. Tom brachte Herrn Schüller vor das Polizeikommissariat, wo Frau Schüller auf einem Mauervorsprung neben dem Eingang saß. Als sie Tom und ihren Mann kommen sah, stand sie auf und ging einen Schritt auf ihren Mann zu. Es schien so, als hatte sie gehofft, ihr Mann würde sagen: »Sie ist es doch nicht. Sie haben sich geirrt.«

Doch als sie ihren Mann sah, so, wie er sichtlich geknickt aus der Tür kam, schwand auch dieser letzte Hoffnungsschimmer. Herr Schüller hob den Kopf, und nun sah Tom, wie sein Gesicht nass vor Tränen war. Die beiden fielen sich in die Arme und begannen zu schluchzen. Sie murmelten etwas, das Tom jedoch nicht verstehen konnte. Tom stand hilflos neben den beiden. Er wusste nicht, was er tun sollte, ob er etwas sagen sollte. Er wollte sich aber auch nicht grußlos einfach aus dem Staub machen. Er räusperte sich daher, um sich bemerkbar zu machen.

»Herr und Frau Schüller, es tut mir außerordentlich leid. Kann ich irgendetwas für Sie tun?«, fragte er.

Die beiden sahen Tom an, und Frau Schüller sagte leise: »Finden Sie das Schwein, das uns unsere Tochter genommen hat. Damit helfen Sie uns am meisten.« Sie wandte sich wieder ihrem Mann zu und meinte dann zu ihm: »Wir brauchen noch ein bisschen

Zeit. Aber Sie brauchen nicht hierzubleiben. Wir kommen schon zurecht. Wir setzen uns jetzt mal hin, und dann werden wir sehen, dass wir nach Hause kommen«, antwortete sie. Sie nickte Tom zu und versuchte, ihren Mann in Richtung Auto zu bringen.

Nun war sie es, die ihn stützte. Tom sah ihnen noch einen Augenblick nach, bevor er wieder ins Kommissariat ging. Die Szene hatte ihn gerührt. Die zwei schienen sich tatsächlich zu lieben, nach all den Jahren, in denen sie verheiratet sind. In solchen Krisenzeiten jemanden zu haben, auf den man sich stützen konnte, das war es wohl, was eine gute Ehe ausmachte. Etwas, was er mit seiner Frau nie geschafft hätte.

Zurück im Büro nahm Tom den Stapel Unterlagen und überlegte seine nächsten Schritte. Er hatte nun einiges über das Opfer erfahren. Lisa Schüller war eine engagierte junge Frau gewesen, und anscheinend war sie bereit, für ihre Überzeugungen einzutreten. Dabei schien sie jemandem in die Quere gekommen zu sein. Tom beschloss, als Nächstes auf der Uni mit dem Betreuer ihrer Diplomarbeit zu reden. Er fragte sich, ob er dort an einem Freitagnachmittag und das noch dazu im Sommer jemanden antreffen würde. Er würde das Gespräch auf Montag verschieben. Er begann, durch die Aufzeichnungen von Frau Schüller zu blättern. Darin fand er eine Liste von Bauern, die sie offensichtlich wegen der Haltungsbedingungen besucht hatte. Vielleicht war sie einem der Bauern auch so auf die Nerven gegangen wie dem Herrn Anwalt. Die Adressen der Bauern waren über ganz Nieder- und Oberösterreich verteilt. Tom griff zum Telefon und begann, die Liste durchzutelefonieren.

Er fing bei den Adressen in Oberösterreich an und wollte sich bis nach Niederösterreich durcharbeiten. Den einen oder anderen Bauern in Niederösterreich wollte er auch besuchen. Bei den ersten beiden Nummern, die Tom anrief, hatte er kein Glück. Niemand hob ab. Bei der dritten Nummer erreichte er endlich jemanden, nachdem es endlos lange geläutet hatte. Eine Frauenstimme meldete sich.

»Hallo.«

»Grüß Gott, hier spricht Tom Meixner von der Mordkommission St. Pölten«, meldete sich Tom.

»Jössas, is was passiert?«, fragte die Frau erschrocken.

Tom versuchte, die Frau sofort zu beruhigen. »Es ist niemand aus Ihrer Familie betroffen. Es geht um eine Frau Lisa Schüller. Kennen Sie die Frau?«, fragte Tom.

»Des junge Dirndl, des da war wegen unsre Kiah?«, fragte die Frau in breitem Dialekt. Tom hatte ein wenig Mühe, sie zu verstehen.

»Ich verstehe Sie leider nicht. Kennen Sie die Frau?«

»Ja, wenn's die junge Frau is, die sich unsern Kuhstall angschaut hat«, antwortete die Frau und gab sich offensichtlich Mühe, verständlicher zu sprechen.

»Ja, um die geht es«, antwortete Tom.

»Is was passiert mit ihr?«, fragte die Frau.

»Ja, sie wurde vor drei Tagen tot aufgefunden, und ich untersuche den Fall«, erklärte Tom.

»Mah, des arme Madl. So a liabs Madl, aber i hab ihr gsagt, sie soll net so frech sein. Des megen net alle.« Tom konnte nur ahnen, was die Frau gesagt hatte.

»Wann war sie bei Ihnen? Und was haben Sie mit ihr besprochen?«, fragte Tom.

»Muas vor a paar Wochn gwesen sein. Da hat sie uns bsuacht und war mit mein Mann im Stall. Sie hat gmoant, es gibt nimma vülle, die die Kiah no mit de alten Mölkmaschinen melken und wo die Kiah auf der Weiden stehn.« Tom musste sich konzentrieren, um die alte Frau zu verstehen.

»Was hat sie sonst noch erzählt?«, fragte Tom.

»Sie hat ma erzählt, dass sie an ihrer Arbeit schreibt, wie hasst des Ding? Masterthesis oder so. Sie wollt wissen, wie vül Milch unsere Kiah geben. Mei Mann hat ihr des alles erzählt und ihr auch die Angebote von der Firma zeigt, die unsern Stall umbauen wollten mit so aner automatischen Melkanlage. Darüber hat sie sich furchtbar aufgregt«, erzählte die Frau.

»Warum hat sie sich über das Angebot aufgeregt?«, fragte Tom.

»Genau was i des nimma. Sie hat nur was von einem Professor geredet und dass der da seine Finger im Spiel hat«, erzählte die Frau weiter.

Tom machte sich eine rasche Notiz. »Hat sie vielleicht auch einen Namen erwähnt?«, fragte Tom.

»Daran kann i mi nimma erinnern«, antwortete die Frau.

»Von welcher Firma war das Angebot für die Melkanlage?«, fragte Tom.

»Ich glaub, des war von Muly Melktechnik. Aber des müsstn S' mein Mann fragn«, gab sie zurück. Gerade als Tom sich überlegte, was er die Frau noch fragen konnte, meinte sie: »Sein S' ma net bös, aber ich muas zruck in die Kuchl. Die Marmelade steht am Herd und ich muss umrühren gehn. Kennen S' nomal anrufn, wenn S' no was wissen wolln?«, fragte sie.

»Ja klar, Sie haben mir schon geholfen. Vielen Dank. Ich melde mich nochmal, wenn ich noch etwas brauche«, antwortete Tom.

»Guat. Tut ma echt lad um des Madl. War a ganz a liabe, aber a abissl a wüde. Des vertragn die Manna net. Hab i ihr gsagt. Jetzt ist leida spät«, sagte die Frau.

Tom ahnte, was die Frau gesagt hatte. »Ja, anscheinend war es irgendwem zu viel. Ich danke Ihnen auf jeden Fall recht herzlich. Schönen Nachmittag noch, auf Wiedersehen!«, verabschiedete sich Tom.

»Wiederhören!«, sagte die Frau und legte auf.

Tom wandte sich seinen Notizen zu. Das Ganze wurde immer komplexer. Anscheinend war Frau Schüller also nicht nur den Lebensmittelkonzernen auf die Füße getreten. Sie hatte sich auch bei den Bauern nicht nur Freunde gemacht. Er musste herausfinden, was es mit dieser Melktechnik-Firma auf sich hatte und welcher Professor dort involviert war. Tom sah auf die Uhr.

Es war mittlerweile 17 Uhr. Er beschloss, noch ein paar weitere Bauern anzurufen. Bei der nächsten Telefonnummer hatte er wieder kein Glück, doch bei der übernächsten hob bereits nach drei Mal Läuten ein Mann ab. »Kaltenbrunner«, murrte er ins Telefon.

»Grüß Gott, Tom Meixner von der Mordkommission St. Pölten. Es geht um Frau Lisa Schüller. Kannten Sie sie?«, meldete sich Tom.

»Die kloane rothaarige Nervensäge?«, fragte der Mann.

»Ja«, antwortete Tom knapp. Er wollte wissen, wie der Mann reagierte und ob er noch mehr verriet, wie er zu Frau Schüller stand.

»Jo, die kenn i, leider«, antwortete der Mann.

»Wieso leider?«, fragte Tom.

»Weil ma des Weib unglaublich auf die Nervn gangen is. Des letzte Mal hab i sie ausagschmissen. Hab ihr gsagt, sie braucht nimma herkomma, wenn's alles besser was«, sprach der Mann weiter.

»Wieso? Was hat sie denn besser gewusst?«, fragte Tom.

»Was geht Sie des an?«, fragte der Mann.

»Frau Schüller wurde tot aufgefunden, und ich untersuche den Fall«, erklärte Tom.

»Hat's ana umbracht?«, fragte der Mann.

»Ja, sie wurde umgebracht«, bestätigte Tom.

»Ka Wunder. Sie hat sie in Sachn eingmischt, die sie nix angehn«, antwortete der Mann.

»Worin hat sie sich eingemischt?«, fragte Tom nach.

»Wie i meine Kiah halt und wie vü Milch die geben und wie die gmolken werdn«, antwortete der Bauer.

»Können Sie mir das bitte genauer erklären?«

»Sie hat sie vor ein halbn Jahr gemeldet und gfragt, ob wir mitmachn bei ihrer Studie. Sie wollt für ihre Masterarbeit verschiedene Höfe untersuchn. Wia die Kiah gehalten werden, wie die gmolken werdn, was sie fressen und wie vüa Milch die Kiah gebn«, erklärte der Mann. »Am Anfang hab i ma dacht, warum net? Sie war am Anfang ja ganz liab. Dann war sie zwa Mal da, und beim zweiten Mal hat sie anfangen zu fragen, warum wir die Kiah mit dem Fuatter füttern und warum wir die net auf die Weide außelassn. Da bin i dann grantig wurdn und hab ihr gsagt, sie is net da, um mia zu dazähln, wie i meine Kiah zfuaddern hab. I hab vü Geld in die Melkanlage und den Umbau vom Stall gesteckt. Da lass i ma doch net von so an Madl dazähn, dass des alles a Bledsinn is, was mia da machen«, erzählte der Mann weiter. »Sie hat dann angfanga von den Rechten der Tiere zum reden, und da hat es mia dann glangt. Da hab i sie aussaschmissen und gsagt, sie braucht nimma herkomma«, erklärte der Mann.

Tom musste sichergehen, dass er den Mann richtig verstanden hatte. »Habe ich richtig verstanden: Frau Schüller war zwei Mal bei Ihnen und beim zweiten Mal haben Sie sie rausgeschmissen, weil sie Ihnen erklären wollte, wie Sie Ihre Kühe zu füttern haben?«

»Ja, genau. Sie hat in meiner Futterkammer an Sack von dem neuen Futter gesehn und fragt, was des is. Da hab ich ihr erzählt, dass ma des der Vertreter dalassn hat, damit i es ausprobier«, erzählte der Mann.

»Was ist das für ein Futter?«, fragte Tom.

»I hab ihr des zeigt, weil sie doch wissen wollt, was wir fuaddern. Es is a neues Futter, das die Milchleistung erhöht. Und des hab ich ihr zeigt, weil wir auf des umstellen werdn.«

»Von wem haben Sie das Futter?«, fragte Tom.

»Von BioRio«, antwortete der Mann. »Von denen habn wir des Futter schon imma griagt. Aber des neue Futter soll die Milchleistung um zwanzig Prozent steigern, und des wü i ma net entgehn lassn«, erklärte der Mann.

»BioRio«, wiederholte Tom, während er sich den Namen notierte.

»Sie hat sich sogar a Handvoll mitgnommen, bevor sie außegrennt is aus der Futterkammer«, erzählte der Mann.

»Sie hat von dem Futter etwas mitgenommen?«, fragte Tom.

»Ja. Sie wollt wissen, was in dem Futter drin is, und weil i ihr des net sagn konnt, wollt sie was davon mitnehmen. Sie wollt es analysieren. Des wollt i aber net. Und dann hat sie angfangen, mi anzuschrein, was i die Kiah antua und ob i überhaupt waas, was i da dua!« Tom hatte Mühe, den Mann zu verstehen. »Und da hab i ihr gsagt, sie soll sie schleichn. Das i sie net brauch auf mein Hof. Dass sie von mir was wollt, und net umgekehrt. Da hat sie mi groß angschaut, hat a Handvoll von dem Futter packt und is ausgerennt bei der Tür«, sprach der Mann weiter.

»Haben Sie versucht, sie aufzuhalten?«, fragte Tom.

»Na, warum sollt i. Wenn sie des Futter unbedingt analysieren wü, dann soll sie. I war froh, dass sie weg war und i mei Ruah von ihr hab«, antwortete der Mann.

»Haben Sie danach noch was von ihr gehört?«, fragte Tom.

»Na, nie wieder, und des is a guat so«, antwortete der Mann.

»Wann war das?«

»Hab i ja gsagt, vor guat zwa Monat oder so«, murrte der Mann.

»Können Sie das etwas genauer sagen?«, hakte Tom nach.

»So genau was i des nimma. Kalt war es auf jeden Fall nimma«, antwortete der Mann.

»Es kann also auch weniger als ein Monat her sein?«

»Ja, was waas den i. Scho mäglich, so genau waas i des nimma.«

»Okay, danke. Sie haben mir schon geholfen. Wenn ich noch Fragen habe, melde ich mich nochmal«, verabschiedete sich Tom.

»Wia Sie manen. Griaß Sie«, hörte Tom noch, bevor die Verbindung getrennt wurde.

Tom notierte sich den Namen BioRio und begann, im Internet nach dem Namen zu recherchieren. Zu BioRio fand er nichts, also fing er an, über Rinderfuttermittel zu recherchieren. Er fand mehrere Anbieter in Österreich, einer davon bot BioSchwio als Futter an, ein Schweinefutter. Vielleicht war BioRio noch nicht am Markt, immerhin hatte der Bauer nur von einem Probefutter-Sack erzählt. Tom beschloss, am Montag bei der Firma anzurufen und nachzufragen. Heute würde er dort niemanden mehr erreichen. Es war Zeit, sich ins Wochenende zu begeben. Morgen stand ein Spiel am Plan, bei dem er endlich mal wieder dabei sein würde, nachdem er die letzten Spiele immer ausgelassen hatte. Er überlegte sich, wie er sich Norbert gegenüber verhalten sollte. Der war ihm bei den letzten Trainings immer aus dem Weg gegangen. Sollte Tom ihm sagen, dass er von der Verlobung mit Tina wusste? Oder sollte er ihm weiter aus dem Weg gehen? Eigentlich war es lächerlich. Die Scheidung war über ein Jahr vergangen. Er hatte keinen Kontakt mehr zu Tina und hatte sein Singleleben genossen. Es konnte ihm also egal sein, ob Tina nun mit Norbert eine Familie gründete oder nicht. Sie wollte es so, und nun bekam sie, was sie wollte. Wenn es ausgerechnet Norbert sein sollte, mit dem sie ihren Traum lebte, war ihm das auch egal. Er würde Norbert morgen zur Verlobung und zum bevorstehenden Nachwuchs gratulieren und ihm damit zeigen, dass er kein Problem damit hatte.

Tom beschloss, in das neue Bierlokal zu fahren und hoffte auf einen Platz im schattigen Gastgarten. Es war Zeit, sich Gedanken über seine Zukunft zu machen und nicht mehr von einer Disco in die nächste zu ziehen. Damit war vorerst mal Schluss. Und Pläne ließen sich am besten bei einem kühlen Bier schmieden. Tom legte seine Unterlagen auf einen Stapel und verließ das Büro. Die Aufklärung des Falles musste bis Montag warten.

Kapitel 12

Nachdem er am Freitagabend im Gastgarten beschlossen hatte, sein Leben nicht so dahintümpeln zu lassen, sondern es aktiv zu gestalten, hatte er am Samstag einen Großeinkauf im Supermarkt gemacht. Er hatte sich mit Lebensmitteln eingedeckt – vor allem Obst, aber auch Brot, Kaffee, Müsli.

Er war spontan zum Frisör gegangen, um sich einen neuen Haarschnitt verpassen zu lassen. Er konnte sich zwar nicht ganz von seinen langen Haaren verabschieden, hatte aber jetzt den Nacken kurz ausgeschnitten, und auch die Haare am Oberkopf waren deutlich kürzer als zuletzt. Es sah insgesamt gepflegter aus. Dann war er noch ins Einkaufszentrum gefahren und hatte sich zwei Paar neue Jeans und einige neue Hemden gegönnt. Er hasste einkaufen, aber die Verkäuferin war nett und hatte ihn gut beraten. Sie meinte, die engen Jeans, die er trug, waren nicht so vorteilhaft, und sie suchte ihm ein Paar raus, das ihm auf Anhieb passte und richtig gut aussah.

Daheim angekommen, hatte er seinen Kleiderschrank ausgemistet und alte Hemden und zerrissene Shirts und zu enge Jeans in einen Mistsack gepackt und sofort entsorgt. Dann hatte er noch einige der von Tina zurückgelassenen Dekogegenstände, die für ihn keine Bedeutung hatten, weggeworfen. Er war gerade noch rechtzeitig zum Spiel gekommen. In der Umkleidekabine ging er ohne Umschweife zu Norbert.

»Ich habe von deiner Verlobung gehört. Gratuliere!«, sagte Tom und streckte Norbert die Hand entgegen.

Norbert war offensichtlich verdutzt und stammelte: »Danke. Es macht dir nichts aus?«

»Warum soll es mir was ausmachen? Wenn es das ist, was ihr

beide wollt, ist das doch wunderbar. Warum soll ich damit ein Problem haben?«, fragte Tom.

Norbert wirkte erleichtert. »Gott sei Dank. Ich hatte das Gefühl, du bist mir seit eurer Scheidung aus dem Weg gegangen, darum wusste ich nicht.«

Tom klopfte ihm auf die Schulter. »Mach dir keinen Kopf. Ich hatte einfach nur viel um die Ohren und war deshalb nicht so oft beim Training und den Spielen. Ab jetzt bin ich wieder regelmäßig da, also gewöhnt euch lieber dran!«, rief Tom und ging zu seinem Spind, um sich umzuziehen.

Er genoss es, wieder Fußball zu spielen und sich zwanglos mit den Jungs zu unterhalten. Doch er blieb nachher nicht ewig in der Kantine sitzen, er wollte noch etwas erledigen. Er fuhr nach dem Essen und einem Bier nach Hause und holte seinen alten Laptop, den er so gut wie nie benutzte. Er machte es sich damit auf dem Sofa bequem und begann, ein wenig im Internet zu surfen.

Das Gespräch mit Herrn Schüller hatte ihn nachdenklich gemacht. Er hatte sich nie große Gedanken darüber gemacht, woher die Lebensmittel, die er aß, gekommen waren. Vor allem in letzter Zeit hatte er gegessen, um satt zu werden, und auch nicht großartig darauf geachtet, was es war. Früher hatte er öfter Salat gegessen, das aber nicht, weil er so gesund war, sondern um ein wenig auf seine Linie zu achten. Das letzte Jahr mit Junkfood hatte seine Spuren hinterlassen. Tom hatte einige Kilos zugenommen, die er wieder loswerden wollte. Nachdem ihm die Fertiggerichte ohnehin nicht so schmeckten und er sich dachte, kochen kann nicht so schwierig sein, beschloss er, einen Kochkurs zu besuchen. Er hätte auch seine Mutter fragen können, ihm ein paar Dinge zu zeigen. Doch er wusste, wie das enden würde: Sie würde nicht verstehen, warum er das wissen wollte, würde ihm erklären, sie würde ohnehin jederzeit für ihn kochen und dass es ohnehin an der Zeit wäre, sich endlich eine vernünftige Frau zu suchen. Genau darauf konnte Tom gut verzichten. Er wollte selbst kochen können. Seine Recherche im Internet endete damit, dass er einen Crash-Kochkurs für Männer nächstes Wochenende in Wien buchte. Er hatte kurz überlegt, einen anderen Kurs zu buchen, an dem auch Frauen teilnahmen. Schließlich wäre das auch ein optimales Umfeld gewesen, nette Frauen kennenzulernen. Doch dann sagte er sich, dass er nicht den Kurs zum Flirten besuchte, sondern sich in Zukunft selbst ein paar Gerichte kochen wollte, und das stand im Vordergrund. Die Kursleiterin war, was er auf dem Foto sehen konnte, auch nicht zu verachten, und so buchte er spontan einen der Restplätze für das Seminar. Nächsten Samstag würde er um 9 Uhr in Wien in einer kleinen Buchhandlung, die auf Kochbücher spezialisiert war, einen Kochkurs besuchen. Er war gespannt, was ihn dort erwartete, und fragte sich, was man zwei Tage lang kochen würde.

Tom war selbst erstaunt über seine Spontanität. Nach der Scheidung hatte er sich lange genug treiben lassen. Es war Zeit, was Neues zu beginnen. Den Sonntag hatte er für eine ausgiebige Tour mit seinem Rennrad genutzt, seine Mutter besucht und nach Langem mal wieder in Ruhe Zeitung gelesen. Er hatte auch kurz überlegt, zum Baggerteich schwimmen zu gehen. Doch bei dem schönen Wetter waren sicher tausend Leute mit ihren Kindern dort, und darauf hatte Tom keine Lust. Also hatte er sich am Sonntag mit seiner Waschmaschine erstmals auseinandergesetzt und unter Anleitung seiner Mutter Wäsche gewaschen. Wie zu erwarten war, hatte sie natürlich protestiert, aber Tom meinte nur, er wollte sich nicht wie ein Weichei aufführen und sich weiter von seiner Mutter die Wäsche waschen lassen.

Also hatte sie ihm murrend erklärt, worauf er achten musste, und ihm dann erklärt, wie er die Waschmaschine in Betrieb nehmen musste. Das Problem war nur, dass Tom, erst als er die Wäsche aufhängen wollte, bemerkte, dass Tina den Wäscheständer mitgenommen hatte, und er daher seine Jeans und T-Shirts auf den Sesseln und dem Sofa in der Wohnung verteilen musste. Er musste unbedingt einen Wäscheständer kaufen, beschloss er.

Kapitel 13

Tom kam gut gelaunt und energiegeladen am Montag früh ins Büro, nachdem er diesmal zu Hause Kaffee getrunken und sich mit einem Müsli gestärkt hatte. Er schlug seine Unterlagen auf und begann gleich um 8 Uhr, die ersten Telefonate zu führen. Doch auf der Uni konnte er noch niemanden erreichen. Also rief er bei BioRio an.

»Bauernglück Tierfutter, guten Morgen. Was kann ich für Sie tun?«, meldete sich eine Frauenstimme.

Tom hatte Mühe, einen Lachkrampf zu unterdrücken. »Wer spricht da?«, fragte er, um sicherzugehen, dass er sich nicht verhört hatte.

»Bauernglück Tierfutter«, wiederholte die Frau.

Nein, er hatte nicht falsch verstanden. Wem fallen solche schwachsinnigen Firmennamen ein? »Guten Morgen, mein Name ist Tom Meixner von der Mordkommission St. Pölten. Ich hätte gerne mit jemandem gesprochen, der mir über BioRio Auskunft geben kann.«

»Entschuldigen Sie bitte, ich bin mir nicht sicher, ob ich Sie richtig verstanden habe. Sie sind von der Mordkommission? Wieso interessieren Sie sich dann für BioRio?«, fragte die Frau.

»Weil ich in einem Fall ermittle und mein Opfer Interesse an dem Futter zeigte«, erklärte Tom.

»Verstehe ich noch immer nicht«, antwortete die Frau.

»Müssen Sie auch nicht. Ich möchte einfach mehr Informationen über das Produkt, da auf Ihrer Website nichts darüber steht. Also können Sie mich jetzt bitte zu jemandem verbinden, der mir etwas über das Produkt sagen kann?«, bat Tom.

»Das Produkt ist offiziell noch nicht am Markt, und daher finden Sie dazu noch keine Informationen auf unserer Website. Ich verbinde Sie zu Herrn Kauz von unserer Forschungsabteilung«, sagte sie, und gleich darauf hörte Tom ein Klicken in der Leitung.

Nach zwei Mal Läuten meldete sich ein Mann »Kauz.«

»Guten Tag, Herr Kauz, mein Name ist Tom Meixner von der Mordkommission St. Pölten. Ich ermittle in einem Mordfall und bin im Zuge dessen auf das Produkt BioRio gestoßen. Können Sie mir dazu etwas sagen?«, stellte Tom sich vor.

»Wie? Mordfall? Was hat das mit BioRio zu tun?«, fragte der Mann.

Tom musste eindeutig an seiner Fragetechnik arbeiten. Anscheinend war er zu unklar in seinen Formulierungen. »Ich habe am Freitag mit einem Bauern telefoniert, der von BioRio gerade Futter testet. Er hat mir erzählt, dass das Mordopfer sehr interessiert an dem Futter war und eine Handvoll davon entwendet hat«, erklärte Tom. »Jetzt möchte ich wissen, was das Besondere an dem Futter ist, dass es für das Opfer so interessant war«, formulierte Tom seine Frage neu.

»Was? Es wurde etwas davon gestohlen? Wo ist das jetzt?«, fragte Herr Kauz aufgebracht.

»Das weiß ich nicht. Können Sie mir bitte meine Frage beantworten?«, sagte Tom.

»Verdammt, warum hat der Mann uns das nicht gemeldet!« Herr Kauz schien mit sich selbst beschäftigt zu sein.

»Hallo! Können Sie mir jetzt bitte meine Frage beantworten?« Langsam wurde Tom ungeduldig.

»Es ist eine ganz neue Entwicklung, wenn Sie so wollen, eine Revolution. Wir haben es als Erste am Markt geschafft, ein Futter zu entwickeln, das die Milchleistung der Kühe signifikant steigern kann. Wir haben jahrelang daran gearbeitet und nun dank der Zusammenarbeit mit der BOKU das Produkt im letzten Jahr zur Marktreife gebracht«, antwortete der Mann endlich.

»Aha, und weiter?«, fragte Tom.

»Was, und weiter?«, fragte der Mann aufgebracht.

»Warum ist es so schlimm, wenn von dem Futter etwas gestohlen wurde?«, fragte Tom.

»Wir sind mitten in der Zulassung des Produktes. Es fehlt nur noch die Unterschrift einer Behörde, dann können wir mit dem Verkauf beginnen. Wenn jetzt davon etwas an den Mitbewerb geht und die das analysieren und nachbauen, reduziert das unseren Vorsprung am Markt«, sprach Herr Kauz aufgeregt weiter.

»Sie meinen Industriespionage?«, fragte Tom.

»Ja, genau. Da geht es um sehr viel Geld«, gab Herr Kauz zurück. »Und Sie wissen nicht, wo das gestohlene Futter ist?«, fragte der Mann noch einmal.

»Nein, bisher haben wir das Futter noch nicht gefunden«, antwortete Tom.

»Aber Sie wissen, wer es gestohlen hat?«, fragte Herr Kauz.

»Ja, eine gewisse Lisa Schüller. Haben Sie von ihr schon einmal gehört?«, fragte Tom.

»Lisa Schüller? Nein, nie gehört. Wer ist das?«

»Eine BOKU-Studentin, die für ihre Masterarbeit mehrere Bauern befragt hat zu den Haltungsbedingungen der Kühe«, erklärte Tom.

»Nein, nie von ihr gehört«, sagte der Mann nochmals.

»Sie haben vorher erwähnt, dass Sie gemeinsam mit der BOKU an dem Produkt gearbeitet haben. Können Sie mir einen Namen nennen, mit wem konkret Sie da gearbeitet haben?«, fragte Tom.

»Mit Professor Hasko«, antwortete der Mann. Tom notierte sich den Namen. »Können Sie mir sagen, bei welchem Bauern das Futter gestohlen wurde?«, fragte Herr Kauz.

Tom nannte den Namen und meinte dann: »Aber das ist schon zwei Monate her, dass das Futter gestohlen wurde.«

»Oh mein Gott. Wenn das an die Konkurrenz gegangen ist, sind wir geliefert«, sagte der Mann resignierend.

»Ich glaube nicht, dass Frau Schüller das Futter an Ihren Mitbewerber weitergegeben hat«, meinte Tom.

»Wieso glauben Sie das?«, fragte Herr Kauz.

»Was ich bisher von Frau Schüller weiß, ging es ihr nicht um Industriespionage, sondern einzig um das Wohl der Tiere«, sagte Tom.

»O je, eine von den Tierschützerinnen«, gab Herr Kauz seufzend von sich. »So oder so, ich muss sofort unseren Geschäftsführer informieren. Haben Sie jetzt noch Fragen, oder war es das?«, fragte Herr Kauz.

»Fürs Erste habe ich keine Fragen, danke. Wenn noch etwas auftaucht, melde ich mich.«

Tom verabschiedete sich und sah sich seine Notizen an. Er musste endlich jemanden auf der BOKU erreichen. Er wählte erneut die Nummer, und nach mehrfachem Läuten hob endlich jemand ab.

»BOKU Wien, guten Tag«, meldete sich eine junge Frauenstimme.

»Tom Meixner, Mordkommission St. Pölten. Kann ich bitte Herrn Professor Hasko sprechen?«, meldete sich Tom.

»Von welchem Institut?«, fragte die Frau.

Tom sah auf seinen Notizblock. »Biotechnologie«, antwortete Tom.

»Da müssen Sie in Tulln anrufen. Ich gebe Ihnen die Nummer«, sagte die Frau und gab Tom die Nummer durch.

Er rief die Nummer an, und bald darauf meldete sich eine weitere junge Frau. »Tom Meixner, Mordkommission St. Pölten. Kann ich Herrn Professor Hasko bitte sprechen?«, wiederholte Tom seine Begrüßung.

»Einen Augenblick, bitte.« Wieder läutete es mehrere Male, bis sich dieselbe junge Frauenstimme wieder meldete. »Es tut mir leid, Herr Professor Hasko scheint nicht in seinem Büro zu sein«, sagte die Frau.

»Wissen Sie zufällig, wann er kommt?«, fragte Tom.

»Nein, tut mir leid, das kann ich Ihnen nicht beantworten«, sagte die junge Frau freundlich.

Tom nahm rasch die Unterlagen von Frau Schüller zur Hand und suchte nach dem Namen des Betreuers ihrer Masterthesis. »Ist Herr Professor Niessl im Haus?«, fragte er.

»Herr Professor Niessl hat einen Termin außer Haus, wird aber um 10:30 Uhr im Büro sein«, erklärte die Frau.

»Wunderbar, danke für die Info.«

Tom sah auf die Uhr. Es war knapp nach neun. Er beschloss, sich noch einen Kaffee zu holen und nach Tulln zu fahren. Gerade als er das Büro verlassen wollte, kam sein Kollege Waldmüller bei der Tür herein.

»Guten Morgen, Herr Kollege. Wohin so eilig?«, begrüßte er Tom.

»Ich fahre auf die BOKU nach Tulln. Ich möchte mich dort mit zwei Professoren unterhalten im Mordfall Schüller«, erklärte Tom.

Als Tom schon fast bei der Tür draußen war, meinte Waldmüller: »Haben Sie endlich den Weg zum Frisör gefunden?«

Tom strich sich instinktiv durchs Haar und meinte mit einem breiten Grinsen: »Ja, es wurde Zeit für einen seriöseren Haarschnitt.«

Waldmüller nickte und lächelte kurz: »Ja, es war höchste Zeit. Steht Ihnen gut, Herr Kollege.«

Tom war erstaunt. Sollte der Alte doch nicht so kratzbürstig sein, wie Tom immer angenommen hatte?

»Wahrscheinlich gehe ich nach der BOKU auch gleich was essen. Ich bin dann am frühen Nachmittag wieder da«, erklärte Tom, hob die Hand zum Gruß und marschierte in Richtung Auto.

Kapitel 14

Tom stellte sein Auto auf dem Parkplatz vor dem modernen Holz-Glas-Gebäude in Tulln ab. In der Eingangshalle suchte er vergeblich einen Portier, fand aber eine Hinweistafel, in welchem Teil des Gebäudes die Institute sich befanden. Tom lief die Stufen in den ersten Stock und brauchte einige Zeit, um in den langen Gängen das Büro von Professor Niessl zu finden.

Die Tür stand offen und gab den Blick auf das kleine Büro frei. Vor dem Fenster stand ein Schreibtisch mit aufgeklapptem Laptop und jeder Menge Unterlagen. Die rechte Wand war von einem Bücherregal bedeckt, links vor dem Schreibtisch stand ein kleiner Besprechungstisch, der ebenfalls voll mit Papierstapeln war. Trotz der vielen Unterlagen wirkte das winzige Büro nicht unordentlich. Ein großer schlanker Mann, mit heller Leinenhose und weißem Hemd bekleidet, stand mit dem Rücken zur Tür am Besprechungstisch und hielt einige Zettel in der Hand.

Tom klopfte an die Tür, um sich bemerkbar zu machen, und fragte: »Herr Professor Niessl?«

Der Mann drehte sich um und lächelte. »Ja, der bin ich. Kann ich etwas für Sie tun?«, fragte er. Das wettergegerbte Gesicht und der Bürstenhaarschnitt passten nicht zu Toms Bild eines Professors. Mit der Kleidung wirkte der Mann eher wie ein Abenteurer, nur die runde Nickelbrille passte nicht so ganz dazu.

»Guten Tag, mein Name ist Tom Meixner von der Mordkommission St. Pölten«, stellte Tom sich vor.

Der Professor kam einen Schritt auf Tom zu und schüttelte ihm die Hand. »Guten Tag. Was verschafft mir die Ehre eines Besuches der Mordkommission?« In seiner Stimme schwang Besorgnis mit.

»Es geht um eine Ihrer Studentinnen. Lisa Schüller«, erklärte Tom.

»Lisa? Oh mein Gott, sagen Sie nicht, ihr ist etwas passiert?!«, der Professor war offensichtlich besorgt.

Tom nickte. »Können wir uns vielleicht setzen?«, fragte Tom.

»Natürlich, bitte nehmen Sie Platz!«, deutete der Professor auf die Stühle beim Besprechungstisch. »Verzeihen Sie bitte die Unordnung, aber bei der Menge an Projekten, in denen ich momentan stecke, und dann auch noch die Konzepte meiner Studenten«, entschuldigte der Professor sich, während er einen Stapel Unterlagen vor Tom zur Seite schob, um ihm etwas Platz am Tisch zu verschaffen. Der Professor setzte sich ebenfalls hin und sah Tom erwartungsvoll an.

»Frau Schüller wurde letzten Dienstag tot aufgefunden«, begann Tom.

Professor Niessl ließ sich im Sessel zurücksinken und schüttelte fassungslos den Kopf. »Nein, wie furchtbar! Sie gehen von Mord aus?«

»Ja«, bestätigte Tom.

»Ich kann es nicht glauben. Wissen Sie schon, warum Sie ermordet wurde?«, fragte Professor Niessl.

»Um das herauszufinden, bin ich hier«, erklärte Tom.

»Natürlich! Wie kann ich Ihnen helfen?«, fragte er.

»Ich wollte wissen, woran genau Frau Schüller gearbeitet hat. Ihre Mitbewohner in der WG haben mir gesagt, Sie waren ihr Betreuer«, sprach Tom weiter.

Der Professor richtete sich wieder auf. »Ja, das stimmt. Sie kam Ende des Wintersemesters zu mir und fragte, ob sie mit ihrer Arbeit zu mir wechseln darf. Ich habe ihr gesagt, dass ich eigentlich keine weiteren Diplomanden aufnehmen kann. Aber sie hat mich angefleht und gemeint, sie kann ihre Arbeit nicht bei Professor Hasko schreiben«, erzählte Professor Niessl.

»Warum konnte sie die Arbeit nicht bei ihm schreiben?«

»Das habe ich anfangs auch nicht verstanden, erst als ich ihr Konzept gelesen habe, war mir klar, dass mein lieber Kollege ihre Forschungsfrage und die Hypothese, der sie nachgehen wollte, nicht unterstützen würde«, erklärte Professor Niessl. »Nachdem ich gesehen habe, wie viel sie schon an Vorarbeit geleistet hatte und wie weit sie eigentlich mit der Arbeit war, habe ich dem Wechsel zugestimmt«, erklärte Professor Niessl weiter.

»Können Sie etwas konkreter werden? Was an der Forschungsfrage hätte Professor Hasko nicht unterstützt?«, fragte Tom.

»Lisa hat mir erklärt, dass sie im Zuge der Recherchen für ihre Arbeit auf aus ihrer Sicht unwürdige Haltungsbedingungen für die Kühe gestoßen ist. Sie fand es ethisch mehr als bedenklich, dass wir nicht davor zurückschrecken, einen Gendefekt bei Kühen für mehr Profit auszunutzen«, erklärte Professor Niessl.

»Ich habe von diesem Gendefekt bereits von Studienkollegen von Frau Schüller gehört«, meinte Tom.

»Für die Fleischindustrie wurde mit diesem Gendefekt natürlich ein Traum wahr – ein einzelnes Rind mit dem Gendefekt brachte ein Vielfaches mehr an Fleisch. Daher begann man, bewusst diese Tiere weiterzuverpaaren und aus einem Einzelfall den Regelfall zu machen. Man züchtet also Rinder, die wandelnde Fleischberge sind. Das Problem bei dieser Rasse ist allerdings, dass die Milchleistung bei diesen Kühen sehr schwach ist. Als Zweinutzungsrind sind sie so gut wie unbrauchbar«, sprach Professor Niessl weiter.

»Zweinutzungsrind?«, fragte Tom.

»Rinder, die sowohl als Milchkühe wie auch als Fleischlieferant verwendet werden«, antwortete Professor Niessl. Tom runzelte die Stirn. »Früher war es üblich, dass Kühe beide Funktionen erledigten. Sobald Sie als Milchkuh ausgedient hatten, wurden sie geschlachtet. Nachdem man begonnen hatte, die Milchleistung der Tiere immer weiter zu steigern, wirkte sich das auf die Gesundheit der Tiere und damit den Fleischertrag aus. Man konnte sich also entscheiden: hoher Milchertrag oder hoher Fleischertrag. Beides gemeinsam schien nicht zu funktionieren«, erklärte der Professor weiter.

»Das klingt, ehrlich gesagt, irgendwie krank«, meinte Tom.

»Ja, das ist es auch. In den modernen Ställen wird die Kuh nur noch als Rohstofflieferant gesehen und nicht mehr als Lebewesen, das auch Schmerzen empfinden kann. Genau das war auch der Streitpunkt zwischen Frau Schüller und meinem Kollegen Professor Hasko. Er vertrat die Ansicht, die Tiere sind dazu da, um uns als Lebensmittel zur Verfügung zu stehen. Ihm ist es egal, ob ein Tier Schmerzen leidet, solange der Profit stimmt. Ich bin da schon anderer Meinung. Ich finde wir haben kein Recht, Tiere vorsätzlich leiden zu lassen, nur, damit wir ein paar Kilo mehr Fleisch aus der Kuh rausbekommen«, erklärte Professor Niessl. »Aber so war Heinz schon immer«, fügte er hinzu.

»Wie meinen Sie das?«, fragte Tom.

»Professor Hasko und ich haben gemeinsam studiert. Er war schon immer der Harte, der für seinen Erfolg alles in Kauf nahm. Er meinte einmal in einer Vorlesung, als eine Kollegin meinte, ob die Haltung von Legehühnern in Legebatterien denn artgerecht sei, das sei scheißegal, ob das artgerecht sei, wichtig sei nur, dass die Hühner Eier legen. Er konnte nicht verstehen, wie jemand einem Tier gegenüber Mitgefühl empfinden konnte«, erzählte Professor Niessl.

Tom nickte. »Ich habe vor, auch Professor Hasko zu befragen, dann werde ich mir selbst ein Bild über ihn machen. Kommen wir zurück zu Frau Schüller. Glauben Sie, sie ist bei ihrer Recherche irgendwem zu nahe gekommen und musste deshalb sterben?«, fragte Tom.

Der Professor ließ sich geschockt in den Sessel zurücksinken. »Sie gehen davon aus, dass ihr Tod etwas mit ihrer Arbeit zu tun hat?«, fragte der Professor.

»Ja, das tue ich mittlerweile, nach alldem, was ich über Frau Schüller bis jetzt erfahren habe. Es hat entweder mit ihrem Blog, den sie geschrieben hat, zu tun oder mit ihrer Diplomarbeit«, antwortete Tom.

Der Professor schüttelte den Kopf. »Das kann ich Ihnen leider nicht beantworten. Sie kam zwar vor einigen Wochen zu mir und meinte, sie wäre da auf etwas Unglaubliches gestoßen. Als ich sie fragte, was es sei, meinte sie, sie müsse das erst noch überprüfen, bevor sie mir Genaueres sagen konnte. Da fällt mir ein, sie hatte Anfang letzter Woche einen Termin bei mir, ist dann aber nicht erschienen. Das hat mich sehr gewundert, denn normalerweise war sie sehr zuverlässig. Aber, warten Sie mal, ich frage mal im Sekretariat nach, ob sie abgesagt hat.«

Professor Niessl stand auf und ging zu seinem Schreibtisch. Er telefonierte mit der Sekretärin, während Tom sich einige Notizen machte.

»Eigenartig. Unsere Sekretärin meinte, sie war da und hat eine Mappe abgegeben, aber die ist dann wieder weg gewesen. Unsere Sekretärin ist davon ausgegangen, dass ich die Mappe genommen habe. Aber ich wusste gar nicht, dass die Mappe da war«, erklärte der Professor erstaunt.

»Sie meinen, die Mappe ist verschwunden?«, fragte Tom.

»Anscheinend«, antwortete der Professor.

»Verschwinden öfter Unterlagen aus dem Sekretariat?«

»Nein, bis auf den üblichen Kram, wie Kugelschreiber oder Notizblöcke, die von Studenten oder Professoren mitgenommen werden, verschwindet dort nichts. Darum ist das ja so eigenartig. Ich schaue jetzt nochmals hier alles durch, aber ich kann mich an keinen roten Schnellhefter von Frau Schüller erinnern«, erklärte Professor Niessl. »Glauben Sie, die verschwundene Mappe hat etwas mit ihrem Tod zu tun?«

»Gut möglich. Die Informationen in der Mappe könnten ein Mordmotiv sein«, erklärte Tom. »Wer kann aller ins Sekretariat?«

»Mein Gott, jeder! Das ist das zentrale Sekretariat, in dem Studenten, Professoren als auch Kunden ein- und ausgehen.«

»Kunden?«, fragte Tom.

»Viele Institute arbeiten mit der Wirtschaft und Industrie zusammen. Wir arbeiten zum Teil an Forschungsanfragen der Industrie. Ohne diese Anfragen und das damit verbundene Geld könnten wir den Unibetrieb gar nicht aufrechterhalten«, erklärte der Professor. Der Professor begann, die Unterlagen auf seinem Schreibtisch durchzusehen. »Nein, hier ist kein roter Schnellhefter von Frau Schüller. Oh mein Gott, ich frage mich, was sie herausgefunden hat. Es muss etwas Wichtiges gewesen sein, wenn sie dafür sterben musste«, sagte der Professor, und man konnte seine Besorgnis hören.

»Ich habe eine Menge Unterlagen von Frau Schüller in meinem Büro liegen. Vielleicht finde ich darin noch etwas. Ich frage mich nur, warum sie Ihnen die Unterlagen in Papierform gebracht hat, statt sie Ihnen per Mail zu schicken«, fragte Tom.

»Dafür gibt es eine einfache Erklärung. Aus irgendeinem Grund empfange ich keine Attachments von Frau Schüller. Sie hat mehrfach versucht, mir etwas per Mail zu schicken, aber ich habe es nie bekommen. Wir haben dann telefonisch vereinbart, dass Sie mir diese Dinge ausdruckt und ins Sekretariat legt, wenn ich nicht da bin«, erklärte Professor Niessl.

Tom überlegte seine nächsten Schritte. »Wissen Sie, ob Herr Professor Hasko im Haus ist?«

»Nein, tut mir leid. Aber wenn Sie wollen, bringe ich Sie zu seinem Büro«, bot der Professor an.

Tom sah nochmals kurz auf seine Notizen. Im Augenblick hatte er keine weiteren Fragen an Professor Niessl. »Sollte der Schnellhefter doch noch auftauchen, rufen Sie mich bitte sofort an und sagen Sie mir, was darin steht.« Tom suchte nach seiner Visitenkarte und reichte sie dem Professor. »Bringen Sie mich jetzt bitte zu Herrn Professor Hasko?«, bat Tom.

Professor Niessl kam hinter seinem Schreibtisch hervor und meinte: »Ich kann es noch immer nicht fassen, dass Lisa anscheinend getötet wurde, weil sie bei der Recherche für ihre Diplomarbeit anscheinend etwas gefunden hat, das für jemanden so wichtig war, dafür zu morden.«

»Ja, das ist das Tragische an Mord«, meinte Tom.

Der Professor verließ sein Büro und deutete Tom den Gang entlang. »Professor Haskos Büro ist gleich da den Gang hinunter. Ich bringe Sie jetzt hin«, sagte der Professor und ging voraus.

Nachdem sie mehrere Türen, die teils offen, teils geschlossen waren, passiert hatten, blieb Professor Niessl vor einer geschlossenen Tür stehen. Auf dem Türschild neben der Tür stand »Univ. Prof. Dr. Mag. Heinz Hasko«. Professor Niessl klopfte, und es dauerte kurz, bis ein lautes »Herein« zu hören war. Professor Niessl öffnete die Tür.

»Hallo, Heinz, ich bringe dir hier jemanden, der mit dir reden will«, sagte Professor Niessl freundlich.

»Ich habe mit niemandem einen Termin vereinbart und auch keine Zeit dafür«, meinte Professor Hasko barsch.

»Ich befürchte, du wirst dir Zeit nehmen müssen«, blieb Professor Niessl freundlich.

Tom schob sich an Professor Niessl vorbei und begrüßte Professor Hasko. »Mein Name ist Tom Meixner von der Mordkommission St. Pölten.«

»Tom Meixner? Was ist denn das für ein Name?«, fragte Professor Hasko mürrisch. Er ließ Tom mit ausgestreckter Hand stehen, verschränkte seine Arme vor seinem beachtlichen Bauch und lehnte sich in seinem Sessel zurück.

Noch bevor Tom darauf antworten konnte, fragte Professor Niessl: »Hast du das schon von Lisa Schüller gehört?«

Herr Hasko hob die buschige Augenbraue und meinte dann: »Ich bin froh, dass ich die Querulantin los bin. Also ist es mir herzlich egal, was auch immer sie jetzt wieder irgendwo geschrieben hat oder gegen wen sie jetzt wieder einen ihrer kleinen privaten Feldzüge führt«, raunte Professor Hasko.

»Frau Schüller wurde letzten Dienstag tot aufgefunden«, erklärte Tom ruhig und beobachtete Professor Hasko genau. Ein kurzes Zucken ging durch das fleischige Gesicht.

»Aha. Und warum erzählen Sie mir das?«, fragte Professor Hasko und fixierte Tom.

»Weil wir von Mord ausgehen und ich jeder Spur nachgehe. Wie ich nun schon von zwei Seiten gehört habe und Sie es selbst gerade gesagt haben, war das Verhältnis zwischen Ihnen und Frau Schüller angespannt«, erklärte Tom.

»Ja, wir hatten unsere Meinungsverschiedenheiten. Und?«, fragte Professor Hasko.

»Ich hätte gerne von Ihnen gewusst, was der Inhalt dieser Meinungsverschiedenheiten war«, erklärte Tom ruhig.

»Was geht Sie das an?«, fragte Professor Hasko.

»Sehr viel geht mich das an, wenn es um eine Mordermittlung geht. Oder wollen Sie meine Ermittlungen behindern?«, fragte Tom und merkte, wie langsam Wut über diesen fetten überheblichen Kerl in ihm aufstieg.

»Wollen Sie mir etwa drohen?«, brummte Professor Hasko und erhob sich von seinem Sessel. Er war fast einen Kopf größer als Tom, mit seinem dichten schwarzen Haar und dem Vollbart erinnerte er Tom an eine Zeichnung von Rasputin, die er einmal gesehen hatte. Bevor er dem Koloss antwortete, drehte Tom sich zu Professor Niessl.

»Herr Professor, ich danke Ihnen für Ihre Hilfe. Ich denke, ich komme hier alleine klar«, sagte Tom betont freundlich. Professor Niessl sah erstaunt von Tom zu Professor Hasko und umgekehrt und verließ dann mit einem kurzen Gruß den Raum.

»Ich habe nicht vor, Ihnen zu drohen. Ich wollte Sie nur darauf hinweisen, dass es rechtliche Konsequenzen haben kann, wenn Sie meine Fragen nicht beantworten«, sagte Tom ruhig.

Professor Hasko stand aufgestützt hinter dem Schreibtisch und fixierte Tom. Professor Hasko holte einmal tief Luft und meinte dann mit seiner tiefen Stimme: »Na gut. Was wollen Sie denn wissen über diese Nervensäge?«

Tom kam einen Schritt näher und deutete auf den Sessel vor dem Schreibtisch. »Darf ich mich setzen?«, fragte er.

Professor Hasko richtete sich auf und sah auf die Uhr. »Ich habe aber wirklich nicht lange Zeit. Ich muss in zehn Minuten los zu einem Mittagstermin mit einem unserer Sponsoren. Und da will ich auf keinen Fall zu spät kommen.« Er deutete Tom, sich hinzusetzen, und ließ sich selbst wieder in seinen Schreibtischsessel fallen. Das karierte Hemd spannte sich dabei verdächtig über dem Bauch. »

Worum ging es bei Ihren Meinungsverschiedenheiten mit Frau Schüller?«, fragte Tom.

»Mein Gott, wo soll ich anfangen?«, rief der Professor aus. »Es gab eigentlich nichts, wo wir einer Meinung waren. In den Vorlesungen musste sie immer ihren Senf dazugeben. In einem Proseminar hat sie meine Bewertung einer Studentin kritisiert. Da sind wir dann sogar ziemlich aneinandergeraten. Sie hat sich einfach ständig eingemischt, in Sachen, die sie eigentlich nichts angehen«, erzählte der Professor aufgebracht.

»Welche Sachen zum Beispiel?«, fragte Tom.

»Eben so etwas wie die Bewertungen von anderen Studenten. Sie ist ein rotzfreches Ding«, antwortete der Professor.

Tom sah kurz in seine Notizen und meinte dann: »Herr Professor, ich habe gehört, Sie haben der Firma Bauernglück bei der Entwicklung eines neuen Rinderfutters geholfen. Stimmt das?«

»Woher wissen Sie das?«, fragte der Professor erstaunt.

»Ich habe mit dem Forschungsleiter dort gesprochen, und er hat mir Ihren Namen genannt«, antwortete Tom.

»Ja, das stimmt, ich habe an dem Futter mitgearbeitet«, sagte Professor Hasko knapp und rutschte auf seinem Sessel herum. Tom sah den Professor an und merkte, dass er einen wunden Punkt getroffen hatte.

»Ist es Ihnen unangenehm, über diese Entwicklung zu sprechen?«

»Das Futter ist noch nicht am Markt, und daher erstaunt es mich, dass Sie darüber wissen«, antwortete der Professor. »Und ich frage mich, was das mit Frau Schüller zu tun hat.«

Tom hielt sich bedeckt. »Ich bin im Zuge der Recherchen auf das Futter gestoßen.«

»Aha«, meinte der Professor und blickte wieder auf seine Uhr. »Haben Sie jetzt noch Fragen, ich muss nämlich gleich los.«

»Nur noch eine Frage: Warum wollte Frau Schüller mit ihrer Diplomarbeit zu Herrn Professor Niessl wechseln?«, fragte Tom.

»Das hätten Sie sie selbst fragen müssen. Aber ich nehme mal an, dass sie nach unserem Streit in dem Proseminar die Befürchtung hatte, dass ich sie schlechter benoten würde«, knurrte der Professor.

»Professor Niessl ist der Meinung, Sie hätten das Konzept der Arbeit nicht akzeptiert. Stimmt das?«, fragte Tom.

»Was Ludwig immer daherredet. Ich habe das Konzept, ehrlich gesagt, nicht einmal richtig gelesen. Was ich gesehen habe, hat mir nicht so gefallen, und ich hätte sie sicher noch etwas ändern lassen. Darum war ich, ehrlich gesagt, richtig froh, als sie zu mir kam und meinte, sie wechselt mit der Arbeit zu Ludwig. Ist zwar nicht sein Spezialgebiet, aber wenn er sich die Arbeit antun will, soll es mir nur recht sein. Ludwig war eh schon immer der Meinung, alles besser zu wissen – so gesehen, haben die zwei Richtigen sich gefunden«, antwortete der Professor. Professor Hasko erhob sich und griff zu einer abgewetzten Ledertasche. »So, jetzt habe ich Ihnen zwei Fragen beantwortet, ich muss Sie jetzt bitten zu gehen. Ich muss noch einige Unterlagen für meinen Termin zusammensuchen und dann wirklich los.«

Tom stand ebenfalls auf. »Okay, fürs Erste war es das. Wo kann ich Sie am besten erreichen, wenn noch weitere Fragen auftauchen?«

»Am besten übers Sekretariat, da hinterlassen Sie eine Nachricht, und ich rufe Sie zurück«, antwortete der Professor und sichtete bereits Unterlagen von seinem Schreibtisch zusammen.

Tom war schon fast an der Tür, als er sich umdrehte und fragte: »Wo waren Sie eigentlich letzten Dienstag?«

Der Professor hob den Kopf und sah Tom wütend an. »Wieso wollen Sie das wissen? Bin ich jetzt vielleicht ein Verdächtiger?«, rief er aufgebracht.

»Im Moment ist jeder verdächtig. Also: Wo waren Sie letzten Dienstag?«, wiederholte Tom seine Frage.

»Hier im Büro und abends zu Hause. Wo sonst?«, antwortete er.

»Na bitte, geht doch. Danke. Wiederschauen«, sagte Tom, drehte sich um und verließ das Büro.

Er marschierte zu seinem Auto, sperrte auf und ließ sich auf den Fahrersitz fallen. Er ließ die Tür offen, um den aufgeheizten Wagen ein wenig durchlüften zu lassen, während er auf seinem Handy nach einem Lokal in der Nähe suchte, wo er rasch mittagessen konnte.

Da tauchte Professor Hasko auf und stieg in einen Audi Q5 und fuhr mit quietschenden Reifen davon. Als Professor scheint man ja gut zu verdienen, dachte Tom bei sich, als er den Professor mit dem teuren Geländewagen davonbrausen sah. Tom warf seine Autotür zu und machte sich auf den Weg zu einer nahe liegenden Pizzeria, die er ausfindig gemacht hatte.

Kapitel 15

Zurück im Kommissariat begann Tom, die Unterlagen von Frau Schüller nochmals durchzusehen. Er musste herausfinden, was in der gestohlenen Mappe war – denn offensichtlich war das ein Mordmotiv. Er hoffte, eine Kopie davon in den Unterlagen zu finden. Doch nachdem Tom die Unterlagen einige Zeit lang durchgeblättert hatte, wurde ihm klar, dass viele der Dinge, die er in den Händen hielt, ihm nichts sagten. Er fand Laborberichte, Notizen zu den verschiedenen Landwirten und jede Menge Tabellen. In einem der Laborbefunde waren einzelne Zeilen mit Leuchtstift hervorgehoben und ein Rufzeichen daneben. Irgendwie war das alles ein spanisches Dorf. Eine Teilnehmerliste eines Kongresses über Tierernährung erregte dann zusätzlich seine Aufmerksamkeit. Darauf waren mehrere Namen mit Leuchtstift markiert. Einer der Namen fiel Tom sofort auf, bei den anderen beiden Namen erkannte er den Firmennamen: Professor Hasko stand auf der Liste, Franco Lombardi von Varia und ein Kurt Koller von Bauernglück Tierfutter.

Nach allem, was er bis jetzt von Frau Schüller wusste, hatte sie die Namen nicht zufällig angestrichen. Es musste einen Zusammenhang geben. Tom überlegte, sich die Laborbefunde vom Gerichtsmediziner erklären zu lassen, doch dann entschied er sich, nochmals mit Herrn Hutter zu sprechen – nachdem er mit seiner Freundin studiert hatte, sollte er ihm ja sagen können, was die chemischen Abkürzungen alle bedeuteten. Außerdem wollte er herausfinden, ob Professor Hasko, Herr Koller und dieser Herr Lombardi sich kannten oder nicht. Kann ja wohl kein Zufall sein, dass die Firma, in der Frau Schüller tot aufgefunden wurde, in einer ihrer Unterlagen auftaucht, dachte Tom bei sich.

Er spürte, jetzt hatte er endlich eine heiße Spur. Er rief Martin Hutter an und fragte, ob er am Nachmittag zu Hause sei, damit er Tom den Inhalt der Laborberichte erklären konnte. Bevor er dorthin fuhr, wollte er aber noch bei Varia vorbeifahren und Herrn Lombardi kennenlernen. Also machte Tom sich wieder auf den Weg nach Tulln.

Diesmal parkte er direkt vor dem Bürogebäude von Varia. Als er durch die große Drehtür ging, sah er Sonja Köhler an der Rezeption stehen und mit der Empfangsdame reden. Tom versuchte, sich an den Namen der Rezeptionistin zu erinnern, doch vergebens.

Als sie Tom sah, sagte sie freundlich: »Schönen guten Tag, Herr Meixner. Was können wir für Sie tun?«, fragte sie.

Als Frau Köhler seinen Namen hörte, zuckte sie kurz zusammen, strich sich rasch über die Haare, als wollte sie kontrollieren, ob ihr blonder Pferdeschwanz, zu dem sie ihre Haare heute zusammengebunden hatte, auch richtig saß, und drehte sich dann mit einem strahlenden Lächeln um. Wieder war Tom erstaunt, wie jemand, der in einer Tierkörperverwertung arbeitete, so hübsch aussehen konnte. Sie trug ein enges geblümtes Minikleid und Riemchensandalen dazu – natürlich wieder mit schwindelerregenden High Heels.

»Hallo, Herr Meixner. Schön, Sie wiederzusehen. Kommen Sie wegen Ihres Falles, oder kommen Sie mich besuchen?«, flötete Frau Köhler.

Er musste unweigerlich grinsen, ob ihres neuerlichen Flirtversuches. »Guten Tag, meine Damen. Ich komme wegen des Falles«, antwortete Tom, und Frau Köhlers Lächeln verschwand. »Aber ich freue mich auch, Sie zu sehen«, fügte er dann leise hinzu, als er vor ihr stand. Augenblicklich breitete sich ihr Lächeln wieder auf ihrem Gesicht aus.

»Wie kann ich Ihnen helfen?«, fragte sie und sah Tom dabei tief in die Augen.

»Ich möchte mit Herrn Lombardi sprechen«, antwortete Tom.

»Mit unserem Geschäftsführer? Wieso, was hat er mit dem Fall zu tun?«, fragte Frau Köhler besorgt.

»Das kann ich Ihnen nicht sagen. Noch nicht«, antwortete Tom ruhig.

»Ich muss nachsehen, ob ich ihn stören kann«, sagte sie und blickte auf die zarte Armbanduhr an ihrem Handgelenk. »Ich befürchte außerdem, er muss gleich weg, er hat vorher erwähnt, dass er nachmittags einen Termin außer Haus hat«, sagte sie.

»Es wird nicht lange dauern, keine Sorge«, beruhigte Tom.

»Okay, dann nehmen Sie bitte kurz Platz, ich frage nach«, bat Frau Köhler und stöckelte den Gang entlang. Kaum hatte Tom es sich auf dem großen Ledersofa bequem gemacht, kam Frau Köhler auch schon wieder. »Herr Meixner, kommen Sie bitte«, rief sie. Als er neben ihr den Gang entlangging, fragte sie: »Neuer Haarschnitt?«, und schmunzelte.

Tom strich sich durch die Haare und grinste. »Das fällt Ihnen auf?«, fragte er ein wenig amüsiert.

»Natürlich fällt mir so etwas auf. Steht Ihnen sehr gut«, strahlte sie ihn an. Sie blieb vor der letzten Tür im Gang stehen, klopfte und öffnete die Tür für ihn. »Herr Lombardi, darf ich vorstellen, Tom Meixner von der Mordkommission.«

Tom ging an Frau Köhler vorbei in das geräumige Büro. Vor einer Glasfront, die fast über die gesamte Raumlänge reichte, stand ein großer gläserner Schreibtisch, auf dem außer einem Telefon und ein paar Zeitungen nur ein Tablet lag. An den beiden Wänden rechts und links hingen große bunte Gemälde. Rechts neben der Tür standen zwei weiße Ledersofas einander gegenüber, dazwischen ein gläserner Couchtisch. Hinter dem Schreibtisch erhob sich ein großer schlanker Mann in weißem Hemd und einer schmalen schwarzen Hose. Sein dichtes schwarzes Haar trug er zurückgekämmt. Ein Italiener wie aus dem Bilderbuch, dachte Tom. Er war einmal vor einigen Jahren mit Tina in Rom gewesen für ein verlängertes Wochenende, nur weil sie es sich eingebildet hatte. Er hatte sich damals gefragt, wie die Männer es bei der Affenhitze schafften, in diesen schmalen Hosen und ihren langärmeligen Hemden nicht umzukommen. Herr Lombardi streckte Tom die Hand über den Schreibtisch entgegen.

»Bitte, Herr Meixner, nehmen Sie Platz. Können wir Ihnen etwas anbieten?«, fragte er mit italienischem Akzent.

»Ein Kaffee wäre toll«, sagte Tom.

Herr Lombardi deutete Tom, auf einem der Ledersofas Platz zu nehmen und fragte: »Un espresso oder lieber etwas anderes«, fragte Lombardi.

»Ein Espresso wäre perfekt«, antwortete Tom.

»Bella, due espressi, prego«, bat Lombardi mit sonorer Stimme.

Frau Köhler nickte dienstbeflissen und schloss die Tür hinter sich. Herr Lombardi setzte sich Tom gegenüber auf das Sofa und hatte offensichtlich Mühe, Platz für seine langen Beine zwischen Sofa und Tisch zu finden.

»Herr Meixner, was kann ich für Sie tun. Ich muss mich entschuldigen, dass ich mich nicht bei Ihnen gemeldet habe, nachdem diese furchtbare Sache passiert ist. Aber ich bin erst gestern aus Milano zurückgekommen und hatte daher noch keine Zeit, mich darum zu kümmern«, erklärte Herr Lombardi.

»Mailand, aha. Ich dachte, Frau Köhler meinte letzte Woche, Sie sind in der Zentrale in Deutschland«, antwortete Tom.

Herr Lombardi schien erstaunt.

»Sie haben ein gutes Gedächtnis, Herr Meixner, wenn Sie sich das gemerkt haben«, erwiderte Herr Lombardi, lehnte sich gemütlich zurück und überschlug seine Beine. »Ja, das stimmt, ich war Anfang der Woche in Hannover. Von Dienstagabend bis Freitag früh. Von dort bin ich weiter nach Milano«, antwortete Herr Lombardi ruhig.

»Sie sind also dazwischen nicht zurückgekommen, um hier nach dem Rechten zu sehen?«, fragte Tom.

Herr Lombardi lächelte. »Ich hatte das kurzfristig überlegt. Aber nachdem mir Frau Köhler versichert hat, dass sie die Situation hier im Griff hat und ich ohnehin nicht behilflich sein konnte, sah ich keinen Grund, meine Reisepläne umzustoßen«, meinte Herr Lombardi.

Ein leises Klopfen unterbrach das Gespräch, als Frau Köhler mit zwei Tassen Espressi hereinkam und diese zusammen mit zwei kleinen Wasserflaschen auf den Couchtisch abstellte und sofort wieder verschwand.

»Darf ich fragen, was Sie in Hannover und Mailand gemacht haben?«, fragte Tom.

»Geschäfte, Herr Meixner, Geschäfte«, antwortete Lombardi und nippte an seinem Espresso.

»Geht das ein bisschen konkreter?«, fragte Tom.

»Wenn Sie mir verraten, wozu Sie das wissen wollen«, sagte Lombardi ruhig lächelnd.

»Ich versuche herauszufinden, warum die junge Frau sterben musste, und je mehr Informationen ich habe, desto eher werde ich den Fall aufklären«, antwortete Tom.

»Ich verstehe. Dennoch frage ich mich, was meine Reisen mit Ihrem Mordfall zu tun haben«, sagte Lombardi.

»Beantworten Sie mir meine Fragen, dann beantworte ich Ihre«, schlug Tom vor.

Lombardi schien kurz zu überlegen und meinte dann: »Ich habe in Hannover unsere Geschäftsentwicklung für das erste Halbjahr präsentiert und den Forecast für das zweite Halbjahr besprochen. In Mailand habe ich meine Familie besucht und einige Geschäftspartner getroffen«, antwortete Lombardi.

Tom nickte. »Wann genau sind Sie abgereist?«, fragte Tom.

»Dienstagabend, sagte ich doch schon«, antwortete Lombardi.

»Wissen Sie noch, wann ihr Flug ging?«, fragte Tom.

»Nein, tut mir leid, das sind Details, die ich mir nicht merke. Das müssen Sie Frau Köhler fragen, wenn es wichtig für Sie ist«, antwortete Lombardi mit seinem Lächeln.

»Sagt Ihnen der Name Lisa Schüller etwas?«

Herr Lombardi schüttelte den Kopf. »Nein. Wer ist das?«

»Die junge Frau, die wir in einem Ihrer Container gefunden haben«, erklärte Tom.

»Oh, es tut mir leid, aber ich habe den Namen noch nie gehört«, antwortete Lombardi.

»Kennen Sie einen gewissen Professor Heinz Hasko?«, fragte Tom weiter.

»Ja, natürlich. Professor Hasko ist ein guter Freund von mir«, erklärte Lombardi.

»Woher kennen Sie sich?«, fragte Tom.

»Wir haben uns vor knapp zwei Jahren bei einem Golfturnier kennengelernt. Ein sehr sympathischer Mann. Wir gehen regelmäßig gemeinsam Golf spielen«, antwortete Lombardi.

Tom nickte und machte sich eine kurze Notiz. »Und einen gewissen Kurt Koller?«, fragte Tom weiter.

Herr Lombardi überlegte. »Ich habe den Namen schon einmal gehört, aber ich bin mir nicht sicher. Wer ist das?«, fragte Lombardi.

»Der Geschäftsführer von Bauernglück Tierfutter«, erklärte Tom.

»Ah, ja, jetzt kann ich mich erinnern. Ich habe den Namen schon einmal gehört, aber den Herrn noch nie getroffen«, stellte Lombardi fest. »Was haben Professor Hasko und Herr Koller mit Ihren Ermittlungen zu tun?«, wollte Lombardi wissen.

»Professor Hasko war ein früherer Professor des Opfers. Und auf Herrn Kollers Namen bin ich im Zuge der Recherchen gestoßen. Ich weiß selbst noch nicht, in welchem Zusammenhang er mit dem Opfer steht«, erklärte Tom. Lombardi nickte. »Ich habe versucht, auf Ihrer Homepage herauszufinden, was Varia als Firma für ein Produkt vertreibt. Ich muss gestehen, ich bin nicht wirklich schlau daraus geworden. Können Sie mich vielleicht aufklären?«, fragte Tom.

»Wir stellen Mehle und Fette für industrielle Anwendungen her«, erklärte Lombardi.

»Das heißt, aus Schlachtabfällen machen Sie Mehl und Fette?«, fragte Tom.

Lombardi nickte. »Wenn Sie es so vereinfacht sagen wollen.«

»Für welche industriellen Anwendungen?«, fragte Tom weiter.

»Für Schmier- und Trennmittel, Kosmetika, Wasch- und Reinigungsmittel«, zählte Lombardi auf.

Tom überlegte, ob er im Moment noch weitere Fragen an Lombardi hatte, doch ihm fiel nichts Konkretes ein. »Herr Lombardi, dann danke ich Ihnen für Ihre Hilfe. Sie haben mir schon weitergeholfen. Wenn ich noch weitere Fragen habe, darf ich mich sicher bei Ihnen melden, oder?«, fragte Tom und stand auf.

»Certo! Ähm natürlich, Herr Meixner. Sollte ich nicht da sein, wird Ihnen Frau Köhler jederzeit behilflich sein«, antwortete Lombardi.

Tom trank schnell seinen Espresso in einem Zug aus, stellte die Tasse ab und verabschiedete sich von Lombardi. Als er den Gang entlangkam, sah er Frau Köhler vor der Rezeption stehen.

»Ich hoffe, Herr Lombardi konnte alle Ihre Fragen beantworten«, meinte sie freundlich.

»Vorerst ja, danke. Dann mache ich mich auf den Weg«, erklärte Tom.

»Müssen Sie schon wieder los? Schade«, seufzte Frau Köhler.

»Ja, ich habe schließlich einen Mord zu klären«, antwortete Tom.

»Höre ich wieder von Ihnen?«, fragte Frau Köhler mit einem zögernden Lächeln.

»Das kann ich im Moment noch nicht sagen«, meinte Tom.

»Ich meinte nicht nur den Fall. Ob Sie sich melden, auch wenn der Fall abgeschlossen ist?«, fragte sie leise.

Tom sah sie an und meinte: »Kann schon sein.« Beim Hinausgehen winkte er Frau Köhler kurz zu und verließ das Firmengebäude von Varia.

Kapitel 16

Tom saß mit Martin Hutter wieder am Küchentisch der WG und zeigte ihm die diversen Tabellen und den Laborbefund.

»Können Sie mir erklären, was diese ganzen chemischen Formeln bedeuten?«, bat Tom den jungen Mann.

Hutter beugte sich über die Liste und las konzentriert. »Sind das Unterlagen von Lisa?«, fragte er.

»Ja, aus dem Stapel an Papieren, die ich das letzte Mal mitgenommen habe«, antwortete Tom.

»Sie hat eine chemische Analyse von etwas gemacht, das ist klar. Ich verstehe nur nicht, warum sie nicht dazugeschrieben hat, was sie da analysiert hat. Von der chemischen Zusammensetzung würde ich sagen, es ist ein Futtermittel. Aber da sind zwei Stoffe drinnen, die so nicht stimmen können«, erklärte Hutter.

»Das würde einiges erklären«, sagte Tom. Hutter sah ihn fragend an. »Ihre Freundin hat bei einem Bauern eine Handvoll eines neuen Rinderfutters mitgehen lassen. BioRio von Bauernglück Futtermittel. Der Forschungsleiter der Firma war wenig erfreut zu hören, dass Lisa etwas davon hat mitgehen lassen. Das Futter ist noch nicht am Markt, die Firma wartet auf die letzte Genehmigung«, erklärte Tom.

Hutter lachte auf. »Das erklärt dann allerdings einiges. Lisa ist da auf etwas Großes gestoßen. Wenn ich das richtig interpretiere, ist in dem Futter Knochenmehl enthalten. Das darf in Rinderfutter nicht mehr enthalten sein. Können Sie sich noch an den Rinderwahn von vor ein paar Jahren erinnern?«, fragte Hutter. Tom nickte. »Tausende Rinder mussten notgeschlachtet werden. Auslöser war das Futter, in dem Knochenmehl enthalten ist. Daher darf dieses Knochenmehl nur noch an Schweine und Hühner verfüttert werden, nicht aber an Rinder. Wenn die Firma das auf den Markt bringt, haben wir in ein paar Jahren den nächsten Rinderwahn-Skandal«, erklärte Hutter.

»Wer stellt das Knochenmehl her?«, fragte Tom.

»Knochenmehl ist eines der Produkte von Tierkörperverwertungen«, antwortete Hutter. Lombardi hatte Tom vorenthalten, dass seine Produkte auch in Tiernahrung vorkamen. »Hat Ihnen der Forschungsleiter verraten, was das Besondere an dem Futter ist?«, fragte Hutter.

»Sie werden es aber nicht weitererzählen. Ich habe keine Lust, wegen Weitergabe von Betriebsgeheimnissen Schwierigkeiten zu bekommen«, meinte Tom.

Hutter nickte. »Keine Sorge.«

»Das Futter soll die Milchleistung bei den Kühen erhöhen«, beantwortete Tom die Frage.

»Jetzt verstehe ich, warum Lisa vor ein paar Wochen so aufgebracht war. Sie hat getobt, dass es den Firmen nur noch darum geht, möglichst viel Profit aus den Kühen zu schlagen. Sie hat mir erzählt von einem Bauern, dem die Melkfirma den Stall umgebaut hat, damit die Kühe noch schneller gemolken werden können. Und dass die Tiere da mit Computerchips erfasst sind und der Bauer auf Knopfdruck sagen kann, welche Kuh wie viel Liter Milch pro Tag gegeben hat. Und jetzt verabreichen die den armen Viechern auch noch ein spezielles Futter, damit die Milchleistung noch mehr steigt. Es ist wirklich nicht mehr zu fassen. Und wenn das Futter tatsächlich Knochenmehl enthält, werden die Tiere am Ende auch noch krank. Nicht nur, dass sie als unnatürliche Muskelberge rumlaufen müssen, sollen sie auch noch literweise Milch produzieren. Das ist doch nur noch krank.« Hutter war mittlerweile aufgesprungen.

»Da gebe ich Ihnen vollkommen recht. Wenn ich noch mehr darüber erfahre, wie mit den Tieren, die wir später essen, umgegangen wird, vergeht selbst mir der Appetit«, meinte Tom.

»Wenn Lisa die Ergebnisse jemandem gezeigt hat und der erkannt hat, was da abgeht, hat der sicher versucht zu verhindern, dass sie damit an die Öffentlichkeit geht«, dachte Hutter laut.

»Ja, der Meinung bin ich auch. Ich denke, wir haben das Motiv für den Mord an Ihrer Freundin gefunden. Jetzt bleibt nur noch die Frage, wer es war. Und ich glaube, ich weiß auch schon, wo ich als Nächstes hingehe«, antwortete Tom.

Hutter sah ihn gespannt an, doch Tom würde seinen nächsten Schritt nicht verraten. »Ich habe heute mit Lisas Eltern telefoniert. Sie haben gesagt, Lisas Leiche ist noch nicht freigegeben und daher können sie das Begräbnis noch nicht bestellen. Stimmt das?«, fragte Hutter.

»Ja, das stimmt. Ich habe die Leiche noch nicht freigegeben. Aber das werde ich heute noch tun. Wir haben zwar alle Beweise gesichert, brauchen den Leichnam aber noch für die weiteren Ermittlungen. Es sind leider noch ein paar Fragen offen«, antwortete Tom.

»Sie haben mir nie gesagt, wo genau Lisa gefunden wurde«, meinte Hutter.

Tom erinnerte sich, dass er der Frage ausgewichen war. Nur den Eltern hatte er die volle Wahrheit gesagt. »Stimmt, ich wollte Ihnen das ersparen«, antwortete Tom.

»Ich möchte es aber wissen. Es lässt mir keine Ruhe«, antwortete Hutter.

Tom holte tief Luft und meinte dann: »Sie wurde in einem Container mit Schlachtabfällen gefunden.«

Hutter schloss die Augen. »Oh nein! Bei Varia?«, fragte er. Tom nickte. »Wie makaber. Sie findet heraus, dass Knochenmehl in einem neuen Futtermittel enthalten ist, und wird dann selbst beinahe dazu gemacht. Gott, wie krank!«, rief der Mann aus.

»Ja, das ist es allerdings.« Tom wusste nicht, was er sonst noch sagen sollte. »Ich mache mich auf den Weg. Ich muss noch jemanden befragen«, meinte Tom und stand auf.

Hutter sah ihn an, und Tom sah die Tränen in den Augen des jungen Mannes. »Sie wollte doch nur, dass die Kühe vernünftig leben können. Deshalb musste sie sterben?«, fragte Hutter verzweifelt.

Tom legte ihm die Hand auf die Schulter und meinte leise: »Leider. Ich verspreche Ihnen, ich finde den Schuldigen.« Tom verließ die Wohnung und machte sich auf den schnellsten Weg zurück nach St. Pölten. Er hoffte, Herrn Koller von Bauernglück noch im Büro anzutreffen.

Kapitel 17

Mitten im Industriegebiet von St. Pölten in einer der schmucklosen Hallen war der Firmensitz von Bauernglück. Anders als bei Varia war hier der Eingangsbereich kühl und schlicht. Gleich neben der Eingangstür war ein Glasvorbau, der den Blick auf ein Büro dahinter freigab.

Als Tom vor dem Schiebefenster stehen blieb, schaute die ältere Frau müde auf ihre Armbanduhr, bevor sie sich erhob und die wenigen Schritte von ihrem Schreibtisch zum Fenster kam. Es war kurz vor halb fünf, und offensichtlich wagte es kaum jemand, so kurz vor Dienstschluss noch hereinzuschneien.

Die Frau schob das Fenster auf und meinte leise: »Guten Tag. Was kann ich für Sie tun?«

»Guten Tag. Ich wollte Herrn Koller sprechen, ist der noch im Haus?«, fragte Tom.

»Haben Sie einen Termin?«, fragte die Frau. Tom schüttelte den Kopf. »Ohne Termin können Sie Herrn Koller nicht sprechen«, antwortete die Frau.

»Ist er im Haus?«, fragte Tom noch einmal.

Die Frau sah zum Fenster auf die parkenden Autos vor der Halle und meinte: »Sein Auto ist da, also wird er im Haus sein.«

»Können Sie mich dann bitte bei ihm anmelden? Mein Name ist Tom Meixner von der Mordkommission, und ich muss ihn sprechen«, bat Tom.

Die Frau sah ihn erstaunt an und griff zum Telefon neben sich, tippte zwei Zahlen und wartete. »Ja, hallo, Betty, ich bin's. Ich hab hier einen Herrn von der Mordkommission, der den Chef sprechen will«, erklärte sie ihrer Kollegin. »Mhhm. Okay, danke. Ich schicke ihn rauf.« Sie legte auf und erklärte Tom den Weg: »Hinauf in den ersten Stock. Nach den Stufen links das letzte Zimmer auf der linken Seite.«

Tom bedankte sich und machte sich auf den Weg nach oben. Am Ende des Ganges, der mit grauem Teppich ausgelegt war, klopfte Tom an die Tür. Das Türschild verriet ihm, dass dahinter eine Betty Pöhm als Sekretärin des Geschäftsführers saß. Den Namen Koller konnte er jedoch nirgendwo finden. Ein freundliches »Herein« gab Tom das Signal, dass er eintreten konnte.

Hinter dem großen Schreibtisch, auf dem sich jede Menge Unterlagen stapelten, saß eine zirka fünfzigjährige Frau mit dunklen kurzen Haaren, die zu einer hohen Frisur auftoupiert waren. Ihr Outfit und ihr ganzes Auftreten erinnerten Tom an die Achtzigerjahre – irgendwie schien Betty modisch dort stecken geblieben zu sein.

»Sie sind der Herr von der Mordkommission?«, fragte sie freundlich. Tom nickte. »Ich habe Sie Herrn Koller schon angekündigt. Bitte gehen Sie einfach durch.« Sie deutete auf die Tür links von sich.

»Danke«, meinte Tom kurz, klopfte erneut und trat in ein großes Büro mit altmodischen Büromöbeln.

Hinter dem hölzernen Schreibtisch saß ein Mann, den er auf zirka fünfzig Jahre schätzte, mit grauen kurzen Haaren und einem grau melierten Schnauzer. Als Tom eintrat, stand er auf und kam um den Schreibtisch herum.

»Guten Tag, mein Name ist Kurt Koller.« Der Mann war einen guten Kopf kleiner als Tom, und in seinem Trachtenanzug wirkte er irgendwie quadratisch, also gleich breit wie hoch.

»Tom Meixner, Mordkommission St. Pölten. Danke, dass Sie mich unangekündigt empfangen«, begrüßte Tom ihn.

»Für die Polizei mache ich gerne eine Ausnahme. Was kann ich für Sie tun?«, fragte er und deutete Tom, auf dem Sessel gegenüber seinem Schreibtisch Platz zu nehmen.

Tom holte seinen Notizblock heraus. »Ich habe mit Ihrem Mitarbeiter aus der Forschungsabteilung bereits telefoniert«, begann Tom, während er in seinen Notizen blätterte.

»Aha. Und weiter?«

»Es geht um Ihr neues Produkt BioRio«, sprach Tom weiter. Herr Koller sah Tom aufmerksam an, ließ aber nicht erkennen, was in ihm vorging. »Ich bin im Zuge der Ermittlungen auf dieses Produkt gestoßen. Wenn ich Herrn Kauz richtig verstanden habe, ist das Produkt noch nicht am Markt. Stimmt das?«, fragte Tom.

»Ja, das stimmt. Wir warten täglich auf die letzte Freigabe der Zulassungsbehörde«, bestätigte Koller.

»Herr Kauz war sehr aufgeregt darüber, dass offensichtlich etwas von dem Produkt entwendet wurde«, sprach Tom weiter.

»Allerdings, das ist eine mittlere Katastrophe für uns. Er hat mich darüber informiert. Wir sind dem nachgegangen, konnten aber bisher nicht herausfinden, ob einer unserer Mitbewerber dabei ist, die Rezeptur zu entschlüsseln und nachzubauen«, erklärte Koller. »Darf ich fragen, wer von unserem Produkt etwas entwendet hat?«, fragte Koller.

»Das Mordopfer, Frau Lisa Schüller«, erklärte Tom. »Darum bin ich auch hier. Ich frage mich, ob es zwischen Ihrem Produkt und Frau Schüller einen Zusammenhang gibt«, erklärte Tom.

Herr Koller runzelte die Stirn. »Ich verstehe nicht ganz.«

»Kann Ihr Produkt ein Motiv für den Mord sein?«, fragte Tom geradeheraus.

Koller sah Tom bestürzt an. »Wie kommen Sie darauf? Ich kenne die Frau nicht, und wir wussten ja auch nicht, dass sie etwas vom Produkt gestohlen hat.«

Tom nickte, so wie Kauz reagiert hatte, wussten sie tatsächlich nichts davon. Trotzdem wollte Tom die Spur nicht gleich wieder aufgeben. »Wie ist Ihr Verhältnis zu Herrn Professor Hasko?«

»Er hat uns bei der Rezeptur von BioRio geholfen und uns den entscheidenden Durchbruch gebracht«, erklärte Koller.

»Und weiter?«, fragte Tom.

Koller schien zu überlegen, wie viel er preisgeben sollte. »Er hat mich dem Geschäftsführer von Muly Melktechnik vorgestellt. Wir waren gemeinsam essen, und Herr Professor Hasko hat uns auf Synergien unserer beider Unternehmen hingewiesen. Wir haben vor ein paar Monaten einen Kooperationsvertrag mit Muly geschlossen und sind gerade dabei, unsere Vertriebsstrategien aufeinander abzustimmen«, erklärte Koller.

»Zu welchem Zweck?«, fragte Tom.

»Was heißt, zu welchem Zweck?«, fragte Koller erstaunt. »Die Synergie-Effekte, die Herr Professor Hasko gesehen hat, nützen beiden Firmen. Da wir die gleichen Kunden ansprechen, macht es einfach Sinn, die Vertriebstätigkeiten aufeinander abzustimmen. So haben alle was davon«, sprach Koller weiter.

»Alle? Auch Herr Professor Hasko?«, fragte Tom.

Koller schnaubte. »Ich weiß nicht, was Sie das angeht oder was das mit Ihrem Mordfall zu tun hat.«

»Hat Herr Professor Hasko Sie aus reiner Menschenliebe einander vorgestellt, oder hat er anderweitig davon profitiert?«, fragte Tom.

Koller rutschte auf seinem Sessel herum, offensichtlich war es ihm unangenehm, darüber zu reden. »Nochmal, ich weiß nicht, was das mit Ihren Ermittlungen zu tun hat. Aber ja, er hat von uns und Muly ein Beratungshonorar bekommen für die Konzepterstellung, wie die Kooperation aussehen kann.«

Tom nickte und machte sich eine kurze Notiz. »Wie hoch war dieses Beratungshonorar?«, fragte Tom.

»Das ist ein Firmengeheimnis, das muss ich Ihnen nicht sagen«, meinte Koller ernst.

Tom überlegte kurz, ob er darauf bestehen sollte, doch eigentlich war es nicht relevant. Es wird schon ein nettes Sümmchen gewesen sein. »Kennen Sie Herrn Lombardi?«, fragte Tom stattdessen.

Koller zuckte kurz bei dem Namen zusammen und zögerte. »Ich habe den Namen schon gehört, kenne den Herrn aber nicht persönlich«, antwortete Koller dann knapp.

»Das heißt, in Ihrem BioRio ist kein Knochenmehl enthalten?«, fragte Tom weiter.

Koller sprang auf einmal auf. »Wie kommen Sie darauf! In Rinderfutter ist es nicht erlaubt, Knochenmehl hinzuzufügen.«

»Aber in Schweine- und Hühnerfutter. Und soweit ich gesehen habe, produzieren Sie das auch«, meinte Tom ruhig.

Koller setzte sich wieder. »Ja, wir produzieren auch Schweine- und Hühnerfutter. Das sind unsere wichtigsten Produkte«, erklärte Koller.

»Ist darin nun Knochenmehl enthalten?«, fragte Tom.

Widerwillig stimmte Koller zu. »Ja.«

»Und von wem beziehen Sie Ihr Knochenmehl?«, fragte Tom weiter.

»Von einer deutschen Firma«, meinte Koller.

»Aha«, meinte Tom. »Also nicht von Varia?«, fragte Tom nochmal und sah Koller eindringlich an.

»Nein, nicht von Varia.« Koller wand sich auf seinem Sessel. »Ich habe Herrn Lombardi vielleicht einmal kurz gesehen«, rief Koller. »Da kann man doch nicht von Kennen reden!« Tom schaute ihn ruhig an. »Ich bezeichne so was nicht als Kennen. Das ist wie meine Mitarbeiter im Lager, die alle paar Monate wechseln. Die habe ich auch vielleicht einmal gesehen und behaupte deshalb nicht, sie zu kennen«, versuchte Koller, sich herauszureden.

»Dann frage ich jetzt besser nochmal: Haben Sie Frau Lisa Schüller vielleicht ein- oder zweimal gesehen?«, fragte Tom mit einem zynischen Unterton.

Koller schüttelte den Kopf. »Nein, ich kann mich nicht erinnern, eine Frau mit dem Namen getroffen zu haben«, sagte Koller schnell.

Tom klappte seinen Notizblock zu und stand auf. »Fürs Erste habe ich keine weiteren Fragen, danke«, sagte Tom und verabschiedete sich. Irgendwas stimmte hier nicht, da war er sich sicher. Er musste nur herausfinden, was.

Kapitel 18

Am nächsten Morgen verschaffte Tom sich einen Überblick über seine bisherigen Ermittlungsergebnisse. Lisa Schüller war vor einer Woche ermordet worden, und es gab mehrere Spuren, aber etwas so richtig Greifbares war noch nicht dabei. Tom waren einige Lügen aufgetischt worden, und offensichtlich gab es eine Verbindung zwischen Koller von Bauernglück, Professor Hasko und Lombardi. Toms Gefühl sagte ihm, Koller hatte nicht die Wahrheit gesagt, darüber, wie gut er Lombardi kannte. Er würde bei Sonja Köhler mal nachfragen, ob sich die beiden tatsächlich kaum kannten. Er hoffte, von ihr mehr zu erfahren als von ihrem Chef. Doch bevor er das tat, wollte er herausfinden, ob Koller in Bezug auf die Zusammensetzung von BioRio die Wahrheit gesagt hatte oder nicht. Daher suchte Tom die Telefonnummer der Zulassungsbehörde und wurde mehrfach verbunden, bevor er endlich an den zuständigen Mitarbeiter kam.

»Tom Meixner von der Mordkommission St. Pölten, guten Tag.«

»Guten Tag. Was kann ich für Sie tun?«, fragte der Mann am anderen Ende der Leitung.

»Ich ermittle in einem Mordfall, bei dem das Opfer ein Muster eines neuen Produkts, das bei Ihnen zur Zulassung eingereicht wurde, gestohlen hat«, erklärte Tom.

»Aha«, kam als knappe Antwort.

»Mein Instinkt sagt mir, dass das Produkt mit dem Mord zu tun hat, vielleicht sogar das Mordmotiv ist. Ich brauche daher die Zulassungsunterlagen in Kopie. Können Sie mir die schicken?«, fragte Tom.

»Warum fragen Sie nicht direkt bei der Firma nach, die das Produkt eingereicht hat?«, fragte der Mann.

»Berechtigter Einwand«, meinte Tom. »Ich bin mir nur, ehrlich gesagt, nicht ganz sicher, ob man mir dort die korrekten Unterlagen aushändigt«, erklärte Tom.

»Aha, verstehe. Um welches Produkt handelt es sich?«, fragte der Mann.

»Um BioRio von Bauernglück. Ein Futtermittel für Rinder«, antwortete Tom.

»Einen Augenblick«, sagte der Mann, und dann hörte Tom Papiere rascheln. »Ja, habe ich da. Aber ich kann Ihnen die Unterlagen nicht so einfach schicken. Es sind bei uns leider schon die eigenartigsten Dinge passiert. Firmen schrecken nicht zurück, Industriespionage auch bei uns zu betreiben. Können Sie mir ein offizielles Ansuchen schicken, dass Sie die Unterlagen für Ihre Ermittlungen brauchen?«, bat der Mann.

Tom schüttelte den Kopf. Er konnte den Mann ja einerseits verstehen, aber er brauchte die Unterlagen dringend und nicht erst in drei Wochen. »Muss das ein Brief mit Unterschrift und Siegel sein, oder reicht ein Mail? Ich brauche die Unterlagen wirklich dringend«, erklärte Tom.

»Verstehe. Ein Brief wäre schon fein. Aber wissen Sie was, schicken Sie mir ein Mail, aber lassen Sie parallel dazu einen Brief aufsetzen und faxen Sie mir diesen durch. Ich brauche nur irgendwas für meine Dokumentation, warum ich diese vertraulichen Unterlagen weitergeleitet habe«, sagte der Mann.

»Ja, okay, das kann ich machen. Haben Sie bei den Unterlagen auch einen Laborbericht über die chemische Zusammensetzung dabei?«, fragte Tom.

»Ja, der muss bei den Einreichungsunterlagen dabei sein«, erklärte der Mann.

»Wunderbar, den brauche ich«, meinte Tom.

»Darf ich fragen, warum Sie ausgerechnet den Laborbericht brauchen?«, fragte der Mann.

»Ich habe die Vermutung, dass der Bericht von den Testergebnissen meines Opfers abweicht«, antwortete Tom.

»Aha, und worin glauben Sie, dass er abweicht?«, fragte der Mann, nun neugierig geworden.

»Das Opfer hat Knochenmehl in dem Futter nachgewiesen«, erklärte Tom.

»Was?! Sind Sie sicher?«, rief der Mann aus.

»Laut einer sachkundigen Person, die mir den Laborbericht übersetzt hat, ist Knochenmehl enthalten«, antwortete Tom.

Der Mann schien kurz zu überlegen. »Können Sie mir den Bericht zukommen lassen?«, fragte der Mann.

»Gerne, wenn Sie mir dafür rasch Ihre Unterlagen zukommen lassen«, sagte Tom.

»Ja, gerne. Ich gebe Ihnen meine Mailadresse und Faxnummer durch. Sobald ich Ihr Mail und Ihren Laborbericht habe, antworte ich auf Ihr Mail und schicke Ihnen die Zulassungsunterlagen, die bei uns eingereicht wurden«, bot der Mann an.

»Super, so machen wir das. Sie haben mein Mail in den nächsten Minuten«, erklärte Tom und beendete das Gespräch.

Kurze Zeit später erhielt Tom die Antwort von der Zulassungsbehörde. Er öffnete das pdf im Mail und blätterte durch den umfangreichen Anhang, bis er eine Seite mit der Zusammensetzung fand. Er druckte den Bericht aus und verglich ihn mit den Laborergebnissen von Frau Schüller.

Im Wesentlichen stimmten die Ergebnisse überein, doch in dem Bericht von Frau Schüller waren zwei weitere Inhaltsstoffe angeführt, die bei den Einreichunterlagen nicht erschienen. Koller hatte ihn offenbar angelogen – so, wie es aussah, war in BioRio Knochenmehl enthalten. Doch warum? Das war genau der richtige Zeitpunkt, um bei Sonja Köhler nachzufragen, warum sowohl Lombardi als auch Koller bestritten hatten, einander zu kennen.

Bevor er nach Tulln fuhr, wollte er seinem Onkel über den Stand der Ermittlungen berichten. Seit sie letzten Freitag aneinandergeraten waren, hatte Tom ihn nicht mehr informiert. Außerdem wollte er ihn vorwarnen. Wenn die Zulassungsbehörde den Laborbericht von Frau Schüller ernst nahm, konnte es leicht sein, dass sie Bauernglück die Genehmigung des Futters verweigerten.

Und das würde Herrn Koller wenig freuen. Tom suchte seine Unterlagen zusammen und marschierte in den zweiten Stock. Die Sekretärin schickte Tom gleich weiter, und Tom betrat das Büro seines Onkels. Der saß über Unterlagen gebeugt.

»Hallo. Ich wollte dich über den Stand der Ermittlungen informieren und dich vorwarnen, dass vielleicht demnächst ein sehr aufgebrachter Geschäftsmann sich bei dir beschweren wird«, begann Tom.

Sein Onkel lehnte sich seufzend im Sessel zurück. »Was hast du jetzt wieder angestellt?«

»Ich bin keine fünfzehn mehr, dass ich was angestellt hätte«, grummelte Tom. »Ich bin im Zuge der Ermittlungen auf etwas gestoßen, was ein mögliches Motiv ist. Doch selbst, wenn derjenige nicht der Mörder war, wird er wahrscheinlich wegen Betrugs oder was auch immer sich die Staatsanwalt einfallen lässt angezeigt«, erklärte Tom.

»Kannst du bitte etwas genauer werden, ich habe keine Ahnung, wovon du sprichst«, sagte sein Onkel müde.

Tom setzte sich seinem Onkel am Schreibtisch gegenüber, schlug seine Unterlagen auf und begann zu erklären. »Ich habe in den Unterlagen von Frau Schüller Laborergebnisse gefunden. Sie hat das Futter von BioRio, das sie von einem Bauern mitgenommen hat, getestet. Dieses Futter ist noch nicht am Markt, sondern gerade im Zulassungsprozess. Ich habe gerade von der Zulassungsbehörde die Einreichunterlagen bekommen. Die Futter-Zusammensetzung, die eingereicht wurde, stimmt nicht mit der überein, die Frau Schüller als Probefutter getestet hat.«

»Ja und? Kann ja auch ein Versehen gewesen sein«, warf sein Onkel ein.

»Das glaube ich nicht. Denn soweit ich die Ergebnisse richtig verstanden habe, ist in dem Testfutter Knochenmehl enthalten. Das darf wegen der Gefahr einer neuerlichen Rinderwahn-Seuche aber nicht in Rinderfutter gemischt werden«, erklärte Tom.

»Mhm«, brummte sein Onkel.

»Dazu kommt, dass Herr Koller von der Futtermittelfirma und

der Chef der Tierkörperverwertung, die Knochenmehl herstellt, Herr Lombardi, beide behaupten, sich nicht zu kennen«, erklärte Tom weiter.

»Du meinst also, weil Frau Schüller drauf gekommen ist, dass Knochenmehl in dem Futter ist, sind die beiden Herren nervös geworden und haben sie beseitigt«, überlegte sein Onkel laut.

»Soweit ich aus den Gesprächen auch mit dem Lebensgefährten des Opfers gehört habe, geht es in dem Bereich um eine Menge Geld. Der Forschungsleiter der Futtermittelfirma hat mir erzählt, dass sie viel Zeit und Geld in die Entwicklung gesteckt haben und sie sich große Erträge von dem Futter erwarten. Koller und Lombardi profitieren beide davon, wenn das Futter am Markt kommt. Koller durch die Umsätze und Lombardi, weil Koller ja ständig Nachschub an Knochenmehl für die Produktion des Futters braucht und damit auch gute Umsätze machen wird«, erklärte Tom.

Sein Onkel nickte. »Klingt schlüssig. Doch woher wussten sie, dass Frau Schüller ihren Betrug entdeckt hat?«, fragte der Onkel.

»Das weiß ich noch nicht, aber das finde ich schon noch heraus. Ich fahre jetzt nochmals zu Varia und rede mit der PR-Lady. Die ist recht gesprächig, und ich hoffe, von ihr die Bestätigung zu bekommen, dass Koller und Lombardi sich tatsächlich kennen. Dann überprüfe ich die Alibis der beiden«, skizzierte Tom seine nächsten Schritte.

»Hast du noch andere Spuren?«, fragte sein Onkel.

»Der Letzte, der Frau Schüller lebend gesehen hat, ist ein gewisser Magister Lamer, Rechtsanwalt der Lebensmittelfirma Mega Food. Er ist offensichtlich nicht betrübt über den Tod von Frau Schüller, hat auch nicht wirklich ein Alibi. Aber irgendwie traue ich dem keinen Mord zu, und vor allem hat er keinen Zugang zu einem Container mit Schlachtabfällen, in dem er das Opfer loswerden kann«, meinte Tom.

»Ist das nur dein Bauchgefühl, oder hast du das überprüft?«, fragte sein Onkel.

»Nur mein Bauchgefühl«, gab Tom kleinlaut zu. »Sollte die Spur mit Lombardi und Koller nichts ergeben, überprüfe ich das«, fügte er schnell hinzu.

Sein Onkel nickte. »Na, dann schau, dass du den Fall endlich abschließt. Der Mord ist immerhin schon eine Woche her. Hast du die Leiche schon freigegeben?«, fragte sein Onkel.

»Nein, noch nicht«, antwortete Tom.

»Warum? Brauchst du sie noch?«, fragte sein Onkel.

»Wir haben DNA auf der Tasche gefunden, die nicht zum Opfer gehört. Ich war mir nicht sicher, ob wir die Leiche nicht noch für irgendwelche Vergleichsproben brauchen«, gab Tom zu.

»Sind alle Verletzungen dokumentiert?«, fragte sein Onkel.

»Ja klar, alles fotografiert, Proben entnommen«, antwortete Tom.

»Dann gib den Leichnam frei, damit die Familie Abschied nehmen und zur Ruhe kommen kann. Auch wenn wir den Mörder noch nicht haben, brauchen sie nicht Ewigkeiten auf das Begräbnis zu warten«, meinte sein Onkel.

Tom nickte. »Dann veranlasse ich das gleich, bevor ich nach Tulln fahre, um mit der Varia-Tante zu reden.« Tom stand auf. »Sonst noch Anweisungen, Chef?«, fragte er grinsend.

»Werd bloß nicht schon wieder frech. Gute Arbeit bisher, aber jetzt schau, dass du den Mörder endlich schnappst und nicht wochenlang ermittelst«, gab sein Onkel zurück.

»Mache ich«, meinte Tom schon im Hinausgehen.

Zurück in seinem Büro rief er in der Gerichtsmedizin an und gab die Leiche frei.

»Ich rufe die Familie selbst an und gebe ihnen Bescheid«, bot er Doktor Brandtl an.

»Wunderbar, danke!«

Als Nächstes rief Tom im Gasthaus der Familie Schüller an.

»Alte Schenke, guten Tag!«, meldete sich Frau Schüller.

»Hallo, Frau Schüller, hier Tom Meixner.«

»Hallo, Herr Meixner. Haben Sie gute Neuigkeiten für uns?«

»Teilweise. Ich wollte Ihnen nur sagen, ich habe gerade den Leichnam Ihrer Tochter freigegeben. Sie können ihn vom Beerdigungsinstitut abholen lassen«, erklärte Tom.

»Danke. Das tut gut zu hören, dass wir endlich das Begräbnis organisieren können. Das wird uns vielleicht helfen, dieses Unglück besser zu akzeptieren«, sagte sie leise. »Haben Sie den Mörder schon gefasst?«, fragte sie.

»Leider noch nicht, aber ich habe eine heiße Spur, der ich jetzt gleich nachgehe. Ich wollte Ihnen nur noch vorher Bescheid geben, damit Sie alles für das Begräbnis vorbereiten können«, erklärte Tom.

»Gut. Schnappen Sie das Schwein. Erst dann werde ich wieder ruhig schlafen können«, antwortete sie. »Informieren Sie uns, wenn Sie ihn haben?«, fragte Frau Schüller.

»Ja, natürlich. Sobald wir ihn verhaftet haben, rufe ich Sie an. Versprochen!«, antwortete Tom.

Er beendete das Gespräch mit Frau Schüller und machte sich auf den Weg nach Tulln. Er wollte seinen Charme bei Frau Köhler spielen lassen und herausfinden, ob und warum Lombardi ihn angelogen hatte.

Kapitel 19

Tom betrat das Foyer von Varia und begrüßte die Empfangsdame freundlich.

»Ist Frau Köhler im Haus?«, fragte er.

»Natürlich. Einen Augenblick bitte.«

Sie tippte mit ihren langen Nägeln auf den kleinen Tasten vor sich und informierte Frau Köhler, dass Tom da war. Nur wenige Augenblicke später schwebte Frau Köhler auf dem Gang Tom entgegen. Heute trug sie die langen Haare zu einem Knoten hochgesteckt. In einem weißen engen Kleid mit schwarzer Krageneinfassung und goldenen Riemchensandalen kam sie auf Tom mit einem strahlenden Lächeln zu.

»Herr Meixner, ich freue mich, Sie wiederzusehen. Ich hoffe, diesmal sind Sie meinetwegen hier«, flötete sie.

»Das bin ich tatsächlich«, gab Tom mit einem Grinser retour.

Der Satz verfehlte seine Wirkung nicht, und das ohnehin schon breite Lächeln von Frau Köhler wurde noch breiter.

»Das freut mich aber zu hören!«, strahlte sie.

»Haben Sie schon zu Mittag gegessen?«, fragte Tom.

Frau Köhler sah ihn erstaunt an. »Nein, habe ich nicht. Ich esse mittags eigentlich nie. Wieso?«, fragte sie.

»Haben Sie Zeit, dass ich Sie für eine halbe Stunde entführe und wir irgendwo eine Kleinigkeit essen gehen?«, fragte er.

»Oh. Na ja, eigentlich. Also, normalerweise verlasse ich nie das Haus. Aber ich kann ja einmal eine Ausnahme machen«, stammelte sie. Sie sah kurz auf die zarte Armbanduhr an ihrem Handgelenk. »Ja, okay. Lassen Sie mich nur kurz meine Handtasche holen«, meinte sie und ging rasch zurück in ihr Büro. Mit einer großen weißen Tasche kam sie zurück und meinte zur Empfangsdame: »Frau Bogner, ich bin auf Mittagspause außer Haus. Sollte Herr Lombardi mich suchen, kann er mich am Handy erreichen. Aber ich bin in einer halben Stunde wieder da«, informierte sie die Empfangsdame, die sie verdutzt ansah.

»Ja, natürlich. Na dann, Mahlzeit!«, wünschte ihr diese.

Frau Köhler wandte sich zum Gehen und sah Tom erwartungsvoll an. »Wohin wollen wir?«, fragte sie Tom.

»Ich kenne mich hier in der Gegend nicht aus. Aber Sie wissen sicher ein nettes Plätzchen, wo wir in Ruhe essen können«, meinte Tom.

Gemeinsam traten sie vor die Tür. Sonja Köhler setzte ihre große dunkle Sonnenbrille auf. »Es gibt da ein nettes kleines Lokal mit schattigem Gastgarten. Wollen wir dorthin fahren?«, fragte sie.

»Gerne! Ich fahre Ihnen nach?«, meinte Tom.

»Wollen Sie nicht mit mir fahren? Dann können wir uns schon während der Fahrt unterhalten, und wir brauchen nicht mit zwei Autos Parkplatz suchen. Ich muss ja ohnehin hierher zurück«, schlug sie vor.

»Ausgezeichnete Idee. Gerne!«, meinte Tom.

Frau Köhler grinste wieder breit und zog ihren Autoschlüssel aus der Handtasche. »Hier entlang«, meinte sie und ging um die Ecke des Gebäudes, wo offensichtlich der Mitarbeiterparkplatz war. Sie steuerte ein kleines rotes Cabrio an.

Tom blieb erstaunt vor dem Auto stehen. »Sie fahren einen Alfa Spider?«, fragte er grinsend.

Frau Köhler öffnete die Tür und ließ sich elegant auf den Fahrersitz gleiten. »Man gönnt sich ja sonst nichts«, sagte sie lachend und ließ den Motor an. Tom nahm am Beifahrersitz Platz und sah Frau Köhler anerkennend an. Der Wagen schien recht neu und gepflegt. Beide schnallten sich an, und Frau Köhler gab routiniert den Rückwärtsgang ein.

»Bereit?«, fragte sie lachend, und als Tom nickte, rangierte sie rasch aus der Parklücke und gab Gas. Einen Augenblick später hatten sie die Ausfahrt erreicht. Sie sausten ein Stück Bundesstraße entlang.

»Sie sind ja ganz schön flott unterwegs«, rief Tom gegen den Fahrtwind an.

»Aber noch immer im erlaubten Bereich, Herr Inspektor!«, antwortete Frau Köhler lachend.

Sie hatte offensichtlich Spaß daran, mit dem Sportwagen zu langsame Autos zu überholen. Tom war erstaunt, wie gut ihr Fahrstil war, so kannte er das gar nicht von einer Frau. Tina hatte ihn wahnsinnig gemacht, wenn sie fuhr. Überängstlich, wie sie war, hatte sie sich kaum getraut zu überholen, fuhr ständig am Mittelstreifen entlang. Es war eine Katastrophe gewesen. Darum war er die meiste Zeit gefahren, da er ihren Fahrstil nicht aushielt.

»Wo haben Sie so fahren gelernt?«, rief Tom.

»Von meinem Vater. Ich fahre Ralleys«, rief sie.

Tom sah sie mit großen Augen an. Eine gut aussehende Frau, die Ralleys fuhr? Er konnte es nicht glauben. »Was haben Sie mich bei unserem ersten Treffen gefragt? Was der Haken an mir ist?«, fragte Tom. Sie nickte. »Die Frage gebe ich jetzt zurück. Was ist der Haken bei Ihnen?«

Sie reduzierte das Tempo, da sie sich dem Kreisverkehr näherten. »Wieso?«, fragte sie.

»Na ja. Eine gut aussehende Frau wie Sie, die offensichtlich auch noch reichlich Geld verdient, sonst könnten Sie sich nicht dieses Auto leisten, und die dann auch noch anscheinend ein Faible für Motorsport hat. Ich meine, das ist doch der Stoff, aus dem Männerträume sind, oder?«, sagte Tom. Sie sah ihn an und lächelte. »Oder habe ich da was falsch verstanden, und Sie sind ohnehin in festen Händen?«, fragte Tom.

Sie fuhr konzentriert weiter und antwortete ihm erst, als sie den Kreisverkehr verlassen hatten. »Nein, das haben Sie nicht falsch verstanden. Aber sagen wir mal so: Ich habe bisher ein Talent darin bewiesen, mich mit den falschen Männern einzulassen«, sagte sie, und Tom konnte den traurigen Unterton nicht überhören.

»Was meinen Sie mit falschen Männern?«, fragte er.

Sie hatten mittlerweile den Parkplatz des Lokals erreicht, und Frau Köhler stellte das Auto ab.

»Das ist eine lange Geschichte«, sagte sie.

»Geben Sie mir zumindest die Kurzform!«, bat Tom.

»Na ja, Männer, die sich von mir durchfüttern ließen. Oder Männer, die nicht damit zurechtkamen, dass ich mehr verdiente als sie. Oder Männer, die vergeben waren, und ich es zu spät herausfand«, erklärte sie.

»Oh, das klingt wirklich nach den falschen Männern«, gab Tom zu. Tom überlegte kurz. »Ich muss gestehen, ich weiß auch nicht, wie ich reagieren würde, wenn ich herausfinden würde, dass eine Frau mehr verdient als ich«, gab er zu.

»Wieso? Was ist so schlimm daran?«, fragte sie.

Tom zögerte, bevor er antwortete. »Na ja, ich denke, ich hab immer noch das Bild vom Mann als Ernährer in mir. Der Mann ist der, der das Geld heranschafft.«

»Aber das ist doch aus dem letzten Jahrhundert! Das trifft doch schon lange nicht mehr zu. Wenn wir ehrlich sind, funktioniert das doch schon lange nicht mehr. Die wenigsten Familien könnten heute mit nur einem Gehalt überleben. Ich habe das ehrlich nie verstanden, warum es für Männer so wichtig ist, mehr als ihre Frau zu verdienen. Ich finde diese Haltung lächerlich und dumm!«, sagte sie.

»Wow! Das sind aber deutliche Worte. Aber wir Männer können nun mal nicht raus aus unserer Haut!«, verteidigte Tom sich.

»Ach, kommen Sie. Es heißt ja nicht, dass Sie dümmer oder weniger wert sind als Ihre Frau, nur weil sie mehr verdient!«, meinte Frau Köhler.

»Nein, natürlich nicht. Ich habe mich, ehrlich gesagt, auch noch nie ernsthaft mit dem Gedanken beschäftigt. Vielleicht auch, weil mein Vater Alleinverdiener war und meine Mutter immer Hausfrau war. Ich bin so aufgewachsen, und vielleicht kommt es mir deshalb einfach nur eigenartig vor«, dachte Tom laut.

»Vielleicht ist es an der Zeit, sich darüber Gedanken zu machen«, meinte Frau Köhler mit einem koketten Lächeln. Tom wusste nicht so recht, was er antworten sollte. »Wollen wir?«, fragte sie und griff nach ihrer Handtasche.

Tom nickte, sie stiegen aus und suchten sich ein schattiges Plätzchen im Gastgarten. Nachdem sie in die Karte geschaut und ihr Essen bestellt hatten, fragte Frau Köhler: »Wie kommen Sie mit dem Fall voran?«

»Gut, ich habe eine heiße Spur, der ich nachgehe.«

»Das freut mich für Sie. Ich bin, ehrlich gesagt, froh, dass von dem Fall nichts in der Presse aufgetaucht ist. Schlechte PR ist das Letzte, was wir brauchen können«, antwortete Frau Köhler.

»Sagt Ihnen der Name Koller etwas?«, fragte Tom.

»Koller? Koller. Ja, der Geschäftsführer von Bauernglück?«

»Ja, genau der. Kennen Sie ihn näher?«, fragte Tom weiter.

»Na ja, ich bin ja für das Marketing und für die PR zuständig und nicht für den Vertrieb. Aber soweit ich weiß, ist er kein Kunde von uns. Ich habe ihn bei einem Kongress kennengelernt und kurz mit ihm geplaudert. Mehr aber schon nicht. Wieso?«

»Welcher Kongress war das?«, fragte Tom.

»Ein Kongress über Tierernährung«, antwortete Frau Köhler.

Das Essen war inzwischen gekommen – sie hatten sich beide für einen Salat entschieden. Tom für den Salat mit Hühnerstreifen, Frau Köhler für den griechischen Salat.

Zwischen zwei Bissen fragte Tom: »Warum war der Kongress interessant für Sie?«

»Nun, unser Produkt ist ja auch in Tiernahrung enthalten. Ich hatte mir nur ein oder zwei Vorträge herausgepickt, um mich über neueste Entwicklungen zu informieren. Das Thema Heimtierernährung wird immer komplexer, und die Leute werden immer sensibler bei dem Thema. Ich muss rechtzeitig wissen, was sich tut, um für meinen Krisen-PR-Plan gewappnet zu sein. Außerdem war es für mich eine gute Gelegenheit zu sehen, wer von der Presse dort ist, ob Redakteure gewechselt haben. Und so halt. Aber hauptsächlich war ich als Begleitung von Herrn Lombardi dabei«, erzählte sie.

»Als Begleitung?«, fragte Tom.

»Na ja, er nimmt mich gerne zu Veranstaltungen mit, um nicht alleine hingehen zu müssen. Manchmal begleite ich ihn auch zu privaten Einladungen, wenn seine Frau mal wieder keine Lust hat mitzugehen«, sagte sie und schaute Tom unschuldig an.

»Sie begleiten ihn zu privaten Veranstaltungen, obwohl er verheiratet ist. Wie geht denn das? Das geht aber über ein normales Dienstverhältnis hinaus, oder?« Tom fand das mehr als eigenartig. »Haben Sie etwa ein Verhältnis mit Ihrem Chef?«, fragte Tom geradeheraus.

Frau Köhler legte die Gabel hin, tupfte sich die Lippen mit der Serviette ab und trank einen Schluck Wasser, bevor sie antwortete.

»Sie verstehen das nicht. Seine Frau ist viel in Italien mit den Kindern, und er fühlt sich oft einsam.«

»Das beantwortet meine Frage nicht«, sagte Tom.

»Nein, wir haben kein Verhältnis. Da ich alleine bin und Zeit habe, hat es sich einfach so ergeben, dass ich ihn immer öfter begleitet habe«, erklärte Frau Köhler.

»Das klingt fast so, als bedauern Sie es, dass Sie kein Verhältnis haben.« Tom merkte, dass er ärgerlich wurde.

Frau Köhler holte tief Luft. »Ich gebe zu, es hat eine Zeit gegeben, da hätte ich nichts dagegen gehabt. Herr Lombardi ist ein sehr gut aussehender, kultivierter und charmanter Mann. Man kann es schlimmer treffen als Frau«, sagte sie, auch ihr Tonfall wurde schärfer.

Tom antwortete nicht sofort, sondern nahm einen weiteren Bissen seines Salates, bevor er weitersprach. Er fragte sich, warum es ihn ärgerte, dass sie so für Lombardi schwärmte. Weil er vielleicht der Täter war? Oder weil sie ihm doch besser gefiel, als er sich selbst eingestehen wollte? Tom musste sich daran erinnern, sich auf den Fall zu konzentrieren. Er hatte Frau Köhler bewusst aus dem Büro gelockt, um in lockerer Atmosphäre mit ihr plaudern zu können. Sie dabei ein wenig näher kennenzulernen, war der angenehme Nebeneffekt gewesen. Doch er war vor allem hier, um herauszufinden, ob sich Lombardi und Koller tatsächlich nur so flüchtig kannten, wie die beiden behaupteten, oder ob sie sich doch besser kannten.

»Dass Ihr Chef gut aussehend ist, bestreite ich nicht. Was mich nur verwundert, ist Ihre Loyalität und Ergebenheit ihm gegenüber«, sagte Tom ruhig. Er wollte sie nicht gegen sich aufbringen.

»Loyalität? Wie kommen Sie darauf?«, fragte sie.

»Als ich letzte Woche, als die Kollegen von der Spurenermittlung noch gearbeitet haben, ins Bürogebäude gekommen bin, kamen Sie mir ein wenig, wie soll ich sagen, aufgebracht vor, weil ich eine Kantine gesucht habe und Sie nicht stattdessen angerufen habe«, sagte Tom.

Sie sah ihn stirnrunzelnd an. »Ich verstehe nicht, was Sie meinen.«

»Okay, ich hab das jetzt vielleicht ungeschickt ausgedrückt. Sagen wir mal so: Ich hatte das Gefühl, Sie wollen nicht, dass ich alleine am Firmengelände unterwegs bin, weil Sie etwas zu verheimlichen haben«, versuchte Tom es nochmals.

Sie sah ihn erstaunt an. »Es tut mir leid, wenn es diesen Eindruck auf Sie gemacht hat.« Sie überlegte kurz und sprach dann weiter: »Wenn ich es mir genau überlege, kann ich verstehen, dass es so auf Sie gewirkt hat. Aber das hat nichts damit zu tun, dass ich etwas zu verheimlichen versucht habe. Es ist nun mal so, dass wir ein heikles Produkt herstellen. Leider ist es schon passiert, dass sich irgendwelche Tierschützer oder sonstige Aktivisten aufs Firmengelände geschlichen haben und gefilmt haben. Wenn die das ins Netz stellen, haben wir schlechte PR, die wir nicht brauchen können. Einmal hat sich ein Journalist in eine Fabrik in Deutschland als Mitarbeiter eingeschmuggelt und über die Vorgehensweisen zuerst einen Artikel und dann ein ganzes Buch geschrieben. Das ist PR-mäßig der absolute Albtraum. Vielleicht bin ich da schon ein wenig paranoid«, erklärte Frau Köhler.

»Wieso schreibt jemand ein Buch über eine Tierkörperverwertung?«, fragte Tom.

»Sie glauben nicht, worüber Menschen alles schreiben. Aber ehrlich gesagt, möchte ich darüber jetzt nicht beim Essen reden. So appetitlich ist unser Produkt nun auch wieder nicht«, versuchte sie, das Thema zu wechseln.

Doch Tom hakte nochmal nach. »Sie haben also nicht versucht, mir etwas zu verheimlichen oder zu verhindern, dass ich irgendetwas auf dem Firmengelände sehe?«

Sie schaute ihn ernst an. »Nein.«

»Nochmals zurück zu dem Kongress. Sie haben Koller dort kennengelernt. Hat Ihr Chef ihn dort auch getroffen?«, fragte Tom.

Frau Köhler legte ihr Besteck an den Tellerrand und sah Tom an »Ist das hier ein Verhör?«, fragte sie.

»Nein, ist es nicht«, antwortete er ruhig.

»Aber Sie sind nicht gekommen, um mich zu sehen, sondern um für den Fall zu recherchieren?«, fragte sie, und Tom hörte den Vorwurf in ihrer Stimme.

»Das stimmt so nicht ganz. Es ist vielmehr so, dass ich Sie sehr wohl sehen wollte. Und ich dachte mir, ich verbinde das Nützliche mit dem Angenehmen. Daher der Vorschlag, essen zu gehen«, versuchte Tom eine Erklärung.

»Ist mein Chef Ihre heiße Spur?«, fragte sie.

»Das kann ich Ihnen leider nicht sagen«, antwortete er ehrlich.

»Ihnen ist aber doch klar, dass ich Ihre Frage nicht beantworten werde, weil ich so loyal bin, wie Sie vorher selbst festgestellt haben«, meinte sie mit zynischem Unterton.

Verdammt, sie war verärgert, und Toms Plan könnte scheitern. »Herr Lombardi war zum Tatzeitpunkt laut seinen eigenen Aussagen nicht in Österreich«, sagte Tom ruhig.

»Stimmt, er ist Dienstag mit der Abendmaschine nach Düsseldorf geflogen«, sagte sie.

»Ich will eigentlich nur wissen, ob Koller und Lombardi sich kennen«, erklärte Tom.

»Ja, das habe ich doch vorher schon gesagt«, antwortete Köhler.

»Was mich aber interessiert, ist, ob sich die beiden nach dem Kongress auch nochmal getroffen haben oder nicht«, meinte Tom.

»Ja, haben sie. Von einem Treffen weiß ich sicher, denn da hätte ich Herrn Lombardi zu einem Netzwerktreffen begleiten sollen, und dann hat er mir gesagt, dass er stattdessen Herrn Koller trifft und ich am Abend nicht mitkommen brauche. Ob es darüber hinaus noch mehr Treffen gab, kann ich aber nicht sagen«, sagte sie. »Aber ich verstehe nicht, was das mit Ihrem Fall zu tun hat«, meinte sie dann.

Tom überlegte, ob er ihr seine Überlegungen verraten sollte, zumindest teilweise. Vielleicht war das der Weg, wieder ihr Vertrauen zu gewinnen, denn er wollte nicht, dass sie böse auf ihn war. »Ich habe beide gefragt, ob sie sich kennen, und beide meinten, sie kennen sich nur flüchtig. Sie bestätigen mir gerade, dass sich die beiden anscheinend doch besser kennen. Das kommt mir eigenartig vor«, erklärte Tom.

»Ich verstehe nicht, warum das relevant ist. Selbst wenn beide nicht zugegeben haben, dass sie sich kennen, kann es dafür eine einfache Erklärung geben«, meinte Frau Köhler. Sie hatte aufgegessen, legte das Besteck quer in den Teller, tupfte sich den Mund nochmals mit der Serviette ab und legte diese ebenfalls in den Teller. Dann schob sie diesen zur Tischseite, um den Platz vor sich frei zu haben. Tom sah sie erwartungsvoll an.

»Und was wäre die einfache Erklärung?«, fragte er.

»Dass Bauernglück seinen Lieferanten wechseln will und die Anbahnungsgespräche natürlich vertraulich laufen. Immerhin ist es in der Branche üblich, Jahreskontingente zu verhandeln. Wenn der bisherige Lieferant von Bauernglück Wind davon bekommt, verliert Herr Koller einen taktischen Vorteil für seine Verhandlungen«, sagte Frau Köhler ruhig.

Tom überlegte. Bauernglück produzierte auch Schweine- und Hühnerfutter. Soweit er sich an seine Recherchen erinnern konnte, durfte darin Knochenmehl enthalten sein. Es war also tatsächlich möglich, dass es nicht nur um das Rinderfutter ging. Wenn Frau Köhlers Erklärung stimmte, war seine heiße Spur nicht mehr ganz so heiß.

»Das klingt nach einer plausiblen Erklärung. Aber warum lügt man deshalb einen Kommissar an?«, fragte er, denn er war noch nicht überzeugt.

»Weil man nicht davon ausgeht, dass es für Sie relevant ist. Wenn

Sie aber vielleicht zufällig bei Ihren Untersuchungen jemandem gegenüber erwähnen, dass sich die beiden kennen, könnte der momentane Lieferant über fünf Ecken davon erfahren«, sagte sie.

»Das klingt aber schon ein wenig weit hergeholt«, meinte Tom skeptisch.

»Glauben Sie mir, es gibt Zufälle, die gibt es nicht. Vergessen Sie nicht, es geht dabei um eine Menge Geld. Einen der großen Spieler im Geschäft wie Bauernglück als Kunden zu verlieren, kann eine kleine Firma durchaus in Schwierigkeiten bringen«, erklärte sie. »Für Herrn Lombardi wäre ein Deal mit Bauernglück ein großer Gewinn, der uns hilft, unser Umsatzziel zu erreichen. Und um sicherzugehen, dass nichts schiefgeht, kann ich mir schon vorstellen, dass er heruntergespielt hat, wie gut er Herrn Koller kennt«, meinte Frau Köhler.

Tom war noch immer nicht überzeugt. Er wollte seine heiße Spur nicht aufgeben. Es konnte schon sein, dass die beiden auch über eine Zusammenarbeit betreffend das sonstige Futter von Bauernglück gesprochen hatten. Aber vielleicht nicht nur darüber. Frau Köhler spielte gedankenverloren mit ihrer Uhr.

»Sie wirken bedrückt«, meinte Tom auf einmal mit sanfter Stimme. Tom beugte sich etwas nach vorne. »Sie waren vorhin so fröhlich. Das stand Ihnen besser.«

Beide waren jetzt über den kleinen Tisch gebeugt, und ihre Gesichter waren nur wenige Zentimeter voneinander entfernt.

»Vorhin dachte ich auch, Sie seien meinetwegen gekommen. Aber Sie haben mich ausgetrickst wie die anderen«, sagte sie leise.

»Das stimmt nicht, ich habe Sie nicht ausgetrickst. Ich wollte Sie wirklich wiedersehen. Glauben Sie mir, wäre ich nur gekommen, um Ihnen noch ein paar Fragen wegen des Falls zu stellen, säßen wir nicht hier«, sagte Tom leise.

Sie flüsterten beinahe. »Wirklich?«, fragte sie.

»Wirklich. Es fällt mir ganz schön schwer, mich auf den Fall zu konzentrieren«, gestand er. Er übertrieb jetzt ein wenig. Es fiel ihm in ihrer Gegenwart schwer, sich zu konzentrieren, aber es war jetzt nicht so, dass er ihretwegen schlaflose Nächte hatte. Sie gefiel ihm, aber er war sich nicht sicher, ob sie diejenige war, mit der er eine neue Beziehung aufbauen wollte. Für eine weitere kleine Affäre war sie zu schade.

»Ach ja?«, sagte sie und begann wieder zu lächeln. »Ich muss gestehen, ich hoffe jeden Tag, dass Sie wieder bei uns im Büro auftauchen.«

»Das hat dann ja heute geklappt, oder?«, meinte er.

»Sie sind mir nicht mehr böse?«, fragte er.

»Ein bisschen schon noch«, sagte sie.

Tom überlegte. »Was halten Sie davon, wenn ich das wiedergutmache, sobald ich den Fall abgeschlossen habe?«, fragte Tom.

Frau Köhlers Augen begannen zu strahlen. »Das ist eine ausgezeichnete Idee. Aber wehe, Sie vergessen es! Ich werde Sie daran erinnern!«, sagte sie mit gespielt strenger Stimme.

»Das vergesse ich sicher nicht, keine Sorge!«, meinte Tom. Er sah auf seine Uhr. »Wollen wir zurückfahren?«, fragte er.

Sie nickte. »Ja, es wird Zeit.«

Tom deutete der Kellnerin, die Rechnung zu bringen, und ließ es sich nicht nehmen, Frau Köhler einzuladen. Als sie zum Auto gingen, hielt er ihr die Tür auf.

»Oh, ein Gentleman.« Als Tom neben ihr Platz nahm, sah sie ihn an und streckte ihm die Hand entgegen. »Können wir uns nicht duzen? Das Sie kommt mir so komisch vor.«

»Gerne, aber bitte erst, nachdem ich den Fall abgeschlossen habe«, sagte Tom vorsichtig. Er hoffte, sie fühlte sich dadurch nicht vor den Kopf gestoßen.

Sie ließ die Hand sinken und meinte dann: »Okay, kann ich verstehen.«

Sie startete den Wagen und brachte sie wieder rasch zurück auf das Firmengelände von Varia. Während der Fahrt beobachtete Tom sie. Ihr Profil war mindestens genauso hübsch wie ihre Frontansicht. Die Frau steckte voller Überraschungen, und Tom wollte sie alle entdecken. Nachdem er den Fall endlich abgeschlossen hatte.

Kapitel 20

Tom beschloss, sich die beiden Laborberichte von Professor Niessl bestätigen zu lassen. Er fuhr von Varia daher gleich weiter zur BOKU. Er hoffte, Professor Niessl anzutreffen, obwohl er vorher nicht angerufen hatte. Heute war Toms Glückstag – er traf den Professor in seinem Büro an.

»Guten Tag, Herr Professor. Haben Sie einen Augenblick Zeit für mich?«, fragte Tom, als er auf der Schwelle zum Büro stand.

Der Professor blickte auf, und Lachfalten bildeten sich hinter der Nickelbrille. »Herr Meixner, guten Tag. Für Sie habe ich immer Zeit. Bitte kommen Sie herein. Was kann ich für Sie tun?«

Tom nahm Platz und holte die beiden Laborbefunde aus seinen Unterlagen. »Ich habe hier zwei Laborbefunde. Einen davon habe ich in den Unterlagen von Frau Schüller gefunden.« Tom reichte dem Professor das Blatt. »Den zweiten hat mir heute die Zulassungsbehörde geschickt.« Tom hielt dem Professor das zweite Blatt hin. Während der Professor die beiden Berichte ansah, sprach Tom weiter: »Soweit ich das erkenne, stimmen die Berichte überein, es gibt in dem Befund von Frau Schüller jedoch zwei Inhaltsstoffe, die beim anderen fehlen. Frau Schüllers Lebensgefährte, Herr Hutter, meinte, das sei Knochenmehl. Stimmt das?«

Der Professor studierte die beiden Berichte, sah dabei immer wieder von einem zum anderen Zettel. »Ich bin kein Chemiker, aber ich schließe mich der Meinung von Herrn Hutter an. Die beiden Bestandteile lassen auf Knochenmehl schließen.« Der Professor legte die Berichte vor sich hin, nahm die Brille ab und rieb sich die Augen. »Sie sagen, Sie haben den Bericht ohne das Knochenmehl von der Zulassungsbehörde bekommen?«, fragte der Professor nochmals nach.

Tom nickte.

»Dann ist das Betrug. Die reichen für die Zulassung korrektes Futter ein, produzieren und verkaufen dann aber Futtermittel mit verbotenen Substanzen«, erklärte der Professor. »Haben Sie die Behörde schon darüber informiert?«, fragte der Professor.

»Ja, ich habe im Austausch für diesen Bericht den Bericht von Frau Schüller geschickt«, antwortete Tom.

»Na, dann hoffen wir, der Beamte dort hat keine finanziellen Sorgen und agiert entsprechend«, meinte der Professor. Tom sah ihn fragend an. »Wenn der- und diejenige ihren Job ernst nimmt und nicht mit Geschenken gefügig gemacht wurde, sollte die Ablehnung des Futters in Vorbereitung sein«, erklärte der Professor. Er sah sich die Laborberichte noch einmal an und schüttelte den Kopf. »Glauben Sie, dass Frau Schüller deshalb sterben musste?«, fragte er.

»Nachdem mir mehrere Seiten erklärt haben, um wie viel Geld es da geht, denke ich, es ist ein Motiv. Irgendwer wollte verhindern, dass Frau Schüller ihre Testergebnisse veröffentlicht und somit die Einführung des Produktes in Gefahr ist. Das ist schon ein recht starkes Motiv«, bestätigte Tom.

»Das heißt, Sie wissen schon, wer der Täter ist?«, fragte der Professor.

»Nein, noch nicht. Es gibt zwei Hauptverdächtige, die von dem Geschäft profitieren. Deren Alibis muss ich jetzt überprüfen«, antwortete Tom.

»Sie haben mich nie nach einem Alibi gefragt«, stellte der Professor fest.

»Stimmt. Wo waren Sie letzten Dienstag?«

»In Köln bei einem interdisziplinären Kongress zum Thema Tierernährung«, erklärte der Professor.

»Wie viele solche Kongresse gibt es? Es war vor ein paar Monaten so ein Kongress in Wien«, fragte Tom.

»Die Veranstaltung, bei der ich war, ist sozusagen die Gegenveranstaltung zu dem Kongress in Wien gewesen. Kongress ist vielleicht auch zu hoch gegriffen. Es war eher ein Austausch zwischen Forschern, Tierärzten und Träumern, die neue Wege in der Tierernährung gehen wollen, weit ab von reinem Profitdenken. Denen die artgerechte und gesunde Ernährung wichtiger sind als hohe Erträge. Ich habe dort einen Vortrag über mobile Hühnerställe gehalten, zu denen wir ein Pilotprojekt laufen haben«, erklärte der Professor.

»Mobile Hühnerställe?«, fragte Tom.

»Die Idee dahinter ist, auf einem Grundstück den Hühnerstall immer wieder an einen anderen Platz zu stellen. So haben die Tiere die Möglichkeit, im Gras herumzupicken. Wenn man wie jetzt üblich den Stall immer am selben Fleck lässt, ist das Gras rund um den Stall abgefressen und irgendwann nur noch der kahle Boden da. Bewegt man den Stall immer wieder, hat das Gras Zeit zum Regenerieren und die Tiere trotzdem ein natürliches Umfeld. Im Grunde sehr simpel und weit gesünder für die Hühner. Wir haben nachweislich keinen Federnkannibalismus«, erklärte der Professor.

»Was bitte ist Federnkannibalismus?«, fragte Tom. Auch wenn das mit seinen Ermittlungen nichts zu tun hatte, war seine Neugier geweckt.

»In der konventionellen Hühnerhaltung leben bis zu 3.000 Tiere in einer Stalleinheit. Das ist gesetzlich geregelt. Für die Tiere ist das jedoch ein unglaublicher Stress. Sie haben kaum Platz, sich zu bewegen, der Lärm und der Gestank machen sie aggressiv, und sie fressen sich gegenseitig die Federn ab«, erzählte Professor Niessl.

»Aber ich dachte, die Legebatterien gibt es nicht mehr«, meinte Tom.

»Das hat nichts mit Legebatterien zu tun. Auch wenn auf der Eierschachtel ›aus Freilandhaltung‹ steht, heißt das nur, die Tiere haben die prinzipielle Möglichkeit, ins Freie zu gehen. Der Stall selbst ist aber mit mehreren Etagen, versehen und so weit das Auge reicht, sehen Sie Hühner. Die Tiere bauen Stress ab, indem sie sich gegenseitig attackieren.«

Tom musste an die Hühnerstreifen auf seinem gestrigen Salat denken. Bei dem Gedanken wurde ihm ein wenig übel.

»Wir forschen zum Thema artgerechte Hühnerhaltung und Ernährung, und darüber habe ich mich mit den Kollegen in Köln ausgetauscht. Das große Geld werden wir damit nicht verdienen, aber darum geht es uns auch nicht. Wir wollen unsere Frühstückseier mit gutem Gewissen essen können«, erzählte der Professor weiter. Tom nickte.

»Das kann ich verstehen. Ich muss gestehen, ich habe mir bisher keine Gedanken gemacht, woher die Milch in meinem Frühstückskaffee kommt und ob das Huhn, das ich esse, ein glückliches Leben hatte. Aber je mehr ich darüber erfahre, desto mehr Gedanken mache ich mir«, gestand Tom.

»Da sind Sie nicht der Einzige. Wir sind es so gewohnt, einfach zu konsumieren, und die Lebensmittelindustrie lullt uns ja auch sehr gekonnt ein, sodass sich die wenigsten darüber Gedanken machen. Aber es ist mittlerweile eine starke Gegenbewegung zu sehen. Menschen übernehmen immer mehr Verantwortung und werden kritischer, woher ihr Essen kommt. Der Biotrend ist nicht umsonst so groß geworden. Doch leider hält das viele nicht davon ab, zwar Bio draufzuschreiben, ohne dass es sich tatsächlich um biologisch hergestellte Lebensmittel handelt. Es gibt da leider einige schwarze Schafe, die wieder nur den Profit im Auge haben«, meinte der Professor niedergeschlagen. »Manchmal habe ich das Gefühl, es ist ein Kampf gegen Windmühlen«, sagte er resignierend.

»Klingt danach«, meinte Tom, und beide schwiegen für einen Augenblick.

»Vielleicht war es dieser Laborbericht, den mir Frau Schüller hinterlassen hat«, sagte der Professor auf einmal laut.

»Daran habe ich auch schon gedacht«, sagte Tom. »Ist die Mappe mittlerweile aufgetaucht?«, fragte Tom. Der Professor schüttelte den Kopf. »Bleibt die Frage, wer die Unterlagen aus dem Sekretariat entwendet hat. Dann werde ich einmal versuchen, das herauszubekommen«, sagte Tom, während er aufstand.

Professor Niessl gab ihm die Laborbefunde zurück. »Ich hoffe, Sie finden die Person bald. Ich zermartere mir schon die ganze

Zeit das Hirn, wer so weit gehen würde, diese junge Frau zu töten«, meinte der Professor traurig.

»Ich werde es herausfinden«, meinte Tom und verließ das Büro von Professor Niessl.

Auf dem Weg zum Ausgang kam er am Sekretariat vorbei, klopfte an die Tür und trat ein. Eine junge blonde Frau saß am Schreibtisch und tippte am Computer.

»Guten Tag. Tom Meixner von der Mordkommission St. Pölten. Ich ermittle im Mordfall Lisa Schüller und habe ein paar Fragen«, begann Tom.

Die junge Frau sah ihn erschrocken an. »Ich habe gehört, dass Lisa tot ist. Wurde sie wirklich ermordet?«, fragte die Frau.

»Ja, das stimmt leider. Waren Sie letzte Woche auch hier?«

»Ja, ich bin jetzt die dritte Woche hier als Urlaubsvertretung«, antwortete sie.

»Hat Frau Schüller bei Ihnen die Mappe für Professor Niessl abgegeben?«, fragte Tom.

Die Frau wurde bleich. »Ja, hat sie. Und es ist mir furchtbar unangenehm, dass die Mappe weg ist. Ich weiß gar nicht, wie das passieren konnte. Es war an dem Tag so hektisch, dass ich vollkommen auf die Mappe vergessen habe, bis Herr Professor Niessl mich letzte Woche gefragt hat, ob Lisa abgesagt hat. Da ist mir die Mappe erst wieder eingefallen«, stammelte die Frau.

»Es macht Ihnen niemand Vorwürfe. Was genau ist an dem Tag passiert, und welcher Tag war das genau?«, fragte Tom.

»Es war der Montag. Ich weiß auch nicht, warum so viel los war, schließlich sind Ferien. Es waren einige Studenten da, die irgendwelche Formulare haben wollten. Zwischen drinnen war Lisa da. Sie gab mir die Mappe und bat mich, Professor Niessl zu sagen, sie könne den Termin um 17 Uhr bei ihm nicht einhalten, da sie zu dem Anwalt von Mega Food müsste. Als Lisa das Sekretariat verließ, kam ein Mann herein, den ich nicht kannte, aber Lisa offensichtlich schon. Sie sagte beim Hinausgehen etwas zu ihm, und der Mann hat ihr leise etwas geantwortet. Es sah für mich so aus, als könnten sich die beiden nicht leiden«, erzählte die Frau.

»Wer war der Mann?«, fragte Tom.

»Das weiß ich leider nicht mehr. Er wollte zu Professor Hasko«, antwortete sie.

»Wie hat er ausgesehen?«, fragte Tom.

»Klein, dick, mit Glatze und einem Trachtenanzug«, sagte die Frau langsam.

Tom wusste, wen sie meinte: Koller. »Was passierte dann?«

»Ich habe den Herrn in die Cafeteria geschickt, weil Professor Hasko kurz vorher da war und gemeint hat, wenn sein Besuch kommt, soll ich ihn in die Cafeteria schicken«, erklärte die Frau.

»Sind Professor Hasko und Frau Schüller sich hier begegnet?«, fragte Tom.

»Es war ein einziges Kommen und Gehen an dem Tag. Ich glaube, Lisa kam gerade herein, als der Professor ging. Aber ich bin mir nicht mehr sicher«, sagte die Frau.

»Wo haben Sie die Mappe, die Ihnen Frau Schüller gegeben hat, hingelegt?«, fragte Tom.

»Ich habe ein Post-it draufgeklebt, dass die Mappe für Professor Niessl von Lisa ist, und sie in diesen Ablagekorb gelegt«, sagte die Frau.

»Und Ihnen ist nicht aufgefallen, dass die Mappe weg war?«, fragte Tom.

Die Frau schüttelte schuldbewusst den Kopf. »Nein, leider.«

»Haben Sie das Büro irgendwann verlassen?«, fragte Tom.

»Ja, natürlich. Ich musste ja irgendwann einmal auf die Toilette.«

»Und da blieb das Büro unverschlossen«, wollte Tom wissen.

»Ja, natürlich. Ich bin ja nur wenige Minuten weg. Und die Sekretärin, die ich vertrete, hat mir auch nicht gesagt, dass ich abschließen müsste, wenn ich das Büro verlasse«, sagte die Frau geknickt.

»Machen Sie sich keine Gedanken. Ihnen macht niemand einen Vorwurf«, versuchte Tom, die junge Frau aufzumuntern.

»Ja, eh nicht, aber trotzdem wird Professor Niessl von mir enttäuscht sein, weil ich ihm die Nachricht von Lisa nicht ausgerichtet habe und die Unterlagen verschwunden sind«, sagte sie.

»Ich glaube, der Herr Professor ist nicht nachtragend«, meinte Tom und verabschiedete sich.

Es wurde Zeit, Herrn Koller auf den Zahn zu fühlen.

Kapitel 21

Tom fuhr mit der maximal erlaubten Geschwindigkeit auf der Autobahn in Richtung St. Pölten, als sein Handy klingelte. Er kannte die Nummer nicht, hob aber trotzdem ab.

»Meixner«, rief er ins Telefon.

»Hallo, Herr Meixner, hier Sonja Köhler«, meldete sich eine mittlerweile vertraute Stimme. Tom war überrascht, sie zu hören, sie hatten sich doch erst vor knapp zwei Stunden verabschiedet. »Keine Sorge, ich werde jetzt nicht zur Stalkerin, aber ich muss Ihnen etwas sagen, was vielleicht mit Ihrem Fall zu tun hat«, sagte sie.

»Ich mache mir keine Sorgen, dass Sie zur Stalkerin werden. Ich wundere mich nur, wie Sie zu meiner Nummer kommen«, meinte er.

»Also, wenn ich nicht einmal eine Telefonnummer recherchieren kann, wäre ich wohl fehl am Platz in meinem Job«, meinte sie forsch. »Ich habe im Kommissariat angerufen, und dort hat mir ein brummiger Kollege Ihre Nummer gegeben, nachdem ich ihm glaubwürdig versichert habe, dass es dringend ist«, erklärte sie.

»Schon gut, das ist ja keine Geheimnummer. Also, was haben Sie für mich?«, fragte er.

Sie zögerte, bevor sie antwortete. »Das fällt mir nicht leicht, und ich habe keine Ahnung, ob es etwas zu bedeuten hat, aber es kommt mir sehr komisch vor«, begann sie.

»Mhmm«, gab Tom von sich.

Sie holte hörbar Luft und meinte dann: »Als ich vorhin vom Essen zurückgekommen bin, fand ich unsere Buchhalterin, Frau Leitner, weinend in der Küche. Es hat einige Zeit gedauert, um aus ihr herauszubekommen, was los ist. Sie hat mir dann erzählt, dass Sie vormittags bei Herrn Lombardi war und ihm gesagt hat, dass sie draufgekommen ist, dass es Differenzen bei den Produktionszahlen und Lagermengen gibt«, erklärte sie.

»Was für Differenzen?«, fragte er.

»Frau Leitner ist aufgefallen, dass es zwischen dem, was laut Produktion hergestellt wurde, und dem, was ausgeliefert wurde, Abweichungen gibt«, erklärte Frau Köhler.

»Ich verstehe immer noch nicht«, meinte Tom.

»Wir produzieren jedes Monat eine bestimmte Menge an Knochenmehl. Und wir liefern jeden Monat bestimmte Mengen. Das stimmt miteinander überein. Letzten Monat wurde jedoch weniger ausgeliefert, die Menge taucht aber nicht im Lagerstand auf. Also fehlt Ware – und zwar eine große Menge. Frau Leitner ist da zufällig draufgekommen und hat Herrn Lombardi informiert. Sie hat befürchtet, dass vergessen wurde, einen Lieferschein auszustellen und Ware zu verrechnen«, erklärte sie. Als Tom nichts darauf antwortete, sprach sie weiter. »Frau Leitner ist eine sehr Gewissenhafte, und sie dachte, Herr Lombardi würde sich darüber freuen, dass ihr der Fehler aufgefallen ist. Doch stattdessen hat er sie angebrüllt, sie soll nur die Belege buchen und nicht in Dingen herumschnüffeln, die sie nichts angehen«, sprach Frau Köhler weiter.

Tom lauschte und wartete, ob sie noch mehr erzählen würde. Er hatte gelernt, den Mund zu halten, wenn die Leute einmal anfingen zu erzählen. Denn sie würden ihm dann von ganz allein alle Informationen liefern, die er brauchte.

»Wissen Sie, so kenne ich Herrn Lombardi nicht. Er brüllt nicht herum, ist immer höflich und charmant zu uns. Ich verstehe nicht, warum er Frau Leitner auf einmal so anbrüllt, wo sie doch einen Fehler gefunden hat und helfen wollte, den zu berichtigen. Und dann habe ich an unser Gespräch vorhin gedacht. Wie gut Herr Lombardi und Herr Koller sich kennen. Offiziell scheint in unserem Kundenstamm Bauernglück nicht als Kunde auf, das habe ich überprüft. Aber was, wenn wir ihn nicht offiziell beliefern?«, sagte sie leise.

Tom konnte hören, wie ihre Stimme beim letzten Satz zitterte.

»Frau Köhler, ich weiß es sehr zu schätzen, dass Sie mich informieren. Und ich kann mir auch vorstellen, wie schwer Ihnen das gefallen ist, aber Sie haben genau das Richtige getan, denn Sie helfen mir damit, einen Mord aufzuklären«, sagte Tom ruhig.

»Sie glauben doch nicht, Herr Lombardi hat die Frau getötet? Er war doch gar nicht in Österreich!«, sagte sie verzweifelt.

»Das mag schon sein, aber es deutet immer mehr darauf hin, dass er und Herr Koller Geschäfte miteinander machten, die sie nicht offiziell abgewickelt haben. Somit hatten beide ein Motiv, wenn sie herausgefunden haben, dass Frau Schüller dabei war, ihnen auf die Schliche zu kommen. Vielleicht hat Herr Lombardi selbst den Mord nicht verübt, aber er wusste wahrscheinlich Bescheid«, erklärte Tom.

»Ich kann das nicht glauben. Wieso?«, fragte sie.

»Das kann ich noch nicht beantworten, aber ich vermute es geht unter anderem um Geld«, meinte Tom. Tom überlegte kurz. »Ist Herr Lombardi im Haus?«, fragte Tom.

»Nein, er hat kurz nach dem Gespräch mit Frau Leitner das Haus verlassen«, sagte sie.

»Okay. Sollte er wieder zurückkommen, lassen Sie sich nichts anmerken. Tun Sie so, als wüssten Sie von nichts. Schaffen Sie das?«, fragte Tom. Wenn Lombardi tatsächlich der Täter war, wollte er Sonja nicht in Gefahr bringen.

»Ich bin eine gute Schauspielerin, ich schaffe das schon«, sagte sie.

»Das merke ich mir«, versuchte Tom, die Situation mit einem Scherz aufzulockern.

Er merkte, wie er sich Sorgen um sie machte. Frau Köhler war auf einmal mehr als nur eine Randfigur in einem Fall.

»Ich bin am Weg zu Koller. Nach alldem, was ich jetzt weiß, muss ich meine Taktik ändern. Ich werde ihn aufs Revier bringen lassen und dort verhören. Bitte schick mir eine SMS, wenn Lombardi auftaucht. Lass mich wissen, ob er nervös wirkt oder sich sonst irgendwie anders verhält als sonst«, sagte Tom.

»Haben Sie gerade ›schick mir‹ gesagt? Duzen wir uns nun doch?«, fragte Sonja.

Tom war es nicht aufgefallen, und er musste lächeln. »Anscheinend. Bitte, pass auf, spiel nicht die Mutige. Solange wir nicht sicher wissen, was genau passiert ist, sei vorsichtig!«, meinte Tom.

»Das klingt, als würdest du dir ernsthaft Sorgen um mich machen«, sagte sie, und ihre Stimme klang erfreut.

»Ja, mache ich. Selbst wenn Lombardi nicht selbst der Mörder war, kann er den Mord in Auftrag gegeben haben. Immerhin ist er Italiener. Wir wissen nicht, wohin seine Kontakte reichen«, sagte Tom.

»Du meinst, er hat Kontakte zur Mafia?«, fragte Sonja erstaunt.

»Keine Ahnung, vielleicht ist es auch nur ein Klischee. Aber solange ich nicht weitere Beweise habe, müssen wir davon ausgehen, dass er in irgendeiner Form in den Fall verwickelt ist. Und Menschen, die etwas zu verbergen haben, sollte man nicht nervös machen, sonst passiert noch mehr. Also, bitte verhalte dich ruhig, und tue so, als wüsstest du von nichts. Versprochen?«, bat er.

»Versprochen.«

»Okay. Und nicht vergessen, schick mir eine SMS, wenn er auftaucht. Ich melde mich, sobald ich mehr weiß«, sagte Tom.

Tom war nicht wohl bei dem Gedanken, dass Sonja in Gefahr war. Aber es war leichter, darauf zu warten, ob Lombardi wieder im Geschäft auftauchte, als eine Fahndung nach ihm hinauszugeben. Denn dafür reichten die Indizien noch nicht aus. Aber der Typ hatte Dreck am Stecken, so viel war klar. Er hatte die Ausfahrt St. Pölten erreicht. Er forderte einen Streifenwagen an, auf den er vor dem Firmengebäude von Bauernglück wartete.

Kapitel 22

Koller hatte getobt, als Tom mit den uniformierten Beamten in seinem Büro aufgetaucht war Koller hatte kurz davor einen Anruf der Zulassungsbehörde bekommen, die ihm mitteilte, dass die Bewilligung für BioRio abgelehnt wurde. Der Beamte hatte keine nähere Begründung angegeben, nur fehlerhafte Unterlagen und dass eine genaue Untersuchung eingeleitet würde.

Koller weigerte sich anfangs, mit aufs Revier zu kommen. Erst als Tom ihn zu beruhigen versuchte, indem er ihm sagte, dass er nicht verhaftet wäre, sondern es nur um eine Befragung ginge. Tom wollte sich ein Ass im Ärmel lassen, wenn er Koller erst einmal im Befragungsraum sitzen hatte. Dann erst wollte er ihn mit dem dringenden Tatverdacht konfrontieren und so den Druck auf den Mann erhöhen.

Sobald Tom wieder im Kommissariat war, bat er die Kollegen, einen Einzelnummern-Nachweis für Lisas Nummer anzufordern. Er machte klar, wie dringend es war, und so hatte er eine Viertelstunde später die Liste vor sich liegen. Gerade als sich Tom auf den Weg ins Befragungszimmer machte, kam eine SMS: »Hab den Beweis, dass wir an Bauernglück Knochenmehl geliefert haben, Sonja.«

Tom wählte sofort ihre Nummer. »Was hast du gefunden?«, fragte er.

»Ich habe zwei Speditionsrechnungen gefunden. Eine über 500 Kilogramm und eine weitere über zwei Tonnen.« Sonja sprach leise. »Die Mengen stimmen mit dem, was Frau Leitner als Fehlmenge aufgefallen ist, überein. Lombardi hat den Transport offensichtlich selbst geordert und die Rechnung abgezeichnet. Niemand kam das komisch vor, aber jetzt ergibt das alles Sinn.«

»Du bist spitze, danke! Bitte sei vorsichtig, ich melde mich bei dir, sobald ich Koller verhört habe«, meinte er.

»Okay, gerne. Bitte bedenke nur, das kann auch ganz harmlos sein. Es kann sich auch um eine Probelieferung handeln, um die Qualität zu testen, falls Bauernglück uns als Lieferanten haben will«, meinte sie.

»Ja, stimmt schon, das kann natürlich auch noch sein. Aber mein Instinkt sagt mir was anderes. Außerdem, warum sollte die Lieferung dann heimlich ohne Lieferschein erfolgen?«, fragte er. Sie schien zu überlegen. »Du hast mir sehr geholfen. Kannst du mir die beiden Rechnungen gleich faxen?«, fragte er.

»Ja klar, gib mir die Nummer«, meinte sie.

Tom gab ihr die Nummer und ging sofort hinüber in das Büro der Kollegen, wo das Faxgerät stand. Oft wurde es nicht mehr verwendet, aber in diesem Fall war es die schnellste Möglichkeit, an die belastenden Rechnungen zu kommen. Tom legte die beiden Rechnungen zu den anderen Unterlagen in seine Mappe und machte sich auf den Weg ins Befragungszimmer.

Koller tigerte im Raum auf und ab. Als Tom die Tür öffnete, schrie Koller ihn an: »Was glauben Sie eigentlich! Mich hierherbringen lassen und mich dann fast eine Stunde warten lassen!«

Tom sah auf seine Uhr.

»Es waren nicht einmal fünfundvierzig Minuten«, sagte Tom ruhig.

»Hören Sie auf mit Ihren Spitzfindigkeiten. Ich muss zurück ins Büro, also bitte, bringen wir das hinter uns.«

Koller hatte einen hochroten Kopf, und Tom war sich nicht sicher, ob der kleine dicke Mann so einen hohen Blutdruck hatte oder so rot war, weil er sich so aufgeregt hatte. Tom setzte sich hin und legte die Mappe vor sich auf den Tisch. Er deutete Koller, ebenfalls Platz zu nehmen.

»Herr Koller, Sie können sich sicher erinnern, dass ich Sie gefragt habe, ob Sie Herrn Lombardi kennen«, begann Tom. Koller nickte. »Und Sie haben mir gesagt, Sie kennen den Namen nur flüchtig.« Wieder nickte Koller. »Aus verlässlicher Quelle weiß ich aber, dass Sie Herrn Lombardi mehr als nur flüchtig kennen«, sagte Tom, und Koller zuckte zusammen.

»Wer behauptet so etwas?«, meinte Koller aufgebracht.

»Eine Mitarbeiterin von Herrn Lombardi, die sich sicher ist, dass Sie und Herr Lombardi vor mehreren Monaten ein Treffen hatten.«

Koller kniff die Augen zusammen. »Ja und, selbst wenn Herr Lombardi und ich uns vor ein paar Monaten getroffen haben, was sagt das schon?«, meinte Koller.

»Dass Sie mich angelogen haben. Und ich frage mich, warum Sie mich diesbezüglich angelogen haben.«

»Weil es mir nicht wichtig erschien, ganz einfach.«

»Na, vielleicht scheint es Ihnen jetzt wichtig. Haben Sie mit Herrn Lombardi darüber hinaus noch Kontakt gehabt?«, fragte Tom.

Koller überlegte, was er sagen sollte. »Ja, hatten wir.« Tom sah Koller nur fragend an. »Wir haben darüber gesprochen, ob wir zu Varia als Lieferant wechseln. Wir bekommen das Knochenmehl für unser Schweine- und Hühnerfutter seit Jahren vom selben Lieferanten. Sie sind jedoch mit den Preisen kontinuierlich gestiegen. Also habe ich mir Alternativen überlegt«, erklärte Koller.

»Haben Sie von Varia bereits Ware bezogen?«, fragte Tom.

»Nein, nur Probemengen, um zu testen, ob wir das Knochenmehl eins zu eins austauschen können«, meinte Koller.

Wieder begann Tom, in seinen Unterlagen zu blättern. Diesmal nahm er die beiden Rechnungen, die Sonja ihm gefaxt hatte, aus seinem Stapel an Papieren und legte sie vor Koller.

»Fünfhundert Kilogramm und zwei Tonnen erscheinen mir für Tests übertrieben viel. Oder?« Koller kramte ein Stofftaschentuch aus seiner Trachtenhose und wischte sich den Schweiß, der sich auf der Stirn gebildet hatte, ab. »Komischerweise findet sich keine Rechnung über die Ware in der Buchhaltung«, sprach Tom weiter. »Also, was genau läuft da ab?«

Koller schien zu merken, dass er in der Falle saß. Kollers Augen wanderten nervös von links nach rechts. Er schien zu überlegen, was er Tom sagen sollte. »Herr Koller, alles, was Sie mir jetzt freiwillig erzählen, kann sich strafmildernd für Sie auswirken«, sagte Tom ruhig. Doch Koller schwieg. Tom ließ ihm Zeit, bevor er wieder zu reden begann. »Okay, ich sage Ihnen, wie ich glaube, dass es laufen sollte. Sie wollten zu Varia als Lieferant wechseln für Ihr Schweine- und Hühnerfutter. Doch Sie brauchten das Knochenmehl auch für Ihr neues Rinderfutter.«

»Knochenmehl ist in Rinderfutter verboten!«, warf Koller ein.

»Ja genau, Knochenmehl ist in Rinderfutter verboten. Trotzdem wollten Sie es, aus welchen Gründen auch immer, dort beimengen. Damit Ihnen jedoch niemand dahinterkam, dass das Futter Knochenmehl enthält, durften die Mengen, die Sie für die Produktion brauchen, nirgendwo aufscheinen. Stimmt's?«, fragte Tom. Koller geriet immer mehr ins Schwitzen. »Welchen Deal haben Sie mit Lombardi abgeschlossen?«, fragte Tom erneut. Koller schloss die Augen. »Wir reden hier von Betrug. Wollen Sie dafür allein die Strafe übernehmen?«, fragte Tom.

Koller riss die Augen auf. Jetzt erst wurde ihm der Ernst der Lage bewusst, und er entschied sich, nicht allein dafür zur Verantwortung gezogen zu werden. »Lombardi bot mir an, die Lieferscheine und Rechnungen zu manipulieren. Er würde auf die Rechnungen nur jene Mengen schreiben, die wir für das Schweine- und Hühnerfutter brauchten. In Wirklichkeit ließ er mir aber viel mehr liefern, doch diese Ware schien nirgendwo auf. Für die Differenzmenge sollte ich ihm einen geringeren Preis schwarz zahlen. So hatten wir alle etwas davon«, plauderte Koller aus.

»Von welchen Summen reden wir da?«

»Na ja, zwischen zwanzig- bis vierzigtausend monatlich«, gab Koller zu.

Tom fragte sich, wie man vierzigtausend Euro Schwarzgeld monatlich auftreiben konnte. Aber das tat für ihn jetzt nichts zur Sache, darum sollten sich die Kollegen vom Betrugsdezernat kümmern. »Was ich bei unserem ersten Gespräch verabsäumt habe, Sie zu fragen, ist, ob Sie Frau Schüller kennen. Ich kann mich zwar dunkel erinnern, Sie sagten, Sie kennen Sie nicht. Aber ich stelle diese Frage jetzt nochmals. Kannten Sie Frau Lisa Schüller?«, fragte Tom.

»Nein, woher denn?«, rief Koller aufgebracht.

Tom öffnete wieder seine Mappe und blätterte darin. Er holte den Einzelanruf-Nachweis von Frau Schüller heraus.

»Wie lautet Ihre Firmentelefonnummer?«, fragte Tom.

Herr Koller sah ihn erstaunt an, nannte ihm dann aber die Nummer. Tom holte einen Leuchtstift aus seiner Hosentasche, den er vorher im Büro noch rasch eingesteckt hatte. Tom markierte damit eine Zeile in dem Nachweis und hielt ihn Koller hin.

»Dafür, dass Sie die Frau nicht gekannt haben, haben sie aber recht lange mit ihr telefoniert. Über fünf Minuten mit einer Fremden reden, erscheint mir wenig glaubwürdig«, sagte Tom ruhig.

Koller wischte sich erneut mit seinem Stofftaschentuch den Schweiß von der Stirn. »Ich kannte sie wirklich nicht. Sie hat letzte Woche angerufen und wurde mir von meiner Sekretärin durchgestellt, nachdem sie sich nicht hat abwimmeln lassen. Sie hat mir gesagt, dass sie eine Probe von BioRio hat und diese analysiert hat. Dass sie weiß, dass Knochenmehl darin enthalten ist und sie ihre Analyse an die Zulassungsbehörde schicken wird«, stammelte Koller.

»Was wollte sie?«, fragte Tom.

»Gute Frage! Ich dachte, sie will Geld. Doch als ich ihr Geld anbot, lachte sie nur und meinte, sie wäre nicht käuflich wie alle anderen. Sie sagte, sie gäbe mir die Gelegenheit, das Produkt zurückzuziehen. Damit hätten wir die Chance, ohne Imageverlust die Sache zu bereinigen. Wenn ich das Produkt nicht zurückzöge, würde sie nicht nur die Zulassungsbehörde informieren, sondern auch die Medien, dass wir verbotenerweise Knochenmehl an Rinder füttern wollen und nicht davor zurückschrecken, Kühe noch weiter auszubeuten«, gab Koller zu.

»Was haben Sie gemacht, nachdem Frau Schüller Sie angerufen hat?«, fragte Tom.

»Sie gab mir ein Ultimatum bis Dienstag, um unseren Antrag bei der Zulassungsbehörde zurückzuziehen«, erklärte Koller müde.

»Ich rief Lombardi an, dass der Deal geplatzt wäre, weil wir aufgeflogen sind. Doch Lombardi wollte nichts davon wissen. Er meinte, er ließe sich den Deal von einer vorlauten Studentin nicht kaputt machen und meinte, ich sollte Hasko anrufen. Schließlich kennt der die Studentin und soll sie zur Vernunft bringen. Außerdem hatte Hasko ja den ganzen Deal eingefädelt, und Lombardi meinte, er sollte für sein Beratungshonorar auch etwas tun«, erzählte Koller. »Also bin ich noch am Freitag zu Hasko auf die Uni und erzählte ihm die ganze Geschichte. Dabei bin ich Frau Schüller im Sekretariat über den Weg gelaufen. Beim Hinausgehen zischte sie mir zu: ›Dienstag und keinen Tag länger!‹ Da habe ich erst gewusst, wer sie ist. Ich habe sie ja nie gesehen, nur am Telefon gehört. Als ich Hasko in der Cafeteria traf, meinte er auch, wir lassen uns den Deal nicht von einer Querulantin ruinieren. Dafür wäre für uns alle zu viel Geld im Spiel. Er sagte, er würde sich darum kümmern. Danach habe ich nicht mehr mit ihm geredet. Und dann tauchen Sie auf und fragen mich, ob ich eine Lisa Schüller kenne. Ich dachte, ich falle in Ohnmacht.«

»Herr Professor Hasko meinte also, er würde sich um das Problem kümmern«, hakte Tom nach. Koller nickte. »Sie haben mich also angelogen, als Sie meinten, Sie hätten den Namen Schüller noch nie gehört und die Frau auch noch nie gesehen«, hielt Tom fest.

Koller sah ihn irritiert an. »Ich habe sie ein Mal für zehn Sekunden gesehen«, sagte er.

»Aber Sie kannten den Namen«, stellte Tom fest. Wieder nickte Koller, er wirkte geknickt. »Wo waren Sie letzten Montagabend?«, fragte Tom.

»Zu Hause bei meiner Familie, wie jeden Abend«, antwortete Koller.

»Ich werde das überprüfen. Nachdem Sie mich schon zweimal angelogen haben, muss ich davon ausgehen, dass Sie es wieder tun«, sagte Tom scharf.

»Ich habe diese Frau nicht getötet. Fragen Sie Hasko, was er mit ihr gemacht hat«, meinte Koller.

»Keine Sorge, das werde ich«, antwortete Tom. Koller sah Tom müde an.

»Was passiert jetzt mit mir?«, fragte er.

»Ich gebe die Unterlagen an die Kollegen vom Betrugsdezernat weiter. Die werden die Ermittlungen aufnehmen. Parallel dazu ermittle ich weiter im Mordfall Lisa Schüller. So oder so sind Sie festgenommen. Wir müssen nur noch entscheiden, wegen welcher Delikte Sie angeklagt werden«, sagte Tom.

Koller ließ den Kopf hängen und wischte sich erneut den Schweiß von der Stirn und der Glatze, während Tom den Raum verließ.

Kapitel 23

Tom wählte Sonjas Nummer. Nach nur zwei Mal Läuten hob sie ab. »Ist Lombardi aufgetaucht?«, fragte er.

»Nein, bis jetzt nicht. Ich habe ihn am Handy angerufen, aber er hebt nicht ab«, sagte sie.

»Ich habe dir gesagt, du sollst dich ruhig verhalten. Wieso rufst du ihn dann an?«, fragte Tom aufgebracht.

»Ich habe mir einen Vorwand für den Anruf zurechtgelegt. Ich wollte ihn fragen, ob er heute noch ins Büro kommt, weil ich für den Krisen-PR-Plan seine Freigabe brauche, bevor ich ihn in die Zentrale schicke«, erklärte sie.

»Okay, okay. Gut gemacht. Und er hat nicht abgehoben. Dann werde ich eine Fahndung rausgeben. Anscheinend ist er nervös geworden. Bitte versuch nicht nochmal, ihn zu erreichen, aber melde dich, wenn er im Büro auftaucht«, sagte er.

»Mache ich. Halte mich auf dem Laufenden. Ich kann das alles noch nicht glauben«, meinte sie leise.

»Tut mir leid. Ich kann dir noch nicht sagen, was genau vorgefallen ist, aber wenn alles vorbei ist, erzähle ich es dir«, sagte er.

»Das bedeutet, wir sehen uns wieder, auch wenn du den Fall gelöst hast?«, fragte sie.

»Das habe ich dir doch heute schon versprochen, oder?«, sagte Tom leise.

»Ja, hast du. Ich wollte nur sichergehen, ob du dich noch daran erinnern kannst«, meinte sie.

»Ich bin nicht vergesslich, keine Sorge!«, meinte Tom. Toms Bürotür öffnete sich, und Waldmüller kam herein. »Ich muss jetzt weitermachen. Wir hören uns. Tschüss«, beendete Tom das Gespräch.

Waldmüller ließ sich auf seinen Sessel fallen. »Und, wie kommen Sie mit dem Fall voran, Herr Kollege?«, fragte er.

»Ganz gut. Der erste Verdächtige sitzt bereits im Befragungszimmer, und ich gebe jetzt eine Fahndung nach dem zweiten Verdächtigen raus«, erzählte Tom.

Waldmüller nickte. »Wissen Sie eigentlich schon, wo der Mord stattgefunden hat?«, fragte Waldmüller.

Tom seufzte. »Nein, darum habe ich mich bisher nicht gekümmert«, gestand er.

»Vielleicht hilft Ihnen das weiter oder liefert Ihnen einen zusätzlichen Hinweis«, meinte Waldmüller ruhig.

»Stimmt. Die Tierkörperverwertung ist ja nur der Fundort. Ich habe die Liste der Schlachthöfe, die von dem LKW angefahren wurden, am ersten Tag bekommen«, bestätigte Tom.

»Wenn Sie mehrere Schlachthöfe haben, wurde vielleicht einer Ihrer Verdächtigen dort gesehen. Wenn Sie einen Beweis für seine Anwesenheit dort haben, können Sie ihn damit überführen und bekommen leichter ein Geständnis.« Tom nickte. Es konnte leicht sein, dass Lombardi, Koller und Hasko sich gegenseitig beschuldigten. Doch er musste Beweise dafür finden, wer tatsächlich den Mord begangen hatte.

»Danke für den Hinweis. Ich gebe die Fahndung raus und mache mich gleich auf den Weg zu den Schlachthöfen.«

Tom griff zum Hörer, um die Fahndung nach Lombardi in Auftrag zu geben. Er überlegte, auch gleich Hasko zur Fahndung auszuschreiben. Doch außer Kollers Aussage, dass Hasko sich um Frau Schüller kümmern wollte, hatte er noch keine weiteren Anhaltspunkte. Die würde er sich beschaffen, bevor er Hasko nochmals befragte. Außerdem gab es gegen Lombardi ausreichend Beweise wegen Betruges.

Er informierte die Kollegen von der Betrugsabteilung von dem Fall und versprach, die Beweise dafür vorbeizubringen, bevor er das Haus verließ. Er bat die Kollegen aber, mit der weiteren Befragung von Koller zu warten, bis Tom sicher wusste, wer der Mörder war. Koller wurde in der Zwischenzeit in Untersuchungshaft genommen. Tom brachte die Papiere ins Büro der Kollegen und marschierte dann zu seinem Auto.

Kapitel 24

Als Erstes steuerte er einen Schlachthof in St. Pölten an, da er am nächsten lag. Nach nur wenigen Minuten konnte Tom den Schlachthof jedoch wieder verlassen. Keiner der drei Männer war dem Vorarbeiter in dem Schlachthof bekannt. Also machte Tom sich auf den Weg zur zweiten Adresse auf der Liste, nach Krems. Es war später Nachmittag, als Tom auf das Gelände kam. Anscheinend war gerade Schichtende, denn einige kräftige Männer in Shorts und T-Shirts kamen Tom entgegen, als er das Eingangstor ansteuerte.

»Wo finde ich denn jemanden, der mir Auskunft darüber geben kann, von welchem Hof Tiere zum Schlachten hergebracht wurden?«, fragte Tom einen der Männer.

Der glatzköpfige Riese, dessen Arme mit Tattoos übersät waren, deutete auf eine Tür bei der Halle. »Durch die Tür und gleich links im Glaskobel sitzt der Schichtleiter. Der sollte Ihnen das sagen können«, meinte der Mann.

Tom bedankte sich und marschierte zur Tür. Tatsächlich fand er zwei Männer in dem Glaskobel, die über Papiere gebeugt saßen und etwas besprachen. Tom klopfte an die Glaswand, und beide hoben den Kopf. Tom holte seine Dienstmarke heraus und stellte sich vor.

»Tom Meixner, Mordkommission St. Pölten. Ich habe ein paar Fragen.«

Einer der Männer deutete Tom, zur Tür zu kommen, die um die Ecke war. Beide standen auf und begrüßten Tom.

»Guten Tag. Was können wir für Sie tun?«, fragte der Ältere.

»Ich ermittle in einem Mordfall. Eine junge Frau wurde zwischen Schlachtabfällen gefunden, und einer der Schlachthöfe, die von dem LKW angefahren wurden, war dieser hier«, erklärte Tom.

Der jüngere Mann sah Tom mit schreckensgeweiteten Augen an und ließ sich auf den Sessel fallen. »Nein, das gibt es doch nicht«, sagte er.

»Wissen Sie etwas davon?«, fragte Tom.

Der Mann schaute seinen älteren Kollegen an und dann wieder zu Tom.

»Max, was ist los?«, fragte der Ältere.

Der Jüngere schüttelte den Kopf und schluckte. »Wie sah die Frau aus?«, fragte er.

»Rothaarig, Mitte zwanzig. Haben Sie sie hier gesehen?«, fragte Tom.

Der jüngere Mann wurde kreidebleich und nickte.

Der Ältere sah ihn erstaunt an und fragte: »Wo?« Der junge schlanke Mann ließ die Schultern hängen und holte tief Luft.

»Letzten Montag kurz nach Schichtbeginn. Ich hab sie im Labor entdeckt«, sagte der Mann leise.

»Was hast du hinten beim Labor gemacht?«, fragte der Ältere erstaunt. »Du hast dort nichts zu tun.«

Tom hatte sich auf die Kante des Schreibtischs gesetzt, und der ältere Mann nahm ebenfalls auf seinem Sessel Platz. Der junge schaute zwischen Tom und seinem Kollegen hin und her. »Herr …«, begann Tom, doch dann fiel ihm ein, er wusste den Namen des Mannes nicht.

»Max Pfeiffer«, sagte der junge Mann leise.

»Herr Pfeiffer, es geht um einen Mordfall, und wahrscheinlich waren Sie der letzte Mensch, der das Opfer lebend gesehen hat. Also, bitte erzählen Sie mir, wo genau Sie die Frau gesehen haben und ob jemand bei ihr war«, sagte Tom eindringlich.

Pfeiffer nickte und sah seinen Kollegen an. »Wir haben Dienstag früh diese Ladung Rinder zum Schlachten bekommen«, begann der Mann, und sein Kollege nickte. »Am Freitag in der Nachtschicht hat ein Professor angerufen und die Lieferung angekündigt«, sprach der Mann weiter.

»Wissen Sie seinen Namen?«, fragte Tom, doch der Mann schüttelte den Kopf.

»Er meinte, die Tiere sind Teil seiner Versuchsreihe und er wollte nach der Schlachtung Fleischproben entnehmen und testen. Ich habe ihn gefragt, warum er sie dann nicht woanders hinbringen lässt. Daraufhin meinte er, dass die ganz normal in die Produktion gehören, er aber für sich noch eine Probe brauche und es sich wegen der kleinen Probe nicht auszahle, die Tiere woanders hinzubringen«, erklärte der Mann.

»Ja, und weiter?«, fragte Tom.

Der junge Mann sah seinen Kollegen wieder an und meinte dann leise: »Er bot mir eine Menge Geld an dafür, dass ich ihn am Dienstagabend rein lasse und die Probe in unserem Labor hinten untersuchen lasse«, erzählte der Mann.

Der ältere Mann sprang auf. »Du hast was?«

»Es tut mir leid, ich brauche das Geld, das weißt du. Wir sind mitten im Hausbauen und müssen fertig werden, bevor das Baby kommt. Das Geld, das er mir gegeben hat, war ziemlich genau die Summe, die ich noch brauchte, um die Böden für das Wohnzimmer und das Kinderzimmer zu zahlen. Also habe ich zugestimmt. Ich dachte mir auch nichts weiter dabei, und es hat ja auch niemand gemerkt, dass er hinten im Labor seine Tests gemacht hat. Die Laborratten sind ja immer nur bis um vier da, und dann steht das Labor die ganze Nacht leer«, versuchte der junge Mann, sich zu verteidigen.

Tom hob beruhigend die Hand. »Okay, was passierte genau?«, fragte er.

»Er kam um halb sieben, und ich habe ihn in die Halle gebracht, wo die Rinderhälften hingen. Er entnahm seine Proben, und dann habe ich ihn zum Labor gebracht. Als ich die Tür zum Labor aufmachte, stand dort diese junge rothaarige Frau. Gerade als ich fragen wollte, was sie da macht, meinte der Typ, es ist eine von seinen Studentinnen und das geht schon in Ordnung. Noch bevor ich großartig was sagen konnte, drückte er mir das Geld in die Hand und schob mich aus dem Labor. Er meinte, sie beeilen sich und schloss die Tür hinter sich«, erzählte der Mann.

»Hat die Frau irgendetwas gesagt?«, fragte Tom.

»Nein, sie hat nur erschrocken geschaut, als sie uns gesehen hat«, meinte der junge Mann.

»Was passierte dann?«, fragte Tom.

»Ich bin zurück in die Zerlegehalle, um dort nach dem Rechten zu sehen«, antwortete der Mann.

»Haben Sie den Professor und die Studentin dann nochmal gesehen?«, fragte Tom.

»Nein. Ich hatte zu tun und bin dann erst zwei Stunden später dazu gekommen, nach hinten zum Labor zu gehen. Aber da waren beide schon weg«, gab der Mann zurück.

»Wie sah der Professor aus?«, fragte Tom.

»Groß, kräftig, Vollbart«, sagte der Mann. »Viel mehr weiß ich nicht, ich habe ihn mir nicht so genau angesehen.«

»Irgendetwas Auffälliges an ihm?«, fragte Tom.

»Nein. Oder doch. Ich habe ihn hinten bei den Containern mit den Schlachtabfällen vorbeigelotst, damit keiner von unseren Leuten ihn sieht. Bevor wir dort rein sind, habe ich gemeint, er soll besser die Luft anhalten wegen dem Gestank. Da meinte er, das macht ihm nichts, da er nichts riecht. Ich hab dann gefragt, warum, da meinte er, dass er als Kind gestürzt ist und sich an der Stirn knapp über den Augen verletzt hatte und dabei sein Geruchsnerv wahrscheinlich durchtrennt wurde«, erzählte der Mann.

»Was hatte er für Kleidung an?«, fragte Tom.

»Mein Gott, keine Ahnung. Jeans und ein kariertes Hemd oder so. Ich weiß es echt nicht mehr. Ich wollte nur, dass der Typ rasch seine Probe nimmt und wieder verschwindet, bevor irgendwer bemerkt, dass er überhaupt da ist«, meinte der Mann verlegen.

Der ältere Mann schüttelte den Kopf. »Du weißt, dass ich das melden muss«, sagte er traurig.

Der jüngere nickte.

»Die Studentin haben Sie vorher nicht gesehen?«, fragte Tom.

»Nein, noch nie. Ich weiß auch nicht, wie sie ins Labor gekommen ist«, meinte der junge Mann.

»Die einzige Erklärung wäre, dass die Putzfrau hinten wieder einmal die Seitentür offen gelassen hat und sie dort rein ist«, meinte der ältere Mann.

Tom stand auf. »Okay, bitte zeigen Sie mir, wo Sie den Herrn Professor reingeschleust haben und wo das Labor ist.«

Der junge Mann stand auf und deutete aus dem Glaskobel. »Ich teile die Jungs der Nachtschicht ein, damit nicht der ganze Laden steht. Wir sprechen uns später«, sagte der ältere Mann ernst und sammelte die Papiere, die vor ihm auf dem Tisch lagen, zusammen und verließ hinter Tom und dem Jungen den Glaskobel.

»Hier entlang«, deutete der junge Mann nach rechts. Sie gingen einen Gang entlang und kamen in eine große Halle. »Nachdem alle aus der Schicht in der Zerlegehalle waren und gerade mit ihrer Arbeit begannen, habe ich den Professor durch das Tor der Lieferhalle hereingelassen.« Der Mann deutete auf eine kleine Tür im großen Hallentor. In der dämmrigen Halle standen Stapel roter Kisten, soweit Tom sehen konnte. »Das sind die leeren Kisten, die aus der Waschanlage kommen«, erklärte der Mann, als er Tom Blick folgte. »Darin wird das Fleisch nach dem Zerlegen gelagert und geht damit in die Kühlung.« Der Mann deutete auf die Türen auf der linken Seite der Halle.

Tom nickte. Der Mann durchquerte die Halle mit Tom im Schlepptau und öffnete eine Tür am hinteren Ende. Tom folgte ihm in einen gekühlten niedrigen Raum, in der von der Decke an großen Haken Schweinehälften hingen. Tom folgte dem Mann in eine weitere Halle, in der Rinderhälften hingen.

»Hier hat der Professor seine Proben entnommen«, erklärte der Mann. Tom sah die lange Halle entlang, in der eine Rinderhälfte neben der anderen hing. Bei dem Anblick wurde Tom schlecht.

»Woher wusste er, von welchen Tieren er Proben entnehmen musste?«, fragte Tom.

»Die Tiere sind mit Ohrmarken gekennzeichnet«, deutete der Mann auf die großen Plastikmarken an den Köpfen. Tom nickte und fragte sich, ob er nach dem Anblick je wieder ein Stück Fleisch anrühren konnte.

»Wo sind Sie dann mit ihm hingegangen?«, fragte Tom. Er wollte nur schnell raus hier.

Der Mann deutete Tom, ihm zu folgen, und sie verließen die Halle und kamen in einen weiteren großen Raum, der komplett gefliest war. In der Mitte waren zwei Gitter, die einen Gang bildeten, dahinter waren ein Gatter und ein großes Tor. Der Raum war irgendwie furchteinflößend, und es stank nach Urin und Kot.

»Was ist das für ein Raum?«, fragte Tom.

»Der Schlachtraum. Dort hinten bei dem Tor werden die Tiere hereingetrieben und kommen in das Gatter. Von dort werden sie einzeln hier in den Gang getrieben und mit dem Schlachtschussapparat erschossen«, erklärte der Mann nüchtern.

»Das heißt, die Viecher sehen, wie ihre Artgenossen sterben?«, fragte Tom geschockt.

Der Mann nickte. »Ja, geht leider nicht anders«, meinte der Mann ohne jegliche Regung von Mitgefühl. Tom wollte sich nicht vorstellen, welche Todesangst die Tiere erleiden mussten. Der junge Mann ging rechts am Gitter vorbei und steuerte eine Tür an der rechten Hallenwand an. Neben der Tür stand ein Tisch, auf dem mehrere Stöcke lagen.

Tom blieb stehen. »Was ist das?«, fragte er.

»Treibstöcke«, antwortete der Mann. Einige der Stöcke hatten auf der vorderen Spitze ein u-förmiges Metallstück.

»Sind das elektrische Treibstöcke?«, fragte Tom.

»Ja«, antwortete der Mann.

»Funktionieren die wie Elektroschocker?«, fragte Tom.

»Ja, ist die gleiche Technik«, meinte der Mann.

»Wissen Sie, ob einer fehlt?«, fragte Tom, als er über die Reihe der Stöcke sah.

»Nein, aufgefallen wäre mir nichts. Aber wir haben mehrere von den Dingern, weil sie auch immer wieder mal ausfallen. Ehrlich gesagt, weiß ich nicht einmal, wie viele wir davon haben«, sagte der Mann.

»Wer verwendet die?«, fragte Tom.

»Unsere Männer, wenn die Lieferungen kommen«, antwortete der Mann.

»Hat da jeder seinen eigenen?«, wollte Tom wissen.

»Nein, jeder schnappt sich einen, wenn die Lieferung kommt. Da achtet keiner, wem was gehört. Dafür geht es zu hektisch zu«, erklärte der Mann.

Auf den Stöcken waren sicher Dutzende Fingerabdrücke, ob auch nur einer davon wirklich verwendbar war, war fraglich. Doch je mehr Beweise, desto besser. Er würde die Stöcke von der Spurensicherung abholen und überprüfen lassen. Der junge Mann stand bei der Tür, die Hand auf dem Türgriff, und sah Tom erwartungsvoll an.

»Hier sind Sie mit dem Professor durchgegangen?«, fragte Tom.

Der Mann nickte. »Hier dahinter ist die Halle mit den Schlachtabfällen. Hier stinkt es am meisten«, warnte er Tom vor, bevor er die Tür öffnete. Tom nickte und machte sich auf den erbärmlichen Geruch gefasst. Er holte tief Luft, bevor er die Halle betrat.

Zwei große Container standen nebeneinander, umgeben von einem Gitter und Gehwegen. Die Container standen unter dem Niveau des Gehweges und man konnte von oben hineinsehen.

»Die Schlachtabfälle werden mit diesen großen Scheibtruhen hier hineingeleert«, deutete der Mann auf die großen Truhen, die an der Wand entlang aufgereiht standen. Tom nickte nur, er wollte nicht sprechen, da sonst seine Luft nicht ausreichen würde und er einatmen musste, was er vermeiden wollte. Sie durchquerten die Halle und kamen in einen weiteren Gang. Links konnte Tom eine kleine Tür sehen, auf der »Notausgang« stand. Der Mann bog nach rechts ab, und Tom konnte vor sich eine weitere Tür mit der Aufschrift »Labor« sehen.

»Ist das die Tür, von der Ihr Kollege vorher meinte, dass die Putzfrau sie wahrscheinlich offen gelassen hatte?«

Der Mann nickte. »Ja, sie gehen hier immer hinaus, um die Kübeln mit dem Wasser auszuleeren, weil dahinter gleich ein Kanal ist. Wir haben ihnen schon mehrfach gesagt, sie sollen die Tür danach wieder versperren. Aber sie vergessen es immer wieder.«

Tom nickte und folgte dem Mann ins Labor. Der Mann öffnete die Tür, und Tom stand in einem Raum mit einigen Regalen an der Wand und zwei Tischen in der Mitte des Raumes, die sich gegenüberstanden. Ein Mikroskop, Reagenzgläser und andere Geräte standen auf den Tischen.

»Hier haben Sie die junge Frau gesehen?«, fragte Tom.

Der Mann nickte und deutete zum Mikroskop. »Sie stand dort am Mikroskop und sah erstaunt auf, als wir zur Tür hereinkamen.«

»Und sie hat nichts gesagt«, wiederholte Tom, was er vorher schon gehört hatte.

»Nein, keinen Mucks. Und dann hat der Herr Professor gleich gemeint, dass seine Studentin offensichtlich einen kürzeren Weg gefunden hätte, und gemeint, sie beeilen sich«, erklärte der Mann erneut.

Tom sah sich um. Er überlegte, was er als Nächstes machen sollte. »Ich rufe meine Kollegen von der Spurensicherung an. Wenn die kommen, zeigen Sie denen bitte dieses Labor hier, die Tür, durch die die Frau vermutlich hereingekommen ist, und die Treibstöcke. Bitte sorgen Sie dafür, dass nichts davon von irgendwem angegriffen wird, bis meine Kollegen es untersucht haben«, erklärte Tom. »Wir werden Fingerabdrücke von allen brauchen, die hier arbeiten, um Vergleichsproben zu haben«, meinte Tom.

Der Mann nickte und sah Tom lange an. »Meinen Sie, die junge Frau wurde hier ermordet?«, fragte er leise.

Tom nickte. »Ja, davon gehe ich jetzt einmal aus. Sie haben die Frau und den Täter gesehen, und alles passt zusammen. Da fällt mir ein, wir werden auch alle Messer untersuchen müssen«, stellte Tom fest.

Der Mann sah ihn erstaunt an. »Womit sollen unsere Leute dann arbeiten?«

»Ich fürchte, ihre Leute werden heute gar nicht mehr arbeiten«, stellte Tom fest. »Zumindest nicht, solange wir die Mordwaffe nicht gefunden haben«, antwortete Tom.

»Oh mein Gott. Das gibt Probleme«, sagte der junge Mann und ließ seine Schultern noch mehr hängen.

»Wir werden so schnell wie möglich arbeiten, damit Ihre Leute nicht zu lange aufgehalten werden«, meinte Tom und deutete in Richtung Tür. »Kommen Sie.« Tom griff in seine Tasche und holte sein Handy heraus. Er suchte die Nummer der Spurensicherung und drückte den grünen Knopf auf seinem Handy.

Während er dem jungen Mann zurück zum Glaskobel folgte, sprach Tom mit Müller, der Gott sei Dank Dienst hatte. Tom erklärte Müller, was alles zu untersuchen war, und Müller meinte, er würde mit einem Trupp Männer gleich losfahren und das notwendige Equipment mitbringen, damit sie die Messer vor Ort auf menschliches Blut testen konnten. Die Fingerabdrücke würden sie erst im Labor auswerten können. Beim Glaskobel angekommen, informierte Tom den zweiten Schichtleiter über die weitere Vorgehensweise.

»Ist es okay, wenn wir die Männer weiterarbeiten lassen, wenn wir Ihnen allen einen anderen Satz Messer geben?«, fragte der Mann.

Tom sah ihn verwundert an.

»Wir haben letzte Woche eine Lieferung neuer Messer bekommen, damit wir die alten Stück für Stück austauschen können, wenn es notwendig ist. Wir sammeln alle Messer ein und geben den Männern die neuen Messer, damit sie weiterarbeiten können. Ich kann die jetzt nicht die ganze Nacht tatenlos rumsitzen lassen.«

»Klar, wenn Sie sicherstellen, dass alle Messer, die letzte Woche verwendet wurden, gesammelt parat liegen, damit die Kollegen von der Spurensicherung diese untersuchen können, soll mir das recht sein«, antwortete Tom.

Der ältere Mann nickte, holte einen Schlüsselbund aus seiner Hosentasche und deutete seinem jungen Kollegen, ihm zu folgen. »Komm, Junge, wir holen die Messer und sammeln die anderen ein.«

»Bitte berühren Sie die alten Messer nicht mehr, wenn irgend möglich«, rief Tom ihnen nach.

»Sie bekommen sie klebrig und blutig, wie sie sind«, antwortete der Mann knapp und schlurfte davon. Tom ging zurück zu seinem Auto und ließ sich dabei von der Kollegin eine Adresse heraussuchen, zu der er als Nächstes fahren wollte.

Kapitel 25

Es dauerte einige Zeit, bis Tom von Krems nach Wien in den 19. Bezirk kam. Er parkte sein Auto vor einem modernen weißen Einfamilienhaus. Ein Zaun aus Steinen in einem Metallgitter hielt lästige Blicke ab. Neben dem Aluminiumtor waren ein silbernes Türschild und darunter ein Klingelknopf. Kurz nachdem der Ton geläutet hatte, meldete sich eine Frauenstimme.

»Ja bitte?«

»Tom Meixner von der Mordkommission St. Pölten. Ich möchte Herrn Professor Hasko sprechen«, meldete sich Tom.

»Der ist nicht da«, sagte die Frau.

»Kann ich bitte trotzdem hereinkommen?«, fragte Tom.

Die Frau schien zu überlegen, und dann hörte Tom den Türsummer. Er öffnete die Gartentür und trat in einen kleinen gepflegten Vorgarten. Die rote Eingangstür zum Haus ging auf, und eine schlanke Frau mit blondem Pagenkopf öffnete die Tür. Sie trug eine weiße Leinenhose und ein cremefarbenes Seidentop, in ihren Ohrläppchen blinkten kleine Diamantohrringe. Die attraktive Frau war schwer zu schätzen, aber Tom tippte auf Mitte vierzig.

»Darf ich bitte Ihren Dienstausweis sehen?«, sagte sie mit fester Stimme.

Tom holte seine Dienstmarke aus der Jacke und hielt sie der Frau hin. Sie betrachtete die Marke genau, trat dann einen Schritt zur Seite und gab den Weg ins Haus damit frei.

Tom stand in einem geräumigen, hell gefliesten Vorzimmer, das den Blick auf ein großzügiges Wohnzimmer freigab. Er trat ein und wartete, bis die Frau die Tür hinter ihm geschlossen hatte. Sie ging voran durch das Wohnzimmer auf die Terrasse, auf der ein großes weißes Sonnensegel Schatten spendete. Die Frau deutete

Tom, auf einem der Korbsessel Platz zu nehmen.

Nachdem sich Tom gesetzt hatte, fragte er: »Sind Sie Frau Hasko?«

Die Frau nickte. »Ja, bin ich. Darf ich fragen, was die Mordkommission von meinem Mann will? Sie sah Tom mit festem Blick an.

»Eine ehemalige Studentin Ihres Mannes wurde ermordet, und ich muss ihn deshalb sprechen«, erklärte Tom.

»Ich habe schon gesagt, er ist nicht da.«

»Wissen Sie, wo Ihr Mann ist?«, fragte Tom.

»Natürlich weiß ich, wo mein Mann ist. Er hat heute Nachmittag angerufen und gemeint, er hat noch einen Termin und dass er anschließend noch in den Club fährt«, sagte sie ruhig.

»Sie wissen also immer, wo Ihr Mann ist«, meinte Tom. Sie nickte nur. »Dann wissen Sie sicher auch, wo er letzten Dienstagabend war?«, fragte Tom.

»Mit mir gemeinsam bei Freunden«, antwortete sie.

Die Ruhe und Selbstsicherheit der Frau erstaunten Tom. Selbst die Tatsache, dass ein Polizist auf ihrer Terrasse saß, schien die Frau nicht aus der Ruhe zu bringen.

»Wann genau waren Sie bei Ihren Freunden?«, fragte Tom.

Die Frau überlegte kurz. »Wir waren um halb acht Uhr dort eingeladen. Ich habe meinen Mann kurz vor sieben angerufen, um sicherzugehen, dass er es nicht vergessen hat. Dazu neigt er leider manchmal. Da meinte er, er ist noch im Büro und ich soll nicht auf ihn warten, er kommt direkt zu unseren Freunden«, erklärte sie.

»Wann ist Ihr Mann dann bei Ihren Freunden eingetroffen?«

»Das kann ich nicht genau sagen, ich habe nicht auf die Uhr gesehen«, meinte sie.

»War es viel später, als Sie erwartet hätten?«, hakte Tom nach.

Sie schüttelte den Kopf. »Nein, schließlich braucht er aus Tulln einige Zeit nach Wien herein. Aber warum fragen Sie mich das alles?«

»Ich ermittle, wie gesagt, in einem Mordfall«, sagte Tom ruhig. Er sah sich um – das Haus und der Garten waren top gepflegt, und alles deutete darauf hin, dass hier keine armen Menschen lebten.

»Ein schönes Zuhause haben Sie«, meinte Tom.

»Mein Mann arbeitet hart dafür, und dank meiner Familie können wir ein sorgenfreies Leben führen«, meinte sie.

»Wie groß ist Ihr Vermögen?«, fragte Tom.

»Ich verstehe nicht, was diese Frage mit Ihren Ermittlungen zu tun hat«, antwortete sie.

»Nun, soweit ich weiß, verdient ein Universitätsprofessor nicht so rasend viel. Daher würde es mich interessieren, wie Sie sich dieses Haus leisten können«, erklärte Tom.

»Mein Mann verdient als Professor nicht schlecht, der größte Teil seines Einkommens ist jedoch auf seine Beratertätigkeit zurückzuführen. Mein Mann war immer sehr ehrgeizig«, meinte sie.

»Warum?«, fragte Tom.

»Was meinen Sie mit warum?«, fragte sie irritiert.

»Warum war Ihr Mann ehrgeizig? Wem musste er etwas beweisen?«, fragte Tom.

»Wie kommen Sie auf die Idee, dass er jemandem etwas beweisen musste?«, fragte die Frau.

Tom lächelte. »Nennen Sie es Berufserfahrung. Jemandem etwas zu beweisen, ist für viele die Hauptmotivation.«

Die Frau schien kurz zu überlegen und meinte dann: »Vielleicht wollte mein Mann seinem Vater beweisen, dass man nicht nur als Arzt Karriere machen kann und gutes Geld verdienen kann«, sagte sie.

»Ihr Schwiegervater ist Arzt?«, fragte Tom.

»Nein, nicht irgendein Arzt. Er ist Doktor Doktor Hasko, der angesehenste Herzchirurg Österreichs«, antwortete die Frau, und Anerkennung schwang in ihrer Stimme.

»Und Ihr Mann sollte auch Arzt werden?«, fragte Tom.

Sie nickte. »Ja, er hat mehrere Semester Medizin studiert, sich dann aber doch für Bodenkultur entschieden«, erklärte sie.

»Von Medizin zu Bodenkultur, das ist ein großer Unterschied. Wie kam das?«, fragte Tom.

Die Frau seufzte und meinte dann: »Das ist ein heikler Punkt bei meinem Mann. Er ist zweimal bei einer Prüfung durchgefallen.

Der Prüfer meinte, er sei zu grobmotorisch, um jemals Chirurg zu werden. Daraufhin hat mein Mann das Studium abgebrochen und gegen den Willen seiner Eltern auf der BOKU begonnen, weil er in der Biotechnologie eine große Chance sah. Und sein Erfolg gibt ihm recht«, sagte die Frau stolz.

Tom nickte. »Sie meinten vorher, Ihr Mann wollte in den Club fahren. Welcher Club, wenn ich fragen darf?«

»Unser Golfclub Diamond Country Club bei Schloss Atzenbrugg«, antwortete sie ruhig.

»Frau Hasko, vielen Dank für die Zeit, die Sie sich genommen haben.«

Tom erhob sich und ging zur Tür. Er verabschiedete sich und stieg wieder in sein Auto. Er hatte nun genügend Indizien für eine Verhaftung Professor Haskos. Er rief die uniformierten Kollegen, um sich mit ihnen vor dem Golfclub zu treffen, um Professor Hasko zu verhaften.

Kapitel 26

Professor Hasko hatte getobt, als Tom ihn aus dem Restaurant des teuren Golfclubs abführen ließ. Vor seinen Freunden und den anderen Clubmitgliedern derart bloßgestellt zu werden, schien eine enorme Beleidigung für den Mann zu sein. Tom hatte Glück, denn Hasko saß mit Lombardi beim Abendessen, so konnte er beide Männer festnehmen und verhören. Er forderte rasch einen zweiten Streifenwagen an, um die Männer getrennt ins Kommissariat nach St. Pölten bringen zu lassen. Als beide in dem Streifenwagen weggebracht wurden, rief Tom Sonja an, bevor er selbst ins Kommissariat fuhr.

»Hallo. Ich wollte dir nur sagen, wir haben deinen Chef gefunden«, meldete sich Tom.

»Hallo, du. Wo habt ihr ihn gefunden?«, fragte sie.

»Saß mit Professor Hasko im Golfclub beim Abendessen«, erzählte er.

»Was passiert jetzt mit ihm?«, fragte sie.

»Er wird jetzt gerade aufs Kommissariat gebracht. Dort verhöre ich beide«, sagte Tom.

»Wird er angeklagt?«, fragte sie.

»Wegen Betruges ziemlich sicher. Ob er mit dem Mord etwas zu tun hatte, werde ich erst herausfinden«, meinte Tom.

»Ich kann es mir nicht vorstellen. Oder vielmehr, ich will mir nicht vorstellen, dass er damit etwas zu tun hat. Ich bin noch immer erschüttert, dass er offensichtlich diesen Deal mit Bauernglück gemacht hat und da Ware auf eigene Rechnung verkauft hat. So hätte ich ihn nie eingeschätzt«, meinte sie, und Tom konnte die Enttäuschung in ihrer Stimme hören.

»Tja, Geld ist nun mal sehr verlockend«, meinte Tom.

»Ja, aber es ist ja nicht so, dass er schlecht verdienen würde. Er hat ein Gehalt, von dem ich nur träumen kann – und trotzdem ist ihm das nicht genug?«, fragte sie.

»Gier ist mächtig. Außerdem weißt du nicht, wofür er das Geld braucht«, meinte Tom.

»Na ja, das kann ich mir schon vorstellen. Seine Frau ist so ein verwöhnter Fratz, die noch mehr Kleider, noch größere Autos und noch mehr Schuhe haben will. Zumindest schätze ich sie so ein«, meinte Sonja lachend.

»Da siehst du es – alles nur, um euch Frauen zufriedenzustellen«, gab Tom lachend zurück.

»Ich hab auch gerne schöne Sachen, aber ich will mir das von keinem Mann schenken lassen. Ich will mir das selbst erarbeiten«, sagte sie.

»Du bist also kein verwöhnter Fratz?«, fragte Tom.

»Aber sicher nicht. Ich hab es nicht notwendig, mich von einem Mann kaufen zu lassen!«, rief sie mit gespielter Empörung.

»Gut zu wissen. Und womit kann man dich dann beeindrucken?«

»Mit einem guten selbst gekochten Essen«, meinte sie mit sanfter Stimme.

»Na, das trifft sich gut – ich besuche am Wochenende ein Kochseminar!«, lachte Tom.

»Was? Wirklich? Wo?«, fragte Sonja lachend.

»In Wien, in einer kleinen Buchhandlung. Ich habe beschlossen, es wird Zeit, selbst kochen zu lernen, damit ich nicht mehr nur bei meiner Mutter etwas Vernünftiges zu essen bekomme. Der Tiefkühlfraß, den ich mir in letzter Zeit aufgewärmt habe, schmeckt mir auch nicht mehr«, gab er zu.

Sie überlegte kurz. »Stört es dich, wenn ich mitkomme?«, fragte sie vorsichtig.

»Zu dem Seminar?«

»Ja. Würde mich echt reizen, denn ich muss gestehen, meine Kochkünste sind nicht die besten«, meinte sie lachend.

»Ja klar, warum nicht? Schau mal, ob du noch einen Platz bekommst.« Tom nannte ihr den Namen des Seminars und die Website, über die er gebucht hatte.

»Dann haben wir ein Koch-Date!«, rief sie fröhlich.

»Schaut so aus. Ich freue mich.« Tom merkte, dass er kaum erwarten konnte, dass endlich Wochenende war. Er wollte Sonja besser kennenlernen, und die Aussicht, das Wochenende mit ihr zu verbringen, ließ ihn breit grinsen. »Du, ich muss jetzt los ins Kommissariat und Hasko und deinen Chef verhören«, meinte Tom.

»Ja, klar. Dann viel Erfolg«, antwortete sie und fügte dann zögernd hinzu: »Kannst du mich nachher nochmal anrufen? Nur, damit ich weiß, was mit Lombardi passiert. Ich glaube, ich mach sonst kein Auge zu, wenn ich nicht weiß, ob er in den Mord verwickelt ist oder nicht.«

Tom seufzte. »Eigentlich hätte ich dich nicht einmal jetzt anrufen dürfen«, sagte er langsam. »Aber mal sehen, kommt auch darauf an, ob und wie schnell ich was Brauchbares aus den beiden rausbekomme. Wenn es nicht zu spät wird, melde ich mich noch einmal.«

»Und wenn es mitten in der Nacht ist, auch egal. Ich bin froh, wenn ich deine Stimme höre«, sagte sie leise.

»Also dann, bis später«, hörte Tom noch, bevor sie auflegte.

Die Frau schaffte ihn. Er war froh zu wissen, dass sie in Sicherheit war. Und er würde sie nach dem Verhör anrufen, um ihre Stimme noch einmal zu hören.

Tom startete den Wagen und fuhr zum Kommissariat. Er würde Hasko und Lombardi in den Verhörzimmern warten lassen. Er musste sich erst seine Verhörtaktik überlegen, und mit etwas Glück hatten die Kollegen von der Spurensicherung bis dahin auch schon ein erstes Ergebnis aus dem Schlachthof für ihn.

Kapitel 27

Tom betrat das Verhörzimmer fast zwei Stunden später. Lombardi ging nervös auf und ab.

»Was fällt Ihnen ein, mich so lange warten zu lassen?«, schrie er Tom an. Tom nahm auf einem der Sessel Platz und deutete Lombardi, sich ebenfalls zu setzen. »Was wollen Sie überhaupt von mir?«, fragte Lombardi.

»Herr Lombardi, bei unserem letzten Gespräch habe ich Sie gefragt, ob Sie Herrn Koller von Bauernglück kennen«, begann Tom. »Und Sie meinten, Sie haben den Namen schon einmal gehört, aber den Herrn noch nie getroffen«, sprach Tom weiter. Lombardi nickte. »Nun weiß ich aber aus sicherer Quelle, dass Sie Herrn Koller sehr wohl kennen. Sie waren gemeinsam abendessen«, sagte Tom ruhig und wartete Lombardis Reaktion ab.

Seine Augen verengten sich. »Wer hat das behauptet?«, fragte Lombardi.

Tom antwortete nicht sofort. »Einer Ihrer Mitarbeiter.«

»Wer? Wer ist so ein Plappermaul?«, rief Lombardi aufgebracht, doch Tom blieb ruhig. »Sonja Köhler? Nein, sie ist zu loyal, um irgendetwas zu sagen«, meinte Lombardi.

»Es ist nicht relevant, wer es mir erzählt hat, Fakt ist, Sie haben mich angelogen«, sagte Tom.

»Wenn dieses Flittchen sich wieder in Angelegenheiten gemischt hat, die sie nichts angehen«, zischte Lombardi.

»Was dann?«, fragte Tom scharf.

»Dann werfe ich sie raus, so leid es mir tut. Sie war ein netter Aufputz bei Veranstaltungen, aber wenn sie nicht weiß, wann sie den Mund zu halten hat, muss ich die Konsequenzen ziehen«, sprach Lombardi weiter.

»Geben Sie jetzt endlich zu, dass sie Koller kannten?«, herrschte Tom ihn an.

Lombardi überlegte. »Ich verstehe zwar nicht, was Sie das angeht, aber ja, bitte, ich habe Herrn Koller kennengelernt«, sagte er.

»Wie standen Sie zueinander?«, fragte Tom.

»Wir sprachen über die Möglichkeiten, gemeinsame Geschäfte zu machen«, antwortete Lombardi.

»Und sind Sie ins Geschäft gekommen?«, fragte Tom.

»Was interessiert Sie das?«, fragte Lombardi.

»Ganz einfach, weil mein Mordopfer Ihnen und Koller auf die Schliche gekommen ist, dass Sie verbotenerweise Knochenmehl in Rinderfutter gemischt haben«, legte Tom die Karten auf den Tisch. »Somit haben Sie ein Motiv, die junge Frau loszuwerden.«

»Woher wissen Sie das?«, fragte Lombardi erschrocken.

Tom holte den Laborbericht von Frau Schüller aus seinen Unterlagen und legte ihn zwischen sich und Lombardi auf den Tisch.

Lombardi warf einen Blick darauf und meinte dann: »Das ist kein Beweis, dass unser Knochenmehl in dem Futter enthalten ist.« Wieder öffnete Tom seine Mappe und holte den Lieferschein und die Transportkostenrechnung aus den Unterlagen und legte sie Lombardi vor. Lombardis Augen wurden immer größer, und er starrte Tom an. »Woher haben Sie diese Papiere?«, fragte er erschrocken.

»Von Frau Köhler«, sagte Tom ruhig. »Sie hat mich heute Nachmittag irritiert angerufen und mir erzählt, dass sie sonst nie so schroff mit Ihrer Buchhalterin umgehen. Es kam ihr eigenartig vor, dass Sie eine Lieferung an Bauernglück in der Größenordnung nicht verrechnen lassen wollten und den Transport selbst bestellt haben«, erklärte Tom ruhig. Lombardi sprang auf, und ein Schwall italienischer Schimpfwörter kam aus seinem Mund. »Ich kann somit sehr wohl beweisen, dass es sich um Knochenmehl aus Ihrem Haus handelt«, meinte Tom. Lombardi tigerte wieder im Raum auf und ab. »Ich erzähle Ihnen mal, wie es vermutlich gelaufen ist«, meinte Tom. Lombardi blieb stehen und starrte Tom an. »Sie hatten vor, einen Teil der Ware an Bauernglück schwarz zu liefern und das Geld in die eigene Tasche zu stecken. So hatte Bauernglück nur Lieferscheine für jene Mengen Knochenmehl, die sie auch offiziell für Hühner- und Schweinefutter verarbeiten können. Das Knochenmehl für das Rinderfutter sollte jedoch nirgendwo aufscheinen – so hatten Sie beide etwas davon. Herr Koller hatte das Knochenmehl, das er ungehindert verarbeiten konnte, und Sie konnten regelmäßig schwarz ein nettes Sümmchen einstreifen«, erzählte Tom. »Stimmt's, oder habe ich recht?«

Lombardi sah ihn entgeistert an. »Sind Sie verheiratet?«, fragte Lombardi unvermittelt.

»Nein, geschieden«, antwortete Tom.

»Sie Glücklicher. Haben Sie eine Ahnung, was es bedeutet, mit einer wunderschönen, aber verwöhnten Italienerin verheiratet zu sein?«, fragte Lombardi. Tom schüttelte den Kopf. »Ständig heißt es: Ich brauche neue Schuhe, ich brauche neue Kleider. Warum fahren wir so ein kleines Auto? Warum haben wir keine Villa am Meer? Warum haben wir keine Yacht? So geht das in einer Tour.«

Lombardi hatte sich wieder hingesetzt.

»Und wenn sie nicht bekommt, was sie will, geht sie zu ihrem Papa, und dann kann ich mir anhören, was für ein Schwächling ich bin, dass ich seiner Tochter nicht jeden Wunsch von den Augen ablese.«

Lombardi ließ den Kopf hängen.

»Die deutschen Knauser wollten mein Gehalt nicht erhöhen und haben gleichzeitig den Druck immer mehr erhöht – noch mehr Umsatz, noch mehr Kunden. Mir wurde irgendwann klar, dass ich die Wünsche meiner Frau nicht erfüllen kann mit meinem Gehalt. Und dann brachte Heinz mich auf die Idee, mit Koller diesen Deal abzuschließen. Es war perfekt – wir alle sollten davon profitieren. Heinz hatte gerade den Auftrag von Bauernglück erhalten, die Formel für das Rinderfutter zu überarbeiten. Er meinte, das Knochenmehl würde er für die Formel zwar nicht brauchen, aber es würde auch nicht schaden und vielleicht auch das unterstützen, was er mit dem Futter erreichen sollte. Also machte er erste Tests und war selbst ganz begeistert. Das Knochenmehl unterstützte die milchsteigernde Wirkung des Futters. Und so hat er den Deal eingefädelt – an dem er selbst natürlich auch kräftig verdiente«, sprudelte Lombardi auf einmal.

»Wie haben Sie erfahren, dass Frau Schüller von dem Deal wusste?«, fragte Tom.

»Heinz rief mich an und schimpfte wie ein Verrückter. Er meinte, er hätte im Sekretariat eine Mappe dieser jungen Frau abgefangen mit den Laborergebnissen. Er wollte mich nur informieren, damit ich alles abstreite, sofern sich die Frau bei mir meldete«, erzählte Lombardi.

»Wissen Sie, was er vorhatte?«, fragte Tom.

»Er meinte, er würde sich darum kümmern«, meinte Lombardi.

»War das alles?«, fragte Tom.

»Ich habe ihn angeschrien, er solle die Kleine zum Schweigen bringen, weil für uns alle viel Geld auf dem Spiel steht und ich nicht vorhatte, wegen dieser vorlauten Göre den Deal platzen zu lassen«, brach es aus Lombardi heraus.

Tom sah ihn ruhig an, nahm seine Unterlagen zusammen und meinte dann: »Herr Lombardi, das war es fürs Erste von mir. Ein Kollege von der Betrugsabteilung kommt gleich herein und übernimmt.«

Lombardi sah Tom erschrocken an. »Was?«

»Ich habe den Kollegen von der Betrugsabteilung die Unterlagen bereits übergeben. Ich hatte sie nur gebeten, mit der Befragung zu warten, bis ich mit Ihnen fertig bin«, sagte Tom ruhig. »Es wird also nicht Frau Köhler ihren Job verlieren, sondern Sie.«

Tom stand auf und verließ ohne weitere Worte das Verhörzimmer.

Vor der Tür wartete schon der Kollege von der Betrugsabteilung, der sich bei Tom bedankte und ins Verhörzimmer ging. Bevor Tom weiter zum nächsten Raum ging, in dem Hasko auf ihn wartete, rief er bei Müller von der Spurensicherung an. Was der ihm erzählte, ließ Tom lächeln.

Nachdem er sich einige Notizen gemacht hatte, trat er vor die Tür des zweiten Verhörraumes. Er wollte ein Geständnis des Mannes und endlich wissen, wie es zu dem grausamen Mord gekommen war, damit er Herrn und Frau Schüller sagen konnte, dass er den Mörder ihrer Tochter gefasst hatte.

Kapitel 28

Tom holte tief Luft, drückte die Schnalle hinunter und trat in den Verhörraum. Hasko saß ruhig am Tisch und fixierte Tom.

»Sie sind ganz schön mutig. Wenn mein Anwalt mit Ihnen fertig ist, können Sie froh sein, wenn Sie noch Strafmandate ausfüllen dürfen«, zischte Hasko.

»Wollen Sie mir allen Ernstes drohen?«, fragte Tom ruhig und setzte sich Hasko gegenüber hin.

»Wenn Sie mich ohne Grund stundenlang warten lassen, nachdem Sie mich wie einen Schwerverbrecher aus meinem Golfclub in Handschellen abgeführt haben und so meinen Ruf schädigen, dann können Sie sich auf Konsequenzen gefasst machen. Seien Sie sich dessen sicher!«, meinte Hasko und fixierte Tom weiter.

»Wer sagt, ich hätte Sie ohne Grund abführen lassen? Wobei ich zugeben muss, die entsetzten und angewiderten Gesichter Ihrer Schnöselfreunde im Golfclub waren es schon wert«, grinste Tom.

»Sie legen sich mit dem Falschen an, Freundchen.« Haskos breites Gesicht wurde immer röter, und Tom ahnte, wie sehr der Mann sich zusammenreißen musste, um nicht jeden Augenblick zu explodieren.

»Ich bin nicht Ihr Freundchen, und ich lege mich ganz sicher nicht mit Ihnen an. Sie sind von Ihrer Selbstgefälligkeit so eingenommen, dass Sie nicht einmal auf die Idee kommen, dass ich längst alles weiß«, sagte Tom ruhig.

»Was glauben Sie zu wissen?«

»Vor allem einmal jene Dinge, die mir Ihre feinen Freunde erzählt haben«, begann Tom.

Haskos Augen verengten sich. »Keiner meiner Freunde würde gegen mich aussagen.«

»Da muss ich Sie enttäuschen. Sowohl Koller als auch Lombardi belasten Sie schwer«, fuhr Tom fort.

»Womit?«

»Beginnen wir bei Koller: Er hat Sie auf der Uni besucht und Ihnen erzählt, dass Frau Schüller ihn angerufen hat und ihren Laborbericht der Zulassungsbehörde schicken würde, wenn er den Antrag nicht zurückziehen würde. Ihrem Freund Lombardi haben Sie erzählt, dass Sie den Laborbefund, den Frau Schüller offensichtlich als Absicherung an Ihren Professor übermitteln wollte, im Sekretariat gefunden und an sich genommen haben«, erzählte Tom.

»Das haben Sie sich einfallen lassen. Sie haben dafür keine Beweise!«, rief Hasko.

»Doch habe ich. Ich habe die Aussage der Mitarbeiterin im Sekretariat, dass Frau Schüller die Unterlagen im Sekretariat abgegeben hat, und die Aussagen von Koller und Lombardi werden gerade abgetippt. Die beiden haben bereits eine Anklage wegen Betruges am Hals, und beide sind klug genug, ihren Arsch vor einer Mordanklage zu retten«, sagte Tom ruhig.

»Na, und wenn schon, dann habe ich die Unterlagen eben an mich genommen. Sie können mich damit nicht in Zusammenhang mit dem Mord bringen!«, meinte Hasko aufgebracht.

»Doch kann ich. Der Schichtleiter des Schlachthofes hat Sie sehr treffend beschrieben. Ein großer, kräftiger Professor«, meinte Tom ruhig.

»Damit kann jeder gemeint sein«, schrie der Professor.

»Ja und nein. Denn erstens hat mir Ihre Frau bestätigt, dass Sie zur Tatzeit noch nicht zu Hause waren«, sprach Tom weiter, und Hasko sah ihn mit schreckensgeweiteten Augen an. »Und zweitens haben wir jede Menge Fingerabdrücke gefunden.« Hasko sah Tom wütend an. »Dankenswerterweise weiß ich auch von Ihrer Frau, dass Sie Medizin studiert haben. Ein weiteres Indiz, dass Sie der Mörder sind, denn nur jemand mit chirurgischen Kenntnissen konnte Frau Schüller den Arm so abtrennen, wie Sie es getan haben.« Tom machte eine kurze Pause, um zu sehen, ob Hasko so weit war, endlich ein Geständnis abzulegen. »Ich will wissen, was passiert ist«, sagte er.

Hasko fuhr sich mit seinen großen Händen über den Kopf und seufzte. Es dauerte einige Zeit, in der Hasko seine Optionen zu überlegen schien.

»Diese kleine Besserwisserin war dabei, alles zu ruinieren«, begann Hasko. »Jetzt, wo ich es endlich geschafft hatte, kam diese Nervensäge mit ihrer ›Rettet die Tiere‹-Arie und gefährdete nicht nur den Deal, sondern meine ganze Karriere.«

Tom sah ihn ruhig an und ließ ihm Zeit. Er wusste, er musste jetzt nur den Mund halten, dann würde Hasko ihm alles erzählen.

»Ich hatte endlich einen großen Coup gelandet – die Entwicklung des Futters war perfekt und sollte mein Absprung von der dämlichen Uni sein. Weg von den nervigen Studenten, mein eigenes Labor und mit Beratungsangeboten richtig Kohle scheffeln. Damit mein alter Herr endlich seinen Mund halten würde und mich nicht weiter als Schande der Familie bezeichnet, nur, weil ich kein Arzt geworden bin. Ich wollte ihm beweisen, dass ich mit meiner Arbeit mindestens genauso viel verdienen konnte, wenn nicht sogar mehr als er.« Hasko machte eine Pause, bevor er weitersprach. »Er sagte immer, zwei Dinge werden die Leute immer brauchen: Essen und einen guten Arzt. Das mit dem guten Arzt hat bei mir nicht geklappt. Schauen Sie meine Hände an.« Er hob seine riesigen Hände. »Die sind zu groß, um diese kleinen Skalpelle zu halten. Ich bin zu grobmotorisch. Dabei hatte ich meinen Studienkollegen gegenüber einen großen Vorteil – ich roch beim Sezieren der Leichen den Gestank nicht. Während die anderen der Reihe nach umfielen, arbeitete ich weiter. Doch von Anfang an konnte ich keine sauberen Schnitte mit einem Skalpell setzen«, erzählte Hasko und schüttelte den Kopf. »Lombardi und Koller schmissen die Nerven und wollten den Deal platzen lassen, bloß, weil diese Göre gedroht hat, die Zulassungsbehörde zu informieren. Vor allem Koller war kurz davor, alles hinzuschmeißen. Also musste ich mich darum kümmern. Ich wusste, dass von dem einen Bauern, der BioRio schon seit Monaten fütterte, die ersten

Tiere zum Schlachten kamen. Ich wollte Fleischproben nehmen und diese analysieren, um der Zulassungsbehörde beweisen zu können, dass keine Krankheiten bei den Tieren auftraten und das Futter unbedenklich ist. Es war der perfekte Plan – somit standen mein Wort und meine Analyse gegen die einer Studentin, die als Querulantin bekannt war. Es hätte die Zulassungsbehörde überzeugt, dass Frau Schüllers Bericht getürkt und meine Analyse in Ordnung ist. Doch dann stand diese Schüller auf einmal in dem Labor«, sagte Hasko.

»Sie wussten also nicht, dass Frau Schüller an dem Abend auch in dem Schlachthof war?«, fragte Tom.

Hasko schüttelte den Kopf. »Nein, ich war selbst komplett baff, als sie dort stand. Ich wollte mir nichts anmerken lassen, also schickte ich den Schichtleiter weg. Kaum hatte er das Labor verlassen, versuchte ich, diese Schüller zu überreden, sich aus der Sache rauszuhalten. Ich drohte ihr, ihren Abschluss auf der BOKU zu verhindern. Doch sie fing nur an zu lachen. Ich wusste schon von Koller, dass sie sich nicht mit Geld bestechen ließ, doch sie ließ sich auch von meiner Drohung nicht beeindrucken«, erzählte Hasko weiter.

»Was passierte dann?«

»Ich wollte nur, dass sie aufhörte zu lachen und bin auf sie los. Ich wollte sie aus dem Labor rausbekommen, doch sie hat sich gewehrt. Ich hab sie bis vor die Tür in den nächsten Raum gezerrt, und sie hat mit Händen und Füßen um sich geschlagen und geschrien. Ich musste sie zum Schweigen bringen. Dann sah ich den Treibstock dort liegen und dachte mir, damit betäube ich sie. Doch damit brachte ich sie nur kurz zum Schweigen. Ich drückte ihr die Kehle zu, weil ich wollte, dass sie den Mund hält, doch sie hat um sich geschlagen, und ich hab sie losgelassen.« Hasko hielt kurz inne.

»Was wollten Sie mir ihr tun?«, fragte Tom.

»Ich weiß es nicht mehr. Ich konnte nicht zulassen, dass sie mein Leben ruiniert. Sie hat sich hochgerappelt und versucht davonzulaufen. Da habe ich ihr mit dem Treibstock eins übergezogen.«

Hasko fuhr sich erneut durch die Haare, und erstmals sah er verzweifelt aus. »Ich wollte ja nur, dass sie aufhört zu schreien. Ich hatte nicht gedacht, dass ich sie mit dem Schlag töte«, sagte Hasko leise.

»Und dann?«, fragte Tom.

»Ich wusste, ich muss sie loswerden, bevor der Schichtleiter wieder auftaucht. Mir fielen die Container mit Schlachtabfällen ein, an denen wir vorbei sind. Ich dachte mir, wenn ich sie zerstückele, fällt sie niemandem auf zwischen dem ganzen Fleisch und den Hufen. Also habe ich mir das nächstbeste Messer geschnappt und ihr den Arm abgetrennt«, sprach Hasko weiter.

»Warum haben Sie aufgehört?«, fragte Tom.

»Gerade als ich den Arm in den Container geworfen hatte, läutete mein Handy, und meine Frau war dran. Ich wusste, ich hatte keine Zeit mehr. Also hab ich den Rest der Leiche als Ganzes in den Container geworfen und ein paar große Fleischstücke darübergelegt, damit man sie nicht sah. Dann bin ich zu meinem Wagen und nach Hause, hab mir schnell ein anderes Hemd angezogen und bin zu unseren Freunden gefahren«, sagte Hasko leise.

Tom schüttelte den Kopf. »Hätte die Tasche der Frau sich nicht beim Entleeren des Containers verfangen, wäre die Leiche nicht gefunden worden. Dann wären Sie tatsächlich damit durchgekommen«, sagte Tom.

Hasko sah ihn mit einem schiefen Lächeln an und zuckte resignierend mit den Schultern. »Tja, Pech gehabt.«

»Wir haben den Treibstock mit menschlichem Blut und ein Messer im Schlachthof gefunden«, sagte Tom. Tom stand auf und nahm seine Unterlagen an sich. »Ich lasse Ihnen etwas zu trinken bringen. Ich tippe Ihr Geständnis und bringe es Ihnen zur Unterschrift. Die Kollegen kommen und nehmen zusätzlich noch Fingerabdrücke, die wir dann mit den Fingerabdrücken auf dem Treibstock und dem Messer vergleichen.«

Hasko nickte müde und lehnte sich im Sessel zurück. Er starrte Tom hinterher, als dieser das Verhörzimmer verließ.

Kapitel 29

Es war schon spät, bis Tom endlich das Geständnis abgetippt und Hasko zur Unterschrift vorgelegt hatte. Familie Schüller und Herrn Hutter würde er erst am nächsten Morgen anrufen, um ihnen von der Aufklärung des Falles zu erzählen. Seinen Onkel wollte er morgen früh gleich als Erstes anrufen und ihm von seinem Erfolg berichten. Einen Anruf wollte er jedoch heute Abend noch machen.

Es klingelte drei Mal, bis eine verschlafen klingende Frauenstimme sich meldete.

»Hallo?«

»Jetzt habe ich dich doch geweckt«, meinte Tom sanft.

»Macht nichts. Ich bin vor dem Fernseher eingeschlafen«, murmelte sie. »Was gibt's? Hast du den Fall gelöst?«, fragte sie.

»Ja, Fall gelöst«, antwortete er, und ein wenig Stolz schwang in seiner Stimme. Er liebte es, wenn die Täter gestanden und er sie nicht nur mit Indizien überführte. Er wollte verstehen, was die Menschen dazu getrieben hatte zu töten.

»Und wer war es?«, fragte sie.

»Professor Hasko«, sagte Tom.

»Oh. Erstaunt mich irgendwie nicht. Der Typ war mir ein wenig unheimlich, ich kann dir aber nicht sagen, warum«, meinte sie. »Was ist mit meinem Chef?«

»Lombardi wird wegen Betruges angeklagt. Ich denke, du wirst demnächst einen neuen Chef bekommen«, meinte Tom.

»Ich weiß nicht, ob ich noch länger in der Firma bleibe. Ich denke, das ist eine gute Gelegenheit, mir etwas Neues zu suchen. Es ist nicht so prickelnd, für Produkte aus Schlachtabfällen PR zu machen«, sagte sie.

»Kann ich irgendwie verstehen. Na gut, du. Dann lasse ich dich jetzt wieder schlafen«, meinte Tom.

»Wir sehen uns Samstagvormittag im Kochkurs.«

»Hast du Freitagabend schon was vor?«, fragte sie.

»Nein, wieso?«

»Na ja, ich dachte, bevor wir gemeinsam kochen, könnten wir gemeinsam essen«, sagte sie.

»Du willst erst am Freitag wieder etwas essen? Verhungerst du bis dahin nicht?«, scherzte Tom. Sie kicherte. »Wenn du willst, können wir morgen Abend essen gehen«, meinte Tom.

»Das klingt gut. Was hältst du davon, wenn ich dich morgen um fünf abhole und wir uns irgendwo einen netten Heurigen suchen?«, schlug sie vor.

»Gute Idee. Ich kenn da etwas außerhalb von St. Pölten einen sehr guten Heurigen mit einem schönen Ausblick. Holst du mich beim Kommissariat ab?«, fragte Tom.

»Ja, gerne. Dann sehen wir uns morgen. Ich freue mich!«, sagte sie fröhlich.

»Ich mich auch. Bis morgen. Schlaf gut.«

»Süße Träume!«, flüsterte sie und legte auf.

Tom schnappte seine Autoschlüssel und lief beschwingt die Treppen zu seinem Auto hinunter. Die Aussicht, den morgigen Abend mit Sonja zu verbringen, stimmte ihn zuversichtlich, dass er die Telefonate mit den Eltern und dem Lebensgefährten des Opfers gut über die Bühne bringen würde.

Ich danke dem Mann im meinem Leben, Andi, für die Geduld und Freiheit, dieses Buch schreiben zu können. Du hast meine Launen ertragen, in kritischen Phasen des Buches, dafür danke ich dir. Mein Dank gilt auch unserem Freund Richard, der mich bekräftigt hat, meiner Fantasie freien Lauf zu lassen, da realer Polizeialltag zu langweilig wäre, um darüber zu schreiben. Mein besonderer Dank gilt Sandra und Uli – meinen kritischen Erstleserinnen – für die hilfreichen Tipps und Anregungen und ihre Treue als Seminarteilnehmerinnen. Es ist eine Freude, mit euch zu arbeiten!

Krimi.Spannung.Österreich.

Eric Manz
Der Tod trägt weiß

Der erste Fall von Gruppeninspektor Felber

In Mödling wird Gruppeninspektor Felber mit skurrilen Morden konfrontiert. Die Opfer sind junge Frauen, gekleidet in weiße Gewänder, die den Tuniken in der Antike gleichen. An diesen haftet ein Schild mit den namen mythologischer Frauen.

Der Tod trägt weiß
Kriminalroman von Eric Manz
219 Seiten, ISBN 978-3-902784-40-7

www.federfrei.at